Bruidsjurk

Pierre Lemaitre

Bruidsjurk

the house of books

Oorspronkelijke titel
Robe de marié
Uitgave
Copyright © 2009 Calmann-Lévy
Copyright voor het Nederlandse taalgebied © 2010 by The House of Books,
Vianen/Antwerpen

Vertaling
Yvonne Kloosterman
Omslagontwerp
Mariska Cock
Omslagfoto
[image]store/Arcangel Images Ltd
Foto auteur
© Vanessa Guez
Opmaak binnenwerk
ZetSpiegel, Best

ISBN 978 90 443 2551 5
D/2010/8899/38
NUR 332

www.thehouseofbooks.com

Voor Pascaline,
zonder wie dit
boek er niet
zou zijn

SOPHIE

Proloog

Hijgend zit ze op de grond, met haar rug tegen de muur en haar benen gestrekt.

Leo ligt roerloos tegen haar aan, zijn hoofd rust op haar dijen. Met haar ene hand streelt ze zijn haar, met haar andere hand probeert ze haar tranen weg te vegen, maar haar bewegingen zijn ongecontroleerd. Ze huilt. Soms worden haar snikken kreten, die diep uit haar binnenste komen. Haar hoofd gaat zachtjes heen en weer. Af en toe is haar verdriet zo intens, dat ze met haar achterhoofd tegen de wand bonkt. De pijn biedt haar een beetje troost, maar al gauw stort ze opnieuw in. Leo is erg lief, hij beweegt niet. Ze slaat haar ogen neer en kijkt naar hem. Dan drukt ze zijn hoofd tegen haar buik en barst weer in huilen uit. Niemand kan zich voorstellen hoe ongelukkig ze is.

1

Die ochtend is ze, zoals zo vaak gebeurde, in tranen en met een dichtgeknepen keel wakker geworden, terwijl er geen speciale reden was om zich zorgen te maken. Tranen zijn niets bijzonders in haar leven: ze huilt elke nacht sinds ze krankzinnig is. Als ze 's morgens niet zou voelen dat haar wangen nat waren van de tranen, zou ze zelfs kunnen denken dat haar nachten rustig waren en ze diep had geslapen. Haar betraande gezicht en haar dichtgeknepen keel waren 's morgens eenvoudige aanwijzingen. Sinds wanneer? Sinds het ongeluk van Vincent? Sinds zijn dood? Sinds de eerste dood, veel eerder?

Ze leunt op een elleboog en veegt haar ogen af met het laken, terwijl ze op de tast haar sigaretten zoekt en ze niet vindt. Ineens herinnert ze zich waar ze is. Alles komt bij haar boven, de gebeurtenissen van de vorige dag, de avond… Ze herinnert zich onmiddellijk dat ze weg moet gaan, dat ze dit huis moet verlaten. Opstaan en vertrekken, maar ze blijft, gekluisterd aan het bed, niet in staat zich te bewegen. Uitgeput.

Als ze er eindelijk in slaagt zich los te maken van het bed en naar de zitkamer te lopen, zit mevrouw Gervais op de bank, rustig gebogen over haar toetsenbord.

'Hoe gaat het? Uitgerust?'

'Het gaat goed. Uitgerust.'

'Je ziet er slecht uit.'

'Zo is het elke morgen.'

Mevrouw Gervais slaat haar tekst op en klapt haar laptop dicht.

'Leo slaapt nog,' zegt ze, terwijl ze vastbesloten naar de kapstok loopt. 'Ik durfde niet naar hem te gaan kijken, uit angst dat ik hem wakker zou maken. Aangezien hij vandaag geen school heeft, is het beter dat hij slaapt, dat hij je een beetje met rust laat...'

Geen school vandaag. Sophie kan het zich vaag herinneren. Een of andere pedagogische bijeenkomst. Mevrouw Gervais staat bij de deur, ze heeft haar jas al aan.

'Ik moet je alleen laten...'

Sophie voelt dat ze niet de moed zal hebben om haar besluit kenbaar te maken. Maar al had ze die moed wel, ze zou er geen tijd voor hebben. Mevrouw Gervais had de deur al achter zich gesloten.

Vanavond...

Sophie hoort haar voetstappen op de trap. Christine Gervais maakt nooit gebruik van de lift.

Het is stil geworden. Voor het eerst sinds Sophie hier werkt, steekt ze een sigaret op, midden in de zitkamer. Ze begint heen en weer te lopen. Ze is net een overlevende van een ramp, alles wat ze ziet lijkt zinloos. Ze moet vertrekken. Nu ze alleen is en een sigaret staat te roken, voelt ze zich minder gehaast. Maar ze weet dat ze zich moet klaarmaken voor vertrek, vanwege Leo. Om een beetje tot zichzelf te komen gaat ze naar de keuken en zet de waterkoker aan.

Leo. Zes jaar.

Toen ze hem voor het eerst zag, had ze hem meteen mooi gevonden. Dat was vier maanden geleden, in dezelfde zitkamer aan de Rue Molière. Hij was binnengestormd, was vlak voor haar blijven staan en had haar strak aangekeken, zijn hoofd een beetje schuin. Het teken dat hij diep nadacht. Zijn moeder had simpelweg gezegd:

'Leo, dit is Sophie, over wie ik het heb gehad.'

Hij had haar lange tijd aangestaard. Toen had hij gezegd: 'Oké,' en had een stap naar voren gedaan om haar een kus te geven.

Leo is een lief kind, een beetje wispelturig, intelligent en ontzettend levendig. Het is Sophies taak om hem 's morgens naar school te brengen, hem om twaalf uur en 's middags na schooltijd op te halen en op hem te passen tot het onvoorspelbare tijdstip waarop het mevrouw Gervais of haar man lukt om thuis te komen. Haar werkdag eindigt ergens tussen vijf uur 's middags en twee uur 's nachts. Haar beschikbaarheid was een doorslaggevende factor om de baan te krijgen: ze heeft geen privéleven, dat was vanaf het eerste gesprek duidelijk geweest. Mevrouw Gervais probeerde discreet gebruik te maken van die beschikbaarheid. Maar het leven van alledag wint het altijd van de principes, en binnen twee maanden was Sophie al een onmisbaar radertje in het gezinsleven. Omdat ze er altijd was, altijd bereid, altijd beschikbaar.

Leo's vader, een lange, norse, ruwe veertiger, heeft een hoge functie op het ministerie van Buitenlandse Zaken. Zijn echtgenote, een grote, elegante vrouw met een ongelooflijk verleidelijke glimlach, probeert de eisen van haar baan als statistica op een accountantskantoor te verenigen met die als de moeder van Leo en de vrouw van een toekomstige staatssecretaris. Beiden hebben een uitstekend salaris. Sophie is zo wijs geweest daar niet van te profiteren toen ze over haar eigen salaris onderhandelde. In feite heeft ze er niet eens aan gedacht, omdat het voorstel dat ze haar deden voldoende was voor haar behoeften. Aan het eind van de twee maanden gaf mevrouw Gervais haar salarisverhoging.

Leo zweert alleen nog maar bij Sophie. Ze lijkt de enige te zijn die moeiteloos gedaan kan krijgen waar zijn moeder uren over zou moeten doen. Hij is niet, zoals ze zou kunnen vrezen, een verwend, veeleisend kind, een dwingeland, maar een rustige jongen die kan luisteren. Natuurlijk heeft hij zo zijn nukken en grillen, maar hij heeft veel met Sophie op. Ze staat boven aan zijn lijst met favorieten.

Elke avond, tegen zes uur, belt Christine Gervais om te horen of er nog nieuws is en om enigszins gegeneerd aan te kondigen hoe laat ze thuis zal zijn. Ze praat altijd een paar minuten met haar zoon en dan met Sophie, tegen wie ze iets persoonlijks probeert te zeggen.

Die pogingen hebben weinig succes: Sophie houdt zich, niet bewust, aan de gebruikelijke algemeenheden, waarin het dagelijkse verslag de belangrijkste plaats inneemt.

Leo gaat elke avond om klokslag acht uur naar bed. Dat is belangrijk. Sophie heeft geen kind, maar ze heeft wel principes. Nadat ze Leo een verhaaltje heeft voorgelezen, installeert ze zich voor de rest van de avond voor het enorme platte beeldscherm van de televisie, die vrijwel alle satellietzenders kan ontvangen. Een verkapt cadeau dat mevrouw Gervais aan Sophie had gegeven toen die twee maanden in dienst was. Mevrouw Gervais had gemerkt dat Sophie altijd voor de buis zat, hoe laat ze ook thuiskwam. Mevrouw Gervais had zich er herhaaldelijk over verbaasd dat een vrouw van dertig jaar, duidelijk ontwikkeld, zich tevredenstelde met zo'n bescheiden baantje, en al haar avonden voor een klein scherm doorbracht, ook al was het groot geworden. Tijdens hun eerste gesprek had Sophie tegen haar gezegd dat ze communicatiewetenschappen had gestudeerd. Toen mevrouw Gervais daar iets meer van had willen weten, had Sophie gezegd dat ze haar einddiploma had gehaald, dat ze had gewerkt voor een bedrijf dat oorspronkelijk Engels was, zonder te vertellen waaruit haar werk daar had bestaan, en dat ze getrouwd was geweest, maar nu niet meer. Christine Gervais had genoegen genomen met die informatie. Sophie was haar aanbevolen door een van haar jeugdvriendinnen, manager van een uitzendbureau, die Sophie, om een of andere raadselachtige reden, sympathiek had gevonden gedurende hun enige gesprek. Bovendien was er haast geboden: het vorige kindermeisje van Leo had onverwachts ontslag genomen. Het kalme en ernstige gezicht van Sophie had vertrouwen ingeboezemd.

In de eerste weken had mevrouw Gervais subtiele pogingen gedaan om iets meer te weten te komen over Sophies leven, maar ze was er tactvol mee gestopt. Gezien Sophies antwoorden, vermoedde ze dat een verschrikkelijk maar geheim drama Sophies leven moest hebben verwoest. Een restje romantiek zoals dat overal nog te vinden is, zelfs bij gegoede burgers.

Als de waterkoker stopt, is Sophie, zoals zo vaak, in gedachten verzonken. Dat kan lang duren. Een soort verstrooidheid. Haar verstand lijkt zich te concentreren op een idee, een beeld. Haar gedachten cirkelen eromheen, heel langzaam, als een insect. Ze heeft geen besef meer van tijd. En dan is ze ineens weer terug in het hier en nu en neemt ze haar normale leven weer op waar ze het heeft onderbroken. Zo gaat het altijd.

Vreemd genoeg duikt deze keer het gezicht op van dokter Brevet. Ze heeft in geen tijden aan hem gedacht. Ze beschouwt hem niet als een dokter. Aan de telefoon had ze zich een grote, autoritaire man voorgesteld, maar het was een klein mannetje. Je zou zeggen een notarisklerk die onder de indruk is omdat hij minder belangrijke klanten mag ontvangen. Langs de muur stond een kast vol boeken. Sophie wilde blijven zitten. Dat had ze gezegd toen ze binnenkwam: 'Ik wil niet gaan liggen'. Dokter Brevet had een handgebaar gemaakt, om aan te geven dat het geen probleem was. 'Hier gaat niemand liggen,' had hij eraan toegevoegd. Sophie had zo goed mogelijk haar verhaal verteld. 'Een dagboek,' had de dokter ten slotte bevolen. Sophie moest alles wat ze deed opschrijven. Misschien dat ze haar vergeetachtigheid overdreef. Ze moest proberen de dingen objectief te bekijken, had dokter Brevet gezegd. Op die manier 'zult u precies kunnen bepalen wat u vergeet, wat u kwijtraakt'. Daarna was Sophie alles gaan noteren. Dat had ze drie weken gedaan… Tot de volgende sessie. En gedurende die periode was ze heel wat kwijtgeraakt! Ze was afspraken vergeten, en twee uur voordat ze weer een afspraak met dokter Brevet had, besefte ze dat het dagboek kwijt was. Nergens te vinden. Ze had overal gezocht. Was het ook die dag niet dat ze het verjaardagscadeau voor Vincent had gevonden? Het cadeau dat ze niet had kunnen vinden toen ze hem ermee wilde verrassen?

Alles loopt door elkaar, haar leven is één grote warboel…

Ze giet water in de theekom en rookt haar sigaret op. Vrijdag. Geen school. Normaal gesproken moet ze alleen op woensdag de hele dag op Leo passen, en soms in het weekend. Ze neemt hem overal mee naar toe, afhankelijk van waar ze zin in hebben en van wat mogelijk is. Tot nu toe hebben ze zich uitstekend geamuseerd met z'n tweetjes, en vaak hebben ze gekibbeld. Dus alles gaat goed.

Tenminste, tot ze enige verwarring begon te voelen, wat lastig was. Ze wilde er geen belang aan hechten. Ze probeerde het weg te jagen, als een vervelende vlieg, maar het kwam steeds terug. Aanvankelijk was er niets alarmerends. Alleen iets wat onderhuids en onuitgesproken was. Iets geheims dat hen beiden zou aangaan.

Totdat ze plotseling de waarheid zag, de dag ervoor, in het Dantremon park.

Het einde van de meimaand was heel mooi geweest in Parijs. Leo had een ijsje gewild. Ze was op een bank gaan zitten, want ze voelde zich niet zo lekker. Eerst had ze dat toegeschreven aan het feit dat ze in het park waren, een plek waar ze een hekel aan had omdat ze gesprekken met huismoeders probeerde te vermijden.

Ze heeft de vaste bezoekers van het park, die met haar in contact wilden komen, weten af te schrikken. Nu waakten ze ervoor haar aan te spreken. Maar ze heeft nog heel wat te stellen met de vrouwen die incidenteel in het park zijn, met de nieuwkomers, met de voorbijgangers, laat staan met de gepensioneerden. Ze houdt niet van het park.

Ze bladerde verstrooid in een tijdschrift toen Leo voor haar kwam staan. Hij keek haar strak aan terwijl hij zijn ijsje at. Ze beantwoordde zijn blik. En op dat moment begreep ze dat ze niet langer kon verbergen wat nu overduidelijk was: gek genoeg begon ze een hekel aan hem te krijgen.

Hij keek haar nog steeds strak aan. Ze was onthutst om te merken hoe onverdraaglijk ze het vond om hem te zien, zijn engelengezichtje, zijn volle lippen, zijn onnozele glimlach, zijn belachelijke kleren.

Ze zei: 'Laten we gaan,' alsof ze had gezegd: 'Ik ga.' De machine in haar hoofd was weer in werking. Met zijn gaten, zijn gebreken, zijn leemtes, zijn onzinnigheden... Terwijl ze zich haastig naar het huis begaf (Leo klaagde dat ze te snel liep), werd ze bestormd door verwarde beelden: de auto van Vincent, verpletterd tegen een boom, knipperende zwaailichten in de nacht, haar horloge onder in een juwelenkistje, het lichaam van mevrouw Duguet dat van boven aan de trap naar beneden viel, het alarm van het huis dat midden in de nacht afging. De beelden gingen eerst de ene en dan de andere kant op, nieuwe beelden, oude. De duizeligmakende machine ging maar door.

Sophie heeft haar jaren van waanzin niet geteld. Het gaat zo ver terug... Door al het lijden heeft ze de indruk dat de tijd dubbel zo snel voorbij is gegaan. Aanvankelijk was het een zacht glooiende helling geweest. In de loop der maanden had ze het idee gehad dat ze in een roetsjbaan zat en razendsnel naar beneden ging. In die tijd was Sophie getrouwd. Het was vóór... alles. Vincent was een zeer geduldig man. Telkens wanneer Sophie terugdacht aan Vincent, leken de beelden van hem in elkaar over te lopen: de jonge Vincent, glimlachend, altijd en eeuwig kalm, vermengde zich met de Vincent van de laatste maanden, de Vincent met het afgematte gezicht, de bleke gelaatskleur, de doffe ogen. In het begin van hun huwelijk (Sophie zag hun appartement nog precies voor zich, en vroeg zich af hoe één hoofd zo chaotisch kan zijn en tegelijkertijd zulke haarscherpe herinneringen kan hebben) was er alleen maar verstrooidheid geweest. Sophie is verstrooid, werd er gezegd. Maar ze troostte zichzelf omdat ze altijd verstrooid was geweest. Daarna was haar verstrooidheid veranderd in grilligheid. En binnen een paar maanden was alles misgegaan. Ze was afspraken vergeten, dingen, mensen, ze begon voorwerpen, sleutels, papieren kwijt te raken, die ze weken later op de vreemdste plekken terugvond. Ondanks zijn kalmte was Vincent geleidelijk aan gespannen geworden. Begrijpelijk. De pil vergeten, verjaardagsgeschenken kwijtraken, ook kerstversieringen… Dat irriteerde mensen met een sterker karakter. Toen was Sophie alles gaan opschrijven, met de nauwgezetheid en de zorgvuldigheid van een verslaafde die een poging doet om af te kicken. Ze raakte de notitieboekjes kwijt. Ze raakte haar auto en haar vrienden kwijt. Ze werd gearresteerd wegens diefstal. Haar stoornissen hadden geleidelijk alle aspecten van haar leven aangetast en ze begon haar gebreken, als een alcoholist, te maskeren en ze begon ook te liegen, zodat Vincent of iemand anders niets zou merken. Een therapeute stelde voor dat ze zich liet opnemen in een ziekenhuis. Ze weigerde, tot de dood haar waanzin binnenkwam.

Al lopende deed Sophie haar tas open, stopte haar hand erin, stak trillend een sigaret op en nam een fikse trek. Ze sloot haar ogen. Ondanks het gegons in haar hoofd en het onbehaaglijke gevoel dat haar kwelde, merkte ze dat Leo niet meer naast haar liep. Ze draaide zich om en zag dat hij ver achter haar stond. Midden op het trottoir, met de armen over elkaar en een gesloten gezicht, koppig weigerend om verder te lopen. De aanblik van het pruilende kind op de stoep vervulde haar plotseling met een enorme woede. Ze liep naar hem toe en gaf hem een harde klap.

Het geluid van die klap maakte haar wakker. Ze schaamde zich. Ze draaide zich om en keek of iemand haar had gezien. Er was niemand. Het was stil op straat, er was alleen een motor die hen langzaam passeerde. Ze keek naar het kind, dat over zijn wang wreef. Hij beantwoordde haar blik, zonder te huilen, alsof hij vaag aanvoelde dat het allemaal niet echt iets met hem te maken had.

'We gaan naar huis,' zei ze resoluut.

Dat was alles.

Ze spraken de hele avond niet meer met elkaar. Elk had daar zijn eigen reden voor. Sophie vroeg zich af of ze geen problemen met mevrouw Gervais zou krijgen door die klap, terwijl ze best wist dat het haar niets kon schelen. Nu moest ze vertrekken. Het leek of ze al weg was.

Alsof de duvel ermee speelde kwam Christine Gervais die avond laat thuis. Sophie sliep op de bank, terwijl op het televisiescherm een basketbalwedstrijd werd gespeeld onder luid gejuich van het publiek. Sophie werd wakker van de stilte toen mevrouw Gervais de tv uitzette.

'Het is laat,' verontschuldigde ze zich.

Sophie keek naar de in een jas gehulde gestalte die voor haar stond, en bromde een zwak 'nee'.

'Wil je hier blijven slapen?'

Als mevrouw Gervais laat thuiskwam stelde ze Sophie altijd voor te blijven, maar Sophie weigerde steeds en dan betaalde mevrouw Gervais de taxi.

In een oogwenk zag Sophie de film terug van het eind van die dag, de stille avond, de ontwijkende blikken, Leo met een ernstig gezicht, die geduldig naar het verhaaltje-voor-het-slapengaan luisterde terwijl hij zichtbaar aan iets anders dacht. Toen hij duidelijk met veel moeite de laatste kus van haar in ontvangst nam, verbaasde ze zichzelf door te zeggen:

'Het is niets, kindje, het is niets. Sorry...'

Leo knikte. Het leek op dat moment of het volwassen leven een abrupte inval in zijn universum had gedaan, en dat ook hij heel moe was. Hij sliep onmiddellijk.

Deze keer accepteerde Sophie het aanbod om te blijven slapen, ze was totaal uitgeput.

Ze legt haar handen om het kopje met koud geworden thee, zonder zich druk te maken over haar tranen, die hoorbaar op de parketvloer vallen. Heel even is er een beeld, het levenloze lichaam van een kat, vastgespijkerd aan een houten deur. Een zwart-witte kat. En nog meer beelden. Wat een doden! Er zijn veel doden in haar levensverhaal.

Het is tijd. Een blik op de keukenklok: twintig over negen. Zonder het te beseffen heeft ze weer een sigaret opgestoken. Ze drukt hem nerveus uit.

'Leo!'

Haar eigen stem maakt dat ze opspringt. Ze hoort er angst in, maar ze weet niet waar die angst vandaan komt.

'Leo?'

Ze rent naar de kinderkamer. De dekens op het bed liggen slordig, omhoog geduwd door iets groots eronder. Ze haalt opgelucht adem en glimlacht een beetje. Het verdwijnen van haar angst leidt haar in weerwil van zichzelf naar een soort dankbare tederheid.

Ze loopt naar het bed en zegt:

'Waar is dat jongetje nou toch?'

Ze draait zich om.

'Hier misschien...'

Ze doet met een klap de deur van de grenenhouten kast dicht, terwijl ze uit een ooghoek het bed in de gaten houdt.

'Nee, niet in de kast. In de laden misschien...'
Ze schuift een paar laden open en dicht, en zegt:
'Niet hier... Niet daar... Nee... Waar kan hij toch zijn?'
Ze loopt naar de deur en zegt hardop:
'Nou, hij is er niet, dan ga ik maar...'
Ze slaat de deur dicht, maar blijft in de kamer, haar blik op het bed en de dekens gericht. Ze wacht op een beweging. En dan krijgt ze een onbehaaglijk gevoel, een steen in haar maag. De vorm die het lijfje onder de dekens maakt, is onmogelijk. Ze blijft staan staren, opnieuw krijgt ze tranen in haar ogen, maar het zijn niet dezelfde, het zijn de tranen van vroeger. De tranen die de kleuren van de regenboog geven aan het lichaam van een bloedende man die in elkaar is gezakt en met zijn hoofd op het stuur van zijn auto ligt. De tranen die de handen op de rug van de oude vrouw vergezellen, als ze van de trap valt.

Sophie loopt als een robot naar het bed en trekt met een ruk de dekens weg.

Het is Leo, inderdaad, maar hij slaapt niet. Hij is naakt, ineengedoken, zijn polsen zijn vastgemaakt aan zijn enkels, zijn gebogen hoofd rust op zijn knieën. Van opzij heeft zijn gezicht een verschrikkelijke kleur. Het is stevig vastgebonden met zijn pyjama. De veter om zijn nek is zo strak aangetrokken, dat er een diepe snee in zijn vlees zit.

Ze legt haar hand op haar mond, in een vergeefse poging het braaksel tegen te houden. Ze buigt voorover, terwijl ze haar uiterste best doet om zich niet aan het lichaam van het kind vast te klampen. Maar ze kan niet anders dan op het bed leunen. Onmiddellijk kantelt het kleine lichaam, Leo's hoofd stoot tegen haar knieën. Ze drukt hem zo hard tegen zich aan, dat ze beiden omvallen.

En daar zit ze dan op de grond, met haar rug tegen de muur, en het ijskoude, levenloze lichaam van Leo tegen zich aan... Haar eigen gebrul maakt haar van streek, alsof het van iemand anders afkomstig is. Ze kijkt naar het kind. Ondanks de waas van tranen die haar zicht vertroebelt, kan ze de omvang van de ramp inschatten. Met een automatische beweging strijkt ze over zijn haren. Hij ligt met zijn witte gezicht naar haar toe, zijn starende ogen zijn wijdopen.

2

Hoe lang? Ze weet het niet. Ze doet haar ogen weer open. Als eerste ruikt ze de stank van het braaksel op haar T-shirt.

Ze zit nog steeds op de vloer, met haar rug tegen de muur, en kijkt koppig naar de grond, alsof ze wil dat niets meer beweegt, noch haar hoofd, noch haar handen, noch haar gedachten. Daar blijven zitten, roerloos, opgaan in de muur. Als je stopt, moet alles stoppen, nietwaar? Maar die stank maakt haar misselijk. Ze beweegt haar hoofd. Een minimale beweging naar rechts, in de richting van de deur. Hoe laat is het? Minimale beweging naar links. In haar gezichtsveld is het voeteneinde van een bed. Het is als een puzzel: er is slechts één stukje nodig om de werkelijkheid onder ogen te zien. Zonder haar hoofd te bewegen verschuift ze haar vingers een beetje. En dan voelt ze haren. Ze stijgt als een zwemster naar de oppervlakte, waar haar de afkeer wacht, maar ze stopt onmiddellijk bij het horen van de telefoon die rinkelt.

Deze keer heeft haar hoofd niet geaarzeld en heeft het zich meteen naar de deur gedraaid. Daar komt het gerinkel van de dichtstbijzijnde telefoon vandaan, die in de gang op een kersenhouten tafeltje staat.

Ze slaat even haar ogen neer. Het beeld van het kinderlichaam schokt haar: hij ligt op zijn zij, met zijn hoofd op zijn knieën, bewegingloos, als op een schilderij.

Er ligt een dood kind half over haar heen, terwijl het gerinkel van de telefoon maar niet wil stoppen. Sophie, die op dit kind moet passen, die gewoonlijk de telefoon opneemt, zit nu tegen de muur. Haar hoofd gaat zachtjes heen en weer, terwijl ze de stank van haar braaksel inademt. Ze is duizelig en wordt opnieuw misselijk, ze gaat flauwvallen. Haar brein is aan het smelten, haar hand strekt zich wanhopig uit, als die van een schipbreukeling. In haar radeloosheid lijkt het of de telefoon steeds harder klinkt. Ze hoort nu alleen maar dat geluid, dat als een elektrische schok door haar heen gaat, haar hoofd vult en haar verlamt. Met haar handen voor zich uit en dan opzij, als een blinde, tast ze naar enige steun. Eindelijk voelt ze iets hards, aan haar rechterkant. Daar kan ze zich aan vastklampen om niet helemaal ten onder te gaan. En dan dat gerinkel waar maar geen einde aan komt, dat maar niet wil ophouden. Haar hand heeft de hoek van het nachtkastje met Leo's bedlamp vastgepakt. Ze trekt uit alle macht, die spieroefening verdrijft even haar misselijkheid. En het telefoongerinkel houdt op. Er gaan lange secondes voorbij. Ze houdt haar adem in. In gedachten telt ze langzaam… vier, vijf, zes… De telefoon zwijgt.

Ze legt een arm om Leo's lichaam. Hij weegt haast niets. Ze slaagt erin om zijn hoofd op de grond te leggen en neer te knielen, met heel veel moeite. Nu is de stilte teruggekeerd, bijna tastbaar. Ze haalt onregelmatig adem, als een vrouw die een kind baart. Het kwijl druipt uit haar mondhoeken. Ze kijkt om zich heen, op zoek naar iemand die aanwezig is. Ze denkt: er is iemand in dit appartement, iemand die Leo heeft gedood, en die ook mij gaat doden.

Op dat moment begint de telefoon weer te rinkelen. Er gaat een nieuwe elektrische schok door haar lichaam, van beneden naar boven. Ze speurt om zich heen. Iets vinden, snel… Het bedlampje. Ze pakt het beet en trekt het snoer los. Ze loopt langzaam door de kamer in de richting van het gerinkel, stap voor stap. Ze houdt de lamp vast als een toorts, als een wapen, zonder te beseffen hoe bespottelijk de situatie is. Maar het is onmogelijk ook maar íets te horen, nu die telefoon voortdurend brult en loeit, en het lawaai de ruimte doorboort, mechanisch en indringend. Als ze bij de deur van de kamer is, wordt het abrupt stil. Ze loopt door. Ineens, zonder te weten waarom, is ze er zeker van dat er niemand in het appartement is, dat ze alleen is.

Zonder na te denken, zonder te aarzelen, loopt ze door de gang naar de andere vertrekken, met de lamp in haar hand. Het snoer sleept over de grond. Dan keert ze terug naar de zitkamer, gaat de keuken in en uit en doet de deuren open, alle deuren.

Ze is alleen.

Ze ploft neer op de bank en laat eindelijk de bedlamp los. Het braaksel op haar T-shirt lijkt vers. Opnieuw voelt ze afkeer. In één beweging trekt ze het T-shirt uit, gooit het op de grond, gaat weer staan en loopt naar de kinderkamer. En daar staat ze, leunend tegen de deurlijst, te kijken naar het kleine, dode lichaam dat op zijn zij ligt. Ze heeft haar armen voor haar naakte borsten gekruist en huilt zachtjes… Ze moet bellen. Het heeft natuurlijk geen zin meer, maar ze moet bellen. De politie, de ambulancedienst, de brandweer, wie bel je in zo'n geval? Mevrouw Gervais? Ze heeft buikpijn van angst.

Ze zou zich willen bewegen, maar dat kan ze niet. Mijn God, Sophie, wat heb jij je in de nesten gewerkt. Alsof het nog niet voldoende is… Je zou onmiddellijk moeten vertrekken, nú, voordat de telefoon opnieuw begint te rinkelen, voordat de moeder ongerust in een taxi springt en hier uitstapt, met haar kreten, haar tranen, de politie, de vragen, de verhoren.

Sophie weet niet meer wat ze moet doen. Bellen? Vertrekken? Ze heeft de keus tussen twee slechte oplossingen. Zo is het al haar hele leven.

Ten slotte gaat ze staan. Iets in haar heeft een besluit genomen. Ze begint meteen van het ene vertrek naar het andere te rennen, huilend. Maar haar bewegingen zijn ongecontroleerd, doelloos, ze hoort haar eigen stem jammeren als die van een kind. Ze probeert voortdurend tegen zichzelf te zeggen: 'Concentreer je, Sophie. Haal diep adem en probeer na te denken. Je moet je aankleden, je gezicht wassen, je boeltje pakken. Schiet op. En dan vertrekken. Onmiddellijk. Verzamel je spullen, stop alles in je tas, schiet op!' Ze heeft door zoveel kamers gerend, dat ze het spoor een beetje bijster is. Als ze de kamer van Leo passeert, kan ze zich er niet van weerhouden om nog één keer te stoppen. Wat ze als eerste ziet is niet het verstarde gezicht van het kind, maar zijn hals en de bruine veter waarvan het uiteinde de grond raakt. Ze herkent hem. Het is de veter van een van haar wandelschoenen.

3

Er zijn dingen die ze zich niet meer kan herinneren van deze dag. Wat ze nu als eerste ziet, is de kerkklok van de Sint-Elisabethkerk, die aangeeft dat het kwart over elf is.

De zon schijnt volop. Haar slapen bonzen. En dan is er nog de uitputting. Opnieuw wordt ze overweldigd door het beeld van Leo's lichaam. Het is alsof ze voor de tweede keer wakker wordt. Ze probeert zich vast te houden... waaraan? Binnen handbereik is een raam. Een winkel. Het glas is koud. Ze voelt ijskoude zweetdruppels in haar oksels.

Wat doet ze hier? En waar ís ze eigenlijk? Ze wil kijken hoe laat het is, maar ze heeft geen horloge meer. Ze was er toch zeker van dat ze het had... Nee, misschien niet. Ze kan het zich niet meer herinneren. Rue du Temple. Mijn hemel, ze heeft echt geen anderhalf uur nodig gehad om hier te komen. Wat heeft ze al die tijd gedaan? Waar is ze heen gegaan? En, Sophie, waar ga je nú heen? Ben je vanaf de Rue Molière hierheen gelopen? Heb je de metro genomen?

Het zwarte gat. Ze weet dat ze gek is. Nee, ze heeft tijd nodig, dat is alles, een beetje tijd om zich te concentreren. Ja, dat is het, ze heeft vast de metro genomen. Ze voelt haar lichaam niet meer, alleen het zweet dat langs haar armen naar beneden glijdt, lastige zweetdruppels die ze wegveegt door haar elleboog tegen haar lichaam te drukken. Hoe is ze gekleed? Ziet ze eruit als een gek? Haar hoofd is te vol, het gonst, een warboel van beelden. Nadenken. Iets doen. Maar wát?

Ze werpt een blik op haar gestalte in een etalageruit. Ze herkent zichzelf niet. Ze denkt eerst dat zij het niet is. Nee, hoor, ze is het wél, alleen is er iets anders… Iets anders, maar wát?

Ze kijkt naar de straat.

Lopen en proberen na te denken. Maar haar benen weigeren haar te dragen. Alleen haar hoofd werkt nog een beetje, in een wirwar van beelden en woorden die ze tot rust probeert te brengen door diep adem te halen. Ze heeft het benauwd, alsof haar borst in een bankschroef zit. Terwijl ze met haar ene hand op de etalageruit leunt, probeert ze haar gedachten te ordenen.

Je bent gevlucht. Ja, je bent bang en je bent gevlucht. Als ze het lichaam van Leo ontdekken, gaan ze je zoeken. Ze gaan je beschuldigen van… hoe heet dat?… iets met 'mede'. Concentreer je.

In feite is het simpel. Je paste op het kind en iemand is het komen doden. Leo…

Maar ze heeft geen verklaring voor het feit dat de voordeur dubbel was afgesloten toen ze op de vlucht sloeg. Die verklaring zal ze later wel vinden.

Ze kijkt om zich heen. Ze kent deze plek. Het is vlak bij haar woning. Ja, dat is het, je vlucht weg en gaat terug naar huis.

Hierheen gaan is dwaasheid. Als ze helder kon denken, zou ze nooit hierheen zijn gegaan. Ze gaan haar zoeken. Ze zijn haar al aan het zoeken. Een nieuwe golf van moeheid overspoelt haar. Een café. Daar, rechts. Ze gaat naar binnen.

Ze gaat achter in het café zitten, om diep na te denken. Je moet je eerst oriënteren. Ze kijkt nerveus naar het gezicht van de naderende ober. Dan werpt ze snel een blik om zich heen om te zien langs welke weg ze naar de uitgang kan rennen als… Maar er gebeurt niets. De ober vraagt niets, hij kijkt haar alleen onverschillig aan. Ze bestelt koffie. De ober sloft terug naar de toog.

Ja, je moet je eerst oriënteren.

Rue du Temple. Ze is drie, nee vier metrostations van haar huis verwijderd. Vier stations: Temple, Republique, overstappen en dan… Wat is het vierde station, mijn hemel?! Ze komt er elke dag, ze heeft honderden keren van die lijn gebruikgemaakt. Ze ziet duidelijk de ingang voor zich, de trap met zijn ijzeren leuningen, de krantenkiosk op de hoek met die vent die altijd zegt: 'Verdomme, wat een rotweer, hè?'

De ober zet een kopje koffie voor haar neer en legt er de kassabon naast: één euro tien. Heb ik geld? Ze heeft haar handtas op de tafel gelegd. Ze had niet eens beseft dat ze hem droeg.

Ze handelt automatisch, zonder aan iets te denken of iets te beseffen. Zo is alles gebeurd. Daarom is ze weggevlucht.

Ze moet zich concentreren. Hoe heet dat klotestation? Haar komst hierheen, haar tas, haar horloge… Iets werkt in haar, alsof ze uit twee personen bestaat. Ik ben twee personen. De een trilt van angst achter de koffie die koud wordt. De ander, die is weggelopen, haar tas heeft gepakt en haar horloge is vergeten, gaat nu naar huis, alsof er niets is gebeurd.

Ze neemt haar hoofd in haar handen en voelt haar tranen stromen. De ober kijkt naar haar terwijl hij quasi-ongeïnteresseerd glazen afdroogt. Ik ben gek, en dat is te zien… Ik moet hier weg. Overeind komen en vertrekken.

Ineens wordt ze overweldigd door een stoot adrenaline: als ik gek ben, zijn al die beelden misschien vals. Misschien is alles slechts een nachtmerrie. Ja, zo is het, een nachtmerrie, niets anders. Ze heeft gedroomd dat ze dat kind vermoordde. Is ze vanmorgen bang geworden en is ze daarom op de vlucht geslagen? Ik werd bang van mijn droom, dat is alles.

Bonne-Nouvelle! Dat is de naam van het metrostation, Bonne-Nouvelle! Nee, er is nog een ander station, vlak daarvoor. Maar deze keer schiet de naam haar uit zichzelf te binnen: Strasbourg-Saint-Denis.

Haar station is Bonne-Nouvelle. Ze is er zeker van. Ze ziet het nu heel goed voor zich.

De ober kijkt haar bevreemd aan. Ze is hardop gaan lachen. Ze huilt en plotseling zit ze te schaterlachen.

Is dat alles de werkelijkheid? Dat wil ze weten. Ze wil zichzelf geruststellen. Telefoneren. Wat is het vandaag? Vrijdag... Leo is niet op school. Hij is thuis. Leo moet thuis zijn.

Alleen.

Ik ben gevlucht en het kind is alleen.

Ze pakt haar tas, maakt hem open, haalt haar spullen tevoorschijn en legt ze op tafel. Daar is haar gsm. Het nummer kent ze uit haar hoofd. Ze wrijft in haar ogen om de cijfers goed te kunnen zien. De telefoon gaat over. Eén, twee, drie keer. Niemand neemt op. Leo heeft geen school, hij is alleen in het appartement, er wordt gebeld en niemand neemt op. Opnieuw begint ze te zweten, deze keer op haar rug. 'Verdomme, neem op!' Ze blijft automatisch doorgaan met tellen, vier, vijf, zes. Een klik en dan stilte. En ten slotte een stem die ze niet verwachtte. Ze wilde Leo spreken en nu antwoordt zijn moeder: 'Goedendag, dit is het antwoordapparaat van Christine en Alain Gervais...' Die kalme, resolute stem verlamt haar volledig van schrik. Waarom hangt ze niet op? Elk woord plakt haar aan haar stoel vast. 'We zijn op dit moment afwezig...' Sophie omklemt de telefoon.

Raar dat het haar zoveel moeite kost om twee simpele ideeën op een rij te zetten... Analyseren. Begrijpen. Leo weet heel goed hoe hij de telefoon moet opnemen. Het is zelfs een feest voor hem om de anderen voor te zijn, om de hoorn van de haak te nemen en te vragen wie er aan de lijn is. Als Leo daar is, zal hij de telefoon opnemen, anders betekent het dat hij er niet is. Zo simpel is het.

Verdorie, waar kan die kleine etter nou zijn als hij niet thuis is!

Hij kan de deur niet in zijn eentje openmaken. Zijn moeder heeft grendels laten aanbrengen, toen hij overal naartoe liep en ze hem niet echt vertrouwde. Hij neemt niet op, hij kan niet naar buiten zijn gegaan: onmogelijk. Waar ís dat joch?

Nadenken. Hoe laat is het? Halftwaalf.

Vóór haar liggen de voorwerpen die uit haar tas zijn gekomen, waaronder een tampon. Hoe ziet ze eruit? Bij de toog staat de ober met twee kerels te praten. Vaste klanten, kan niet missen. Ze hebben het waarschijnlijk over haar. Blikken kruisen elkaar, een beetje ontwijkend. Ze kan hier niet blijven. Ze moet weg. Zonder te aarzelen pakt ze alles wat op de tafel ligt op, stopt het in haar tas en haast zich naar de uitgang.

'Eén euro tien!'

Ze draait zich om. De drie mannen kijken haar op een vreemde manier aan. Ze rommelt in haar tas, haalt er met veel moeite twee muntstukken uit, legt ze op de toog en gaat naar buiten.

Het is nog steeds mooi weer. Automatisch merkt ze op wat zich op straat afspeelt: passerende voorbijgangers, rijdende auto's, startende motoren. Lopen. Lopen en nadenken. Deze keer ziet ze Leo's beeld duidelijk voor zich. Ze kan alles tot in het kleinste detail zien. Het is geen droom. Het kind is dood en zij is op de vlucht.

Om twaalf uur komt de werkster. Er is geen enkele reden waarom iemand het appartement vóór twaalf uur zou binnengaan. En dan zal het lichaam van het kind worden gevonden.

Daarom moet ze vertrekken. Voorzichtig zijn. Het gevaar kan overal vandaan komen, op elk moment. Niet op een en dezelfde plek blijven, bewegen, lopen. Haar spullen verzamelen, vluchten, snel, voordat ze haar vinden. Weggaan om na te denken. En te begrijpen. Als ze kalm is, zal ze alles kunnen analyseren. Ze zal terugkomen met allerlei verklaringen. Maar nu moet ze vertrekken. Waar naartoe?

Abrupt blijft ze staan. Degene die achter haar loopt botst tegen haar op. Ze mompelt een excuus. Ze staat midden op het trottoir en kijkt om zich heen. Er is veel beweging op de boulevard. En heel veel zon. Het leven verliest iets van zijn waanzin.

Daar is de bloemist, de meubelzaak. Schiet op. Haar blik blijft rusten op de klok in de meubelzaak: vijf over halftwaalf. Ze stormt de hal van het flatgebouw binnen, rommelt in haar tas en haalt er haar sleutelbos uit. Post in de brievenbus. Geen tijd verliezen. Derde verdieping. De sleutel van de deurknip, daarna die van het slot. Haar handen trillen. Ze zet haar tas op de grond. Ze moet twee keer opnieuw beginnen. Ze probeert diep adem te halen. De tweede sleutel draait eindelijk om en de deur gaat wijd open.

Ze blijft op de drempel staan. Ze heeft geen moment gedacht dat ze het verkeerd had ingeschat. Dat ze kon worden opgewacht... Het is stil in het trapportaal. Het vertrouwde licht van haar appartement strandt aan haar voeten. Ze verstart, maar ze hoort slechts haar eigen hartslag. Plotseling schrikt ze op: een sleutel in een deur. In het trapportaal, rechts, de buurvrouw. Zonder na te denken stort Sophie zich op haar, maar de deur gaat dicht voordat ze de buurvrouw heeft kunnen vastgrijpen.

Ze blijft staan en luistert. De vaak zo ontmoedigende leegte is deze keer geruststellend. Ze loopt langzaam door de stille flat. Eén blik op de wekker: twintig voor twaalf. Bijna. Die wekker is nooit helemaal precies geweest. Maar loopt hij voor of achter? Ze meent zich te herinneren dat hij voorloopt, maar zeker is ze daar niet van.

Dan gaat ze aan de slag. Ze haalt haar koffer uit de hangkast, opent de laden van de ladekast en stopt in het wilde weg kleren in de koffer. Daarna rent ze naar de badkamer, haalt de plank boven de wastafel leeg en laat alles in een tas vallen. Dan kijkt ze om zich heen. De papieren! In de secretaire: paspoort, geld. Hoeveel ligt er? Tweehonderd euro. Het chequeboekje. Waar is dat klotechequeboekje? In mijn tas. Ze controleert het. Opnieuw kijkt ze om zich heen. Mijn jack. Mijn tas. De foto's! Ze keert zich om, opent de bovenste la van het ladekastje en haalt er een album uit. Haar blik valt op haar ingelijste trouwfoto, die op het kastje staat. Ze pakt alles beet en gooit het in de koffer, die ze daarna dichtdoet.

Gespannen, met haar oor tegen de deur gedrukt, luistert ze. Nogmaals neemt haar hartslag de hele ruimte in beslag. Ze legt haar beide handen plat tegen de deur. Concentreer je. Ze hoort niets. Dan tilt ze haar koffer op en doet de deur open: niemand in het trapportaal. Ze trekt de deur achter zich dicht, zonder de moeite te nemen hem op slot te doen. Ze rent de trap af. Wanneer er een taxi voorbijrijdt, houdt ze hem aan. De taxichauffeur wil de koffer in de kofferbak leggen. Geen tijd! Ze zet hem op de achterbank en stapt in.

De man zegt: 'Waar gaan we heen?'

Ze weet het niet. Ze aarzelt even.

'Gare de Lyon.'

Als de taxi wegrijdt, kijkt ze door de achterruit. Niets bijzonders. Een paar auto's, voorbijgangers. Ze voelt zich opgelucht. Wat moet ze er verschrikkelijk uitzien! De chauffeur kijkt haar wantrouwend aan via het achteruitkijkspiegeltje.

4

Het is gek dat in noodsituaties het ene idee het andere oproept, dat gaat bijna automatisch.

'Stop!' roept Sophie.

Verrast door het bevel gaat de chauffeur op zijn rem staan. Ze hebben nog geen honderd meter afgelegd. De chauffeur heeft slechts tijd om zich om te keren en dan is ze al uitgestapt.

'Ik kom zo terug. Wacht op me!'

'Nou, dat komt me slecht uit...' zegt de taxichauffeur.

Hij kijkt naar de koffer die ze op de achterbank heeft gegooid. Noch de koffer noch de klant boezemt hem veel vertrouwen in. Sophie aarzelt. Ze heeft hem nodig, en alles is nu zo ingewikkeld... Ze doet haar tas open, haalt er een bankbiljet van vijftig euro uit en geeft het aan de chauffeur.

'Goed zo?'

De chauffeur kijkt naar het bankbiljet, maar neemt het niet aan.

'Vooruit,' zegt hij, 'ga uw gang, maar doe het snel!'

Ze steekt de straat over en haast zich naar de bank. Er is bijna niemand. Achter de balie een gezicht dat ze niet kent. Een vrouw, maar ze komt er vrijwel nooit... Ze haalt haar chequeboekje tevoorschijn en legt het voor zich neer.

'Ik wil graag weten hoeveel geld er op mijn rekening staat.'

De baliemedewerkster kijkt uitdagend naar de klok aan de muur. Dan pakt ze het chequeboekje, typt op haar toetsenbord en terwijl de printer ratelt, bekijkt ze uitvoerig haar nagels. Haar nagels en haar horloge.

De printer wekt de indruk een buitengewoon moeilijke klus te klaren, het kost hem bijna een minuut om tien regels tekst en getallen uit te spuwen. Het enige getal dat Sophie interesseert staat aan het eind.

'En op mijn spaarbankboekje?'

De baliemedewerkster zucht.

'Hebt u het nummer?'

'Nee, ik kan het me helaas niet herinneren.'

Sophie ziet eruit of het haar spijt, en dat is ook zo. De klok geeft vier minuten voor twaalf aan. Sophie is nu de enige klant. De andere balie-employé, een heel lange man, staat op en loopt naar de ramen. Nu begint hij de jaloezieën te laten zakken. Kil kunstlicht vervangt geleidelijk aan het daglicht. En daarmee daalt er een trillende, gedempte stilte neer. Sophie voelt zich niet lekker. Absoluut niet. De printer heeft opnieuw gerateld. Ze kijkt naar de twee getallen.

'Ik ga zeshonderd van de rekening-courant afhalen en laten we zeggen… vijfduizend van het spaarbankboekje?'

Ze eindigt haar zin als een vraag, alsof ze om toestemming vraagt. Pas op. Denk aan je zelfvertrouwen!

Aan de andere kant van de balie klinkt een zucht van paniek.

'Wilt u uw rekeningen afsluiten?' vraagt de bankbediende.

O, nee…(Pas op, jíj bent de klant, jíj bent degene die beslist.) 'Nee, ik heb alleen liquide middelen nodig.' (Dat is goed, dat klinkt serieus en volwassen.)

'Het is zo, dat…'

De vrouw kijkt naar Sophie en dan naar het chequeboekje dat ze in haar hand houdt. Daarna naar de muurklok die bijna twaalf uur aangeeft. En vervolgens naar haar collega, die gehurkt voor de glazen deuren zit om ze op slot te doen. Hij laat de laatste jaloezie zakken en kijkt nu openlijk ongeduldig naar hen. Sophie vraagt zich af wat ze moet doen.

Het lijkt allemaal veel ingewikkelder dan ze had gedacht. De bank is dicht, het is twaalf uur, de taxichauffeur heeft hoogstwaarschijnlijk de jaloezieën naar beneden zien gaan.

Glimlachend zegt ze: 'Ik heb ook haast…'

'Een moment, ik ga even kijken…'

Er is geen tijd om de vrouw tegen te houden. Ze heeft het klapdeurtje van de balie al opengeduwd en klopt op de deur van het kantoor ertegenover. Sophie voelt in haar rug de blik van de collega die bij de deur staat, terwijl hij er duidelijk de voorkeur aan zou geven aan de lunchtafel te zitten. Het is niet prettig om iemands ogen in je rug te voelen prikken. Maar alles is onaangenaam in deze situatie, vooral de man die met de baliemedewerkster komt aanlopen.

Sophie kent hem, ze weet niet meer hoe hij heet, maar hij is degene die haar heeft ontvangen toen ze haar rekening opende. Een man van in de dertig, een ietwat hard gezicht, het soort dat met zijn gezin vakantie viert, stomme dingen zegt tijdens het jeu-de-boulen, met sokken in zijn open sandalen rondloopt, de eerstvolgende vijf jaar twintig kilo zwaarder wordt, minnaressen heeft onder lunchtijd en zijn collega's daarvan op de hoogte brengt, als een soort supervrouwenversierder van de bank. Type eikel.

De eikel staat voor haar. De vrouwelijke bankbediende naast hem lijkt kleiner. Dat is het effect van autoriteit. Sophie begrijpt goed dat het zo'n soort man is. Ze ruikt zijn zweet min of meer overal. Ze zit echt in de problemen!

'Ik zie dat u…' (hij buigt zich naar het computerscherm, alsof hij die informatie voor het eerst ziet) 'bijna al uw geld van de bank wilt halen.'

'Is dat verboden?'

Op dat moment beseft ze dat ze niet de goede oplossing heeft gekozen. De frontale aanval inzetten op zo'n eikel is regelrechte oorlog.

'Nee, nee, het is niet verboden, maar...'

Hij draait zich om, werpt een vaderlijke blik op de baliemedewerkster, die dicht bij de kapstok staat, en zegt:

'Ga maar, Juliette, ik sluit wel af. Maak je geen zorgen.'

Dat laat de vrouw die door de man met een verkeerde naam wordt aangesproken zich geen twee keer zeggen.

'Bent u niet tevreden over de diensten die we verlenen, mevrouw Duguet?'

Deuren slaan dicht achter in de bank. De stilte is nog dieper dan zojuist. Sophie denkt zo snel mogelijk na.

'O, nee... Het is alleen dat... Ik ga op reis en ik heb liquide middelen nodig.'

De term 'liquide middelen' klinkt niet meer zo goed als daarnet. Nu klinkt het gehaaster, loucher, een beetje linker.

'U hebt liquide middelen nodig...' herhaalt de man. 'Normaal gesproken geven wij er bij zulke grote bedragen de voorkeur aan om een afspraak te maken met onze klanten. Tijdens kantooruren. Een kwestie van veiligheid, begrijpt u.'

De toespeling is zo duidelijk, zo typerend voor de persoon die hij is, dat ze hem bijna een mep zou verkopen. Ze houdt zich vast aan het idee dat ze het geld echt nodig heeft, dat haar taxi niet de hele dag zal wachten, dat ze zich eruit moet zien te redden.

'Ik heb mijn besluit om te vertrekken plotseling genomen. Heel plotseling. Ik moet ábsoluut vertrekken. Ik moet ábsoluut over dat geld beschikken.'

Ze kijkt hem aan. In haar verdwijnt er iets, een beetje waardigheid. Ze zucht. Ze zal doen wat gedaan moet worden, het boezemt haar afkeer in, een beetje.

'Ik begrijp uw probleem heel goed, meneer Musain.' De naam van de man is haar zomaar te binnen geschoten, als een klein teken van hervonden vertrouwen. 'Als ik tijd had gehad om u te bellen en te waarschuwen, had ik dat gedaan. Als ik het uur van mijn vertrek had kunnen uitkiezen, zou ik hier niet tegen sluitingstijd zijn gekomen. Als ik geen geld nodig had, zou ik u niet lastigvallen. Maar ik heb het nodig. Ik heb het allemáál nodig. Onmiddellijk.'

Musain werpt haar een tevreden glimlach toe. Ze voelt dat ze er nu beter voor staat.

'De vraag is ook of we over zoveel contanten beschikken.'

Het koude zweet breekt Sophie uit.

'Maar ik ga een kijkje nemen,' zegt Musain.

Daarna verdwijnt hij in zijn kantoor. Om te bellen? Waarom moet hij zijn kantoor binnengaan? Om te zien wat er in de brandkast ligt?

Ontreddderd kijkt ze naar de voordeur, de neergelaten jaloezieën, de achterdeur waarlangs de twee baliemedewerkers zijn vertrokken om te lunchen. De achterdeur had het metaalachtige geluid van een geblindeerde deur gemaakt. Er daalt een nieuwe stilte neer, langzamer, bedreigender dan de vorige. De man telefoneert, zonder enige twijfel, maar met wie? Dan komt hij terug. Hij gaat niet achter de balie staan, zoals tevoren, maar hij komt met een innemende glimlach naast haar staan. Hij is dichtbij, heel dichtbij.

'Ik denk dat we alles voor u kunnen regelen, mevrouw Duguet,' zegt hij met een zucht.

Ze werpt hem een gespannen glimlach toe. De man beweegt niet. Hij glimlacht terwijl hij haar recht aankijkt. Zij beweegt ook niet en gaat door met glimlachen. Dat is al wat nodig is. Glimlachen. Aan de vraag voldoen. De man draait zich om en loopt weg.

Opnieuw alleen. Zes over twaalf. Ze haast zich naar de jaloezieën en tilt een paar jaloezielatten op. Haar taxi staat nog steeds te wachten. Ze ziet de chauffeur niet, maar hij is natuurlijk nog wel in de buurt. Maar ze moeten opschieten! Ze heeft haar positie als op de balie leunende klant weer ingenomen, wanneer de man uit zijn kantoor komt. Hij blijft achter de balie staan en telt vijfduizend euro en zes eurocent uit. Dan gaat hij op de plaats van de baliemedewerkster staan en tikt op het toetsenbord van de computer. De printer doet moeizaam zijn werk. Intussen kijkt Musain naar Sophie en glimlacht. Ze heeft het gevoel dat ze spiernaakt is. Ten slotte tekent ze het ontvangstbewijs.

Musain is niet zuinig geweest met adviezen. Daarna heeft hij het geld in een stevige envelop gestopt en hem met een tevreden gezicht aan haar gegeven.

'Zo'n jonge, slanke vrouw als u die met zoveel geld op straat loopt. Ik zou u eigenlijk niet moeten laten gaan. Het is erg onvoorzichtig...'

Slanke vrouw! Ik droom!

Ze neemt de volle envelop aan. Ze weet niet waar ze hem moet laten, ze stopt hem in de binnenzak van haar jack. Musain kijkt haar weifelachtig aan.

'Het is de taxi,' brengt ze er met moeite uit. 'De chauffeur die buiten op me wacht zal zich zorgen maken... Later zal ik alles goed opbergen.'

'Natuurlijk,' zegt Musain.

Ze vertrekt.

'Wacht!'

Ze draait zich om, klaar voor alles, klaar om hem te slaan, maar ze ziet dat hij glimlacht.

'Na sluitingstijd moeten we hierlangs naar buiten gaan.'

Hij wijst naar een deur achter hem.

Ze volgt hem tot achterin. Dan is er een heel smalle gang, met aan het eind ervan de uitgang. De man is druk in de weer met de sloten, de geblindeerde deur schuift opzij, maar gaat niet helemaal open. Hij staat ervoor. Hij vult bijna het hele deurgat.

'Alstublieft, ga uw gang...' zegt hij.

'Dank u.'

Ze weet niet wat ze moet doen. De man blijft glimlachen.

'Waar gaat u heen? Tenminste, als dat geen al te indiscrete vraag is.'

Snel iets vinden, het maakt niet uit wat. Ze voelt wel dat ze te lang nadenkt, dat ze een antwoord klaar zou moeten hebben, maar er schiet haar niets te binnen.

'Naar het Zuiden.'

Haar jack is niet helemaal dicht. Nadat ze de bankbiljetten had weggeborgen, heeft ze de rits maar half dichtgetrokken. Musain kijkt naar haar hals, hij glimlacht nog steeds.

'Naar het Zuiden... Dat is prima, het Zuiden.'

En op dat moment steekt hij zijn hand uit en duwt discreet de envelop met het geld terug, waarvan het puntje net boven de half-open rits te zien is. Zijn hand strijkt heel even langs haar borsten. Hij heeft niets gezegd, maar zijn hand komt niet meteen terug. Sophie voelt echt de behoefte om hem een klap te geven, maar iets verschrikkelijks houdt haar tegen. De angst. Ze denkt zelfs heel even dat de man haar zou kunnen betasten, en dat ze, ver-stijfd als ze is, niets zou zeggen. Ze heeft het geld nodig. Is dat dan zo duidelijk?

'Ja,' vervolgt Musain, 'het Zuiden... dat is zo gek nog niet.'

Zijn hand is weer vrij en hij strijkt zacht over de achterkant van haar jack.

'Ik heb haast...'

Terwijl ze dat zegt, sluipt ze in de richting van de deur.

'Ik begrijp het,' zegt Musain. 'Goede reis, mevrouw Duguet. En ... tot gauw?'

Hij schudt langdurig haar hand.

'Dank u.'

Ze rent het trottoir op.

De tol van de angst om daar vast te zitten, om niet meer naar buiten te kunnen gaan, om aan de genade van die idioot te zijn overgeleverd. Ze wordt overspoeld door een golf van haat. Nu ze buiten is, en alles voorbij is, zou ze het hoofd van die vent wel tegen de muur willen rammen. Terwijl ze naar de taxi rent, voelt ze nog de aanraking van zijn vingers, en, bijna fysiek, de opluchting die ze zou voelen als ze hem bij zijn oren zou pakken en zijn schedel tegen de muur zou bonken. Want dat hoofd van die eikel is onverdraaglijk. Het hele voorval heeft zo'n woede in haar gewekt. Ja, ze pakt hem bij de oren en slaat zijn hoofd tegen de muur. Het stuitert met een afschuwelijk geluid, dof en diep, terug. De vent kijkt naar haar alsof ze knettergek is geworden, maar daarna volgt de grimas van de pijn. Ze bonkt met het hoofd van de man tegen de muur, drie, vier, vijf, tien keer. De grimas maakt geleidelijk aan plaats voor een soort bevriezing, voor bewegingloosheid. In zijn starende, doffe ogen schuilt een lege blik. Ze stopt, opgelucht. Haar handen zitten onder het bloed dat uit zijn oren stroomt. Hij heeft de ogen van een dode zoals je die in films ziet.

Dan verschijnt Leo's gezicht voor haar geestesoog, met ogen van een échte dode. Absoluut niet zoals je ze in films ziet.

Ze wordt duizelig.

5

'Goed, en wat nu?'

Ze kijkt op. Verstard staat ze voor de taxi.

'Gaat het…? Voelt u zich niet goed?'

Nee, het gaat wel, stap in de taxi, Sophie, wegwezen. Kalmeer een beetje, alles gaat goed. Het is gewoon de vermoeidheid, het is al met al een zware beproeving, dat is alles. Het zal heus wel goed gaan, concentreer je.

Onderweg houdt de chauffeur haar constant via zijn achteruit-kijkspiegeltje in de gaten. Ze probeert hem gerust te stellen door om zich heen te kijken, naar alles wat ze zo goed kent, de Place de la Republique, de oevers van de Seine, de Pont d'Austerlitz erachter. Dan begint ze wat rustiger te worden. Haar hart klopt niet meer zo snel. Allereerst moet ze kalmeren, afstand nemen, nadenken.

De taxi is aangekomen op Gare de Lyon. Als ze is uitgestapt en met de chauffeur afrekent, kijkt de man haar opnieuw aandachtig aan, ongerust, geïntrigeerd, angstig, een beetje van alles, ook opgelucht. Hij stopt het geld in zijn zak en vertrekt. Ze pakt haar koffer op en loopt naar het bord met de vertrektijden.

Ze heeft zin in een sigaret. Ze voelt nerveus in haar zakken.

Zo'n zin in een sigaret en geen tijd om er eentje te zoeken. In de tabakswinkel zijn drie mensen voor haar. Eindelijk bestelt ze één pakje, nee twee. Het meisje draait zich om, pakt twee pakjes en legt ze op de toonbank.

'Nee, drie...'

'Is het nou één, twee of drie?'

'Een slof.'

'Zeker weten?'

'Hou op met dat gezeur! En een aansteker.'

'Welke?'

'Maakt me niet uit.'

Ze pakt nerveus de slof op. Dan zoekt ze in haar zakken. Ze voelt geld. Haar handen trillen zo, dat de bankbiljetten van vijftig euro zich verspreiden over de stapel tijdschriften die voor de toonbank ligt. Ze kijkt achter zich en om zich heen, terwijl ze haar biljetten bij elkaar grist en in haar zakken stopt. Het gaat echt niet goed, Sophie, beslist niet. Een echtpaar staart haar aan. Naast hen staat een grote vent, die zich duidelijk opgelaten voelt en net doet of hij ergens anders naar kijkt.

Ze verlaat de winkel, de slof sigaretten in haar hand. Haar blik valt op het bord met rode letters waarop de reizigers worden gewaarschuwd voor zakkenrollers... Wat nu? Ze zou brullen als ze kon, maar vreemd genoeg voelt ze iets wat ze in zo'n gemoedstoestand vaak in haar binnenste voelt opkomen. Iets heel vreemds, bijna iets geruststellends. Zoals tijdens de angstaanvallen in haar jeugd, toen er ineens, uit de angst, de subtiele maar absolute zekerheid oprees dat alles wat je beleeft niet altijd waar is, dat er ergens achter de angst een bescherming is, dat iets onbekends ons beschermt... Heel even ziet ze haar vader voor zich, en dan verdwijnt het beeld weer.

Magische reflex.

Sophie weet heel goed, diep vanbinnen, dat het slechts een heel kinderlijk middel is om zichzelf gerust te stellen.

Ze weet wat ze moet doen: op zoek gaan naar de toiletruimte, zich een beetje opknappen, haren kammen, zich opnieuw concentreren, de bankbiljetten fatsoenlijk opbergen, besluiten wat haar plaats van bestemming is, wat haar plan is. En onmiddellijk een sigaret opsteken.

Ze verscheurt het papier van de slof. Er vallen drie pakjes op de grond. Ze raapt ze op en legt de slof en haar jack op de koffer. Eén pakje maakt ze open. Ze haalt er een sigaret uit en steekt hem op. Een gevoel van welbehagen. De eerste seconden van geluk sinds een eeuwigheid. En dan, vrijwel meteen, wordt ze duizelig. Ze sluit haar ogen om weer tot zichzelf te komen en even later gaat het beter. Kijk, twee of drie minuten roken, en ze voelt zich weer rustig. Ze rookt met gesloten ogen. Daarna trapt ze haar sigaret uit, stopt de slof in haar koffer en loopt naar het café tegenover de perrons.

Boven haar de *Train bleu*, met zijn grote roltrap. Erachter de glazen deuren, de salons met hun duizelingwekkend hoge plafonds, de vele witte tafeltjes, het geroezemoes, de zilveren couverts, de pompeuze muurschilderingen. Vincent heeft haar er op een avond mee naartoe genomen, lang geleden. Dat alles is zo ver weg.

Ze heeft een vrij tafeltje gezien op het overdekte terras. Ze bestelt koffie en vraagt waar de toiletten zijn. Ze wil haar koffer niet alleen achterlaten. Maar om hem nou mee te nemen naar de wc... Ze kijkt om zich heen. Rechts een vrouw, links een vrouw. Het is beter hiervoor de hulp van een vrouw in te schakelen. Die rechts van haar zal ongeveer haar leeftijd hebben. Ze bladert in een tijdschrift en rookt een sigaret. Sophie kiest de vrouw aan haar linkerkant; ze is ouder, forser en zelfverzekerder. Sophie gebaart naar haar koffer, maar ze is er niet zeker van of de vrouw haar heeft begrepen. Toch lijkt de blik van de vrouw te zeggen: 'Ga je gang, ik hou hem wel in de gaten.' Een flauwe glimlach, de eerste sinds eeuwen. Ook voor de glimlach is het beter een vrouw te kiezen. Sophie raakt haar koffie niet aan. Ze loopt de trap af naar de toiletten. Ze vermijdt een blik in de spiegel en gaat meteen een wc binnen. Dan sluit ze de deur, laat haar spijkerbroek en haar slipje zakken, gaat zitten, legt haar ellebogen op haar knieën en begint te huilen.

Na afloop loopt ze naar de spiegel en bekijkt haar gezicht. Niet om aan te zien! Belachelijk hoe oud en gebruikt ze zich voelt. Ze wast haar handen en maakt haar voorhoofd nat. Wat is ze moe... Kom op, naar boven, koffiedrinken, sigaret roken en nadenken. Geen paniek meer, ze moet nu voorzichtig te werk gaan, alles goed analyseren. Makkelijk gezegd!

Ze loopt de trap op. Als ze het terras bereikt, ziet ze onmiddellijk wat voor rampzaligs er is gebeurd. Haar koffer is verdwenen, de vrouw ook. Ze schreeuwt: 'Verdomme!' en begint woedend met haar vuist op het tafeltje te slaan. Het koffiekopje valt op de grond en breekt. Iedereen kijkt naar haar. Ze wendt zich tot de andere vrouw, die rechts van haar zit. En door niet meer dan een kleine flikkering in de ogen van de vrouw begrijpt Sophie dat die alles heeft gezien, dat ze niet heeft ingegrepen, dat ze niets heeft gezegd of gedaan. Níets!

'Kennelijk hebt u niets gezien...!'

Het is een vrouw van een jaar of dertig, helemaal in het grijs gehuld. Ze heeft een somber gezicht. Sophie komt dichterbij, terwijl ze haar tranen met haar mouw wegveegt.

'Je hebt niets gezien, hè, stomme trut!'

En dan geeft ze haar een klap. Geschreeuw, de ober komt aangerend. Het meisje houdt een hand tegen haar wang en begint te huilen. Iedereen snelt toe. Wat gebeurt er? Daar is Sophie, midden in het tumult, omringd door mensen. De ober grijpt haar beide armen vast en roept: 'Kalm worden, anders roep ik de politie!' Sophie rukt zich los en zet het op een rennen. De ober holt schreeuwend achter haar aan. De menigte volgt, tien meter, twintig meter. Sophie weet niet meer waar ze heen moet. De ober grijpt haar ten slotte bij de schouders. 'U moet uw koffie nog betalen,' brult hij.

Ze draait zich om. De ober kijkt haar indringend aan. Hun blikken stoten op elkaar, in een oorlog van wilskracht. Hij is een man. Sophie voelt dat hij per se wil winnen, en ze ziet dat hij er al een rood gezicht van heeft. Dan haalt ze haar envelop tevoorschijn, waarin slechts bankbiljetten van vijftig euro zitten. Haar sigaretten vallen op de grond. Ze raapt ze allemaal op. Er staan nu heel veel mensen om hen heen. Ze haalt diep adem, snuift, veegt haar tranen weg met de rug van haar hand, pakt een van de bankbiljetten en stopt het in de hand van de ober. Ze staan midden in het station, omringd door een grote kring nieuwsgierigen en reizigers, aangetrokken door het opstootje. De ober steekt zijn hand in de geldbuidel op zijn buik om haar het wisselgeld terug te geven. Sophie voelt, gezien zijn uiterst langzame gebaren, dat hij van het moment van zijn glorie wil genieten. Hij neemt alle tijd zonder om zich heen te kijken, geconcentreerd, alsof het publiek niet bestaat en hij daar staat in de natuurlijkste rol, die van kalme autoriteit. Sophie voelt dat haar zenuwen zich spannen. Haar handen jeuken. Het hele station lijkt om hen heen te staan. De ober telt nauwgezet, van twee tot vijftig, en legt elk biljet en elk muntstuk in haar trillende, open hand. Sophie ziet slechts de bovenkant van zijn witachtige schedel, de zweetdruppeltjes bij de grens van zijn spaarzame haren. Ze kan wel kotsen.

Sophie pakt haar geld, draait zich om en doorkruist compleet verdwaasd de menigte nieuwsgierigen.

Ze loopt. Ze heeft het gevoel dat ze wankelt, maar nee, ze loopt rechtuit, ze is alleen maar heel erg moe. Een stem.

'Kan ik je helpen?'

Schor, dof.

Ze keert zich om. God, wat een toestand. De dronkaard die tegenover haar staat is de ellende in eigen persoon.

'Nee, het gaat wel. Dank u…'

Daarna begint ze weer te lopen.

'Je hoeft je niet te schamen, hoor! We zitten allemaal in hetzelfde schui…'

'Donder op!'

Hij blaast onmiddellijk de aftocht, terwijl hij iets mompelt. Ze doet alsof ze het niet begrijpt. Misschien heb je ongelijk, Sophie. Misschien heeft hij gelijk, misschien ben jij, ondanks je hooghartige houding, óók de ellende in eigen persoon.

Wat zat er in mijn koffer? Kleren, onbeduidende dingetjes? Het belangrijkste is het geld.

Ze voelt koortsachtig in haar zakken. Dan slaakt ze een zucht van verlichting: haar papieren zijn er nog, evenals haar geld. Het belangrijkste is er nog. Nu nogmaals goed nadenken. Ze verlaat het station. De zon schijnt volop. Vóór haar ziet ze een rij cafés en brasseries. Overal zijn reizigers, taxi's, auto's, bussen. En daar, bij een laag betonnen muurtje, zijn mensen op een taxi aan het wachten. Sommigen zitten, anderen lezen, een man is druk aan het telefoneren, met zijn agenda op zijn knieën. Ze loopt erheen en gaat op het muurtje zitten. Daarna haalt ze haar pakje sigaretten tevoorschijn en rookt met haar ogen dicht. Concentreer je. Ineens denkt ze aan haar mobiele telefoon. Ze zullen haar telefoon afluisteren. Ze zullen zien dat ze geprobeerd heeft de familie Gervais te bereiken. Ze klapt haar mobiel open, haalt er vlug de simkaart uit, tilt een putdeksel op en gooit hem in het riool. Gevolgd door de telefoon.

Ze is automatisch naar het Gare de Lyon gegaan. Waarom? Waar wil ze naartoe? Raadsel… Ze denkt diep na en dan herinnert ze het zich: Marseille, de stad waar ze lang geleden met Vincent is geweest. Lachend hadden ze een kamer genomen in een derderangs hotelletje, vlak bij de Vieux-Port, de oude haven, omdat ze niets anders hadden gevonden en omdat ze ontzettend veel zin hadden om onder de wol te kruipen. Toen de man achter de balie hun naam vroeg, had Vincent gezegd: 'Stefan Zweig.' De naam van hun toenmalige lievelingsauteur. Ze hadden hem moeten spellen. Toen had de man gevraagd of ze Pools waren. Vincent had geantwoord: 'Oostenrijkers van origine...' Ze hadden er een nacht incognito, onder een valse naam, doorgebracht en daarom... Frappant, haar reflex om naar een plek te gaan waar ze al eens is geweest. Marseille of een andere plaats, dat doet er weinig toe. In elk geval naar een plaats die ze kent, ook al is het vaag, omdat het geruststellend is... en dat is precies wat ze van haar zullen verwachten. Ze zullen haar op de plek gaan zoeken waar ze waarschijnlijk heen zou gaan en dus is dat precies wat ze níet moet doen. Vanaf nu moet je alle vertrouwde plaatsen vergeten, Sophie, dat is van levensbelang. Je moet je fantasie gebruiken. Dingen doen die je nog nooit hebt gedaan, naar een plek gaan waar je níet zult worden verwacht. Plotseling raakt ze in paniek bij het idee dat ze niet meer naar haar vader zal kunnen gaan. Het is al meer dan zes jaar geleden dat ze hem voor het laatst gezien heeft en nu kan ze hem niet meer bezoeken. Zijn huis zal wel bewaakt worden, ook zíjn telefoon zal worden afgeluisterd. Ze ziet de onveranderlijke gestalte van de oude man voor zich. Eeuwig slank, met lange ledematen, solide, alsof hij is gesneden uit eikenhout, dat even oud en even sterk is. Sophie had Vincent uitgekozen met haar vader als voorbeeld: lang, rustig en evenwichtig. Dat zal ze gaan missen. Na de dood van Vincent, toen alles om haar heen was ingestort en ze niets anders meer had dan de ruïne van haar leven, was haar vader de laatste geweest die overeind bleef. Ze zal hem niet meer kunnen zien of met hem kunnen praten. Helemaal alleen op de wereld, alsof hij ook dood is. Het lukt haar niet om zich voor te stellen hoe een wereld eruit zou zien waarin haar vader ergens leeft, maar zij niet meer met hem kan praten en zijn stem niet meer kan horen. Alsof zijzelf dood is.

Bij dat vooruitzicht wordt ze duizelig, alsof ze, zonder hoop op een terugkeer, een andere, vijandige wereld zou betreden, waarin niets bekend zou zijn, waarin alles een risico zou zijn, waarin elke spontaniteit achterwege zou moeten worden gelaten: voortdurend iets nieuws doen. Ze zal nergens meer veilig zijn, ze zal nergens haar naam kunnen noemen. Sophie is niemand meer, alleen een voortvluchtige, iemand die verlamd is door angst, die leeft als een dier, volledig gericht op overleven, het tegenovergestelde van leven.

Ze voelt zich uitgeput: is dat allemaal echt de moeite waard? Wat is het leven nu? Bewegen, niet op één plek blijven… Dat alles is tot mislukken gedoemd. Ze heeft de kracht niet om te vechten. Ze heeft niet de ziel van een voortvluchtige, ze is slechts een crimineel. Ze zal het nooit kunnen. Ze zullen geen moeite hebben om je te vinden… Ze slaakt een diepe zucht: zich overgeven, naar de politie gaan, zeggen wat de waarheid is, dat ze zich niets kan herinneren… dat het ooit moest gebeuren, dat er in haar zoveel wrok, zoveel haat tegen de wereld is… Ze kan beter stoppen. Ze wil het leven dat haar wacht niet. Maar waar leek haar leven vóór die tijd op? Al heel lang lijkt het nergens meer op. Nu heeft ze de keus tussen twee nutteloze levens… Ze is zo moe… Je moet stoppen, zegt ze tegen zichzelf. En voor het eerst weet ze wat haar te doen staat. 'Ik ga me overgeven.' Het verbaast haar niet dat ze zich uitdrukt als een moordenares. Ze heeft twee jaar nodig gehad om krankzinnig te worden, één nacht om weer een crimineel te worden, en twee uur om een opgejaagde vrouw te worden, met haar stoet angsten, argwaan, listen, pogingen om een plan te maken en op de dingen te anticiperen.

Het is de tweede keer in haar leven dat ze ervaart hoe een normaal leven kan vervallen tot waanzin, tot de dood. Het is afgelopen. Er moet een eind aan komen. Ze voelt zich nu lekker. Zelfs de angst om te worden opgesloten, waarvoor ze zo hard is weggevlucht, neemt af. De psychiatrische inrichting is niet meer de hel, maar een min of meer zachte oplossing. Ze dooft haar sigaret en steekt een nieuwe op. Hierna ga ik erheen. Een laatste sigaret en dan moet ze op zoek naar een telefooncel en de inrichting bellen zoals ze met zichzelf heeft afgesproken. Het zal haar heus wel lukken om zich duidelijk uit te drukken, om een verklaring te geven. Alles is beter dan de uren die ze achter de rug heeft. Alles liever dan deze waanzin.

Ze blaast een rookwolk uit en precies op dat moment hoort ze de stem van de vrouw.

6

'Het spijt me…'

Daar staat het meisje met haar grijze outfit. Ze houdt nerveus haar tasje vast. Ze glimlacht even, tenminste wat bij haar voor een glimlach moet doorgaan.

Ze kijkt Sophie even aan. Dan zegt Sophie:

'Het geeft niet. Laat maar zitten. Het is mijn dag niet.'

'Het spijt me…,' herhaalt het meisje.

'U kunt er niets aan doen. Laat maar zitten!'

Het meisje blijft staan. Sophie ziet haar voor het eerst echt. Niet zo lelijk en triest. Een jaar of dertig, een lang gezicht, fijne gelaatstrekken, heldere ogen.

'Wat kan ik doen?'

'Mijn koffer naar me terugbrengen! Het zou een goed idee zijn om me mijn koffer terug te geven!'

Sophie gaat staan en pakt het meisje bij de arm.

'Ik ben een beetje opgefokt. Maak je geen zorgen. Ik moet nu vertrekken.'

'Had u spullen van waarde?'

Ze draait zich om.

'Ik bedoel… Zaten er waardevolle dingen in uw koffer?'

'Voldoende om ze te willen meenemen.'

'Wat gaat u doen?'

Goede vraag. Een ander zou antwoorden: ik ga naar huis. Maar Sophie kan geen antwoord geven, ze heeft niets te zeggen, kan nergens heen.

'Zal ik u op een kopje koffie trakteren?'

Het meisje kijkt haar indringend aan. Het is geen voorstel, het lijkt op een smeekbede. Sophie weet niet waarom, maar ze zegt simpelweg:

'Daar ben ik wel aan toe...'

Een brasserie tegenover het station.

Het meisje is, ongetwijfeld vanwege de zon, rechtstreeks naar het terras gelopen, maar Sophie wil binnen zitten. Ze zegt: 'Niet bij het raam!' Het meisje beantwoordt haar glimlach.

Ze weten niet wat ze tegen elkaar moeten zeggen en wachten op de koffie.

'Komt u aan of vertrekt u?'

'Wat? O, ik kom aan. Ik kom uit Lille.'

'Dan komt u toch aan op Gare du Nord?'

Dat is niet goed bedacht. Sophie heeft ineens zin om het meisje zomaar te laten barsten met haar late gewetensbezwaren en haar houding van een geslagen hond.

'Ik ben overgestapt...'

Ze improviseert maar wat. Dan vraagt ze snel:

'En u?'

'Nee, ik reis niet.'

Het meisje aarzelt over het vervolg en kiest dan voor een afleidingsmanoeuvre.

'Ik woon hier. Ik heet Véronique.'

'Ik ook,' antwoordt Sophie.

'Heet u ook Véronique?'

Sophie beseft dat het moeilijker zal zijn dan ze dacht, dat ze niet de tijd heeft gehad om zich op dit soort vragen voor te bereiden, dat ze alles nog moet doen. Zichzelf in een andere geestestoestand brengen.

Ze maakt een vaag gebaar van instemming dat eigenlijk alles kan betekenen.

'Wat grappig,' zegt het meisje.

'Het komt vaker voor...'

Sophie steekt een sigaret op en biedt het meisje er ook een aan. Het meisje steekt met een gracieus gebaar haar sigaret aan. Ongelooflijk dat dit meisje in haar grijze kleren van dichtbij zo anders is.

'Wat doet u voor de kost?' vraagt Sophie.

'Ik ben vertaalster. En u?'

Al pratend verzint Sophie in een paar minuten tijd een nieuw leven. Aanvankelijk is ze een beetje bang. Tot ze het als een spel gaat beschouwen, je hoeft enkel de spelregels in acht te nemen. Ineens heeft ze een wereld aan keuzemogelijkheden. Toch gedraagt ze zich als de winnaar van de loterij, die het leven totaal anders zou kunnen inrichten, maar toch dezelfde eengezinswoning koopt als ieder ander. Dus nu is ze Véronique geworden, docent handenarbeid op een middelbare school in Lille, ongetrouwd, hierheen gekomen om haar ouders te bezoeken, die in een voorstad van Parijs wonen.

'Hebt u dan vakantie?' vraagt Véronique.

Dat is het probleem: haar verhaal roept nieuwe vragen op.

'Ik heb vrij genomen. Mijn vader is ziek.' Ze glimlacht. 'Onder ons gezegd, hij is niet echt ziek: ik had zin om een paar dagen in Parijs door te brengen. Ik zou me moeten schamen...'

'Waar wonen ze? Ik kan u naar hen toe brengen. Ik heb een auto.'

'Ik red me wel, nee, bedankt.'

'Ik vind het echt geen punt.'

'Het is lief van u, maar het is niet nodig.'

Sophie zegt dat met een scherpe stem. Opnieuw valt er een stilte tussen hen.

'Verwachten ze u? Moet u hen niet bellen?'

'O, nee!'

Ze heeft te snel geantwoord: wees kalm en beheerst, Sophie, neem je tijd, zeg niet zomaar iets…

'In feite zou ik morgenochtend aankomen…'

'O,' zegt Véronique, terwijl ze haar sigaret dooft. 'Hebt u al geluncht?'

Dat is wel het laatste waar Sophie aan kon denken.

'Nee.'

Ze kijkt op de klok aan de muur: twintig voor twee.

'Mag ik u dan een lunch aanbieden? Om me te verontschuldigen… voor de koffer… Ik woon hier vlakbij. Ik heb niets bijzonders, maar er zal vast wel iets eetbaars in de koelkast liggen.'

Denk erom, Sophie, doe niet hetzelfde als vroeger. Ga naar een plek waar niemand je verwacht.

'Waarom niet?' antwoordt ze.

Ze glimlachen tegen elkaar. Véronique betaalt de rekening. Dan koopt Sophie twee pakjes sigaretten en volgt Véronique op de voet.

Boulevard Diderot. Chique flats. Pratend over koetjes en kalfjes hebben ze naast elkaar gelopen. Als ze de flat van Véronique bijna hebben bereikt, heeft Sophie er al spijt van. Ze had nee moeten zeggen, ze had weg moeten gaan. Ze zou al heel ver van Parijs vandaan moeten zijn, in een onwaarschijnlijke richting. Ze heeft het aanbod geaccepteerd, uit zwakheid, uit vermoeidheid. Dus ze volgt Véronique automatisch. Ze betreden de hal van het flatgebouw. Sophie laat zich leiden, als een toevallige bezoekster. De lift. Véronique drukt op de knop van de vierde verdieping. De lift schommelt heen en weer, kraakt, schudt en stopt abrupt op de vierde etage. Véronique glimlacht:

'Het stelt niet veel voor,' verontschuldigt ze zich. Ze maakt haar tas open, op zoek naar haar sleutelbos.

Het stelt niet veel voor, maar vanaf het moment van binnenkomst riekt het naar rijke mensen. Het appartement is groot, echt groot. De zitkamer is een dubbel vertrek met twee ramen. Rechts is de zitkamer met de leren meubels, links staat de vleugel, en achterin de boekenkast...

'Kom binnen, alsjeblieft...'

Sophie loopt naar binnen, alsof ze een museum binnengaat. Het interieur doet haar denken aan de flat aan de Rue Molière, waar op dit moment...

Automatisch zoekt ze naar een klok. Haar blik valt op een verguld klokje, dat op de schoorsteen staat: tien voor twee.

Zodra ze binnen waren, is Véronique snel naar de keuken gelopen, plotseling levendig, bijna gehaast. Sophie hoort haar stem en antwoordt afwezig, terwijl ze rondkijkt in de flat. Ze werpt nog een blik op het klokje. De minuten verstrijken niet. Ze haalt diep adem. Aandacht schenken aan haar antwoorden, een paar keer mompelen: 'Ja, natuurlijk' en proberen weer tot zichzelf te komen. Het is net of ze ontwaakt uit een onrustige nacht en zich weer op een onbekende plek bevindt. Véronique is druk bezig, ze praat snel, ze opent kastjes, ze zet de magnetron aan, ze slaat de deur van de koelkast dicht en dekt de tafel. Sophie vraagt:

'Kan ik je helpen?'

'Nee, nee,' zegt Véronique.

Een volmaakte huisvrouw. Binnen enkele minuten staan er wijn, sla, bijna vers brood ('Het is van gisteren, dat kan nog wel') op tafel. Ze snijdt het brood met een erg scherp mes.

'Dus, vertaalster...'

Sophie zoekt een gespreksonderwerp. Dat is niet meer nodig. Nu ze bij haar thuis zijn, is Véronique spraakzaam geworden.

'Engels en Russisch. Mijn moeder is een Russin, dat is altijd handig!'

'Wat vertaalt u? Romans?'

'Dat zou ik graag willen, maar ik houd me bezig met vakbladen, rubrieken, brochures en zo.'

Ze praten over van alles en nog wat, over familie en werk. Sophie schudt relaties uit de mouw, collega's, een familie, een mooi nieuw leven, en daarbij zorgt ze ervoor dat ze zo ver mogelijk van de realiteit verwijderd is.

'En waar wonen uw ouders?' vraagt Véronique.

'In Chilly-Mazarin.'

Dat kwam ineens bij Sophie op. Waarom weet ze niet.

'Wat doen ze?'

'Ze zijn met pensioen.'

Véronique heeft de wijn ontkurkt. Ze dient een stoofpotje van groenten en spekblokjes op.

'Het komt uit de diepvries, ik waarschuw u maar even…'

Sophie ontdekt plotseling dat ze honger heeft. Ze eet en eet. De wijn geeft haar een prettig, behaaglijk gevoel. Gelukkig is Véronique spraakzaam. Ze houdt zich aan algemeenheden, maar ze is een gezellige prater en mengt futiliteiten met anekdotes. Al etende vangt Sophie brokstukjes informatie op over Véroniques ouders, haar studie, haar jongere broertje, de reis naar Schotland… Dan stopt de woordenstroom.

'Getrouwd?' vraagt Véronique, wijzend naar Sophies hand.

Lastig…

'Niet meer.'

'En u draagt hem tóch?'

Vergeet niet hem af te doen, Sophie. 'Gewoonte, denk ik. En u?'

'Ik zou die gewoonte graag willen aannemen.'

Ze antwoordde met een verlegen glimlach, op zoek naar de geheime verstandhouding tussen vrouwen. Onder andere omstandigheden, misschien, zegt Sophie tegen zichzelf. Maar nu niet…

'En?'

'Een andere keer, misschien.'

Véronique zet kaas op tafel. Voor iemand die niet weet wat er in haar koelkast zit…

'Woont u hier alleen?'

Ze aarzelt.

'Ja…'

Ze buigt haar hoofd over haar bord. Dan tilt ze het weer op en kijkt Sophie recht aan, alsof ze haar wil uitdagen.

'Sinds maandag… Nog niet zo lang.'

'O.' Wat Sophie weet is dat ze het niet wil weten, zich er niet mee wil bemoeien. Ze wil de maaltijd beëindigen en vertrekken. Ze voelt zich niet lekker. Ze wil gewoon weg!

'Dat kan gebeuren,' zegt ze simpelweg.

'Ja,' zegt Véronique.

Ze praten nog een tijdje door, maar het gesprek loopt niet meer zo soepel. Een kleine persoonlijke tegenslag is tussen hen in gaan staan.

De telefoon gaat over.

Véronique draait haar hoofd om en kijkt naar de gang, alsof ze verwacht dat de beller de kamer binnenkomt. Ze slaakt een zucht. De telefoon gaat één keer, twee keer over. Ze verontschuldigt zich, komt overeind en loopt naar de gang. Dan neemt ze op.

Sophie drinkt haar wijnglas leeg, schenkt nog wat wijn in en kijkt door het raam naar buiten. Véronique heeft de deur gesloten, maar haar stem dringt – gedempt – door tot in de zitkamer. Lastige situatie. Als Véronique niet in de gang stond, zou Sophie haar jack pakken en vertrekken, zonder iets te zeggen, als een dief in de nacht. Ze vangt een paar woorden op en probeert automatisch het gesprek te volgen.

De stem van Véronique klinkt ernstig en hard.

Sophie gaat staan en loopt een eindje bij de deur vandaan, maar de afstand verandert niets aan de zaak. De nu doffe stem van Véronique klinkt alsof ze in de kamer is. Het zijn verschrikkelijke woorden van een banale breuk. Het leven van het meisje interesseert Sophie niet. ('Het is afgelopen, heb ik je gezegd: afgelopen uit'.) Haar mislukte liefdesaffaires interesseren Sophie absoluut niet. Sophie loopt naar het raam. ('We hebben er heel vaak over gepraat, we gaan nu niet wéér beginnen!') Sophie ziet links van haar een kleine secretaire staan. Het idee is zojuist bij haar opgekomen. Ze buigt naar voren om te luisteren hoe ver het is met het gesprek. Ze zijn bezig met: 'Laat me met rust!' Dan heeft zij, Sophie, nog even tijd. Ze trekt de klep van de secretaire omhoog en ontdekt achterin twee rijen laden. 'Dat soort dingen heeft absoluut geen vat op me, dat kan ik je verzekeren.' In het tweede laatje vindt ze bankbiljetten van tweehonderd euro, niet veel. Ze telt er vier. Ze steekt ze in haar zak en zoekt verder. Haar hand ('Denk je soms dat je me daarmee imponeert?') voelt de harde buitenkant van het paspoort. Ze doet het open, maar stelt het onderzoek tot later uit. Ze stopt het paspoort in haar zak. Dan pakt ze een aangebroken chequeboekje. Daarna rent ze naar de bank en stopt alles in de binnenzak van haar jack. Ze hoort dat het gesprek gevorderd is tot: 'Zielepoot!' Gevolgd door: 'Arme vent!' En ten slotte door: 'Sneue lul!'

De hoorn wordt hard op de haak gegooid. Stilte. Véronique blijft in de gang staan. Sophie probeert een meelevend gezicht te trekken, met een hand op haar jack.

Ten slotte komt Véronique terug. Ze verontschuldigt zich op een onbeholpen manier en tracht te glimlachen:

'Het spijt me, u zult wel... het spijt me...'

'Het geeft niet...'

Sophie vervolgt:

'Ik ga ervandoor.'

'Nee, nee,' zegt Véronique. 'Ik ga koffie zetten.'

'Het is beter dat ik vertrek...'

'De koffie is zó klaar!'

Véronique droogt haar tranen met de rug van haar hand en probeert te glimlachen.

'Het is idioot...'

Sophie geeft zichzelf een kwartier en dan gaat ze weg, wat er ook gebeurt.

Uit de keuken komt de stem van Véronique, die zegt:

'Sinds drie dagen belt hij me voortdurend op. Ik heb alles geprobeerd. Ik heb de stekker van de telefoon eruit gehaald, maar dat is niet zo handig voor mijn werk. Niet opnemen en de telefoon laten rinkelen werkt op mijn zenuwen. Af en toe ga ik ergens een kopje koffie drinken. Hij zal er heus wel eens genoeg van krijgen, maar het is een merkwaardig type. Het soort dat zich aan iemand vastklampt.'

Ze zet kopjes op de lage salontafel.

Sophie beseft dat ze te veel wijn heeft gedronken. Alles begint langzaam om haar heen te draaien, de chique flat, Véronique, alles begint zich te vermengen, en dan volgt Leo's gezicht, het klokje op de schoorsteenmantel, de lege fles wijn op tafel, de kinderkamer die ze binnengaat met de bult onder het beddengoed, de laden die met een klap sluiten, en de stilte als ze bang wordt. De voorwerpen dansen voor haar ogen, het beeld van het paspoort dat ze in de zak van haar jack heeft gestopt. Ze wordt door een golf bedolven, alles lijkt geleidelijk aan uit te doven en te vervloeien in het duister.

Van heel ver weg komt de stem van Véronique die vraagt: 'Gaat het niet goed met u?' Maar het is een stem die uit een put komt, een stem die weergalmt. Sophie voelt dat haar lichaam verslapt en daarna inzakt. En plotseling houdt alles op.

Ze kan het zich allemaal heel goed voor de geest halen. Ze zou elk meubelstuk, elk detail kunnen tekenen. Tot en met het behang van de zitkamer.

Ze ligt op de bank, één been op de grond. Ze wrijft in haar

ogen, op zoek naar een greintje bewustzijn. Af en toe doet ze haar ogen open en dan voelt ze dat iets in haar weerstand biedt, wil blijven slapen, ver van alles. Sinds vanmorgen is ze ontzettend moe, er zijn zoveel dingen gebeurd. Ten slotte leunt ze op haar elleboog, draait zich om naar de zitkamer en doet langzaam haar ogen open.

Vlak bij de tafelpoot ligt het lichaam van Véronique, badend in een plas bloed.

Sophies eerste gebaar is het keukenmes loslaten dat ze in haar hand houdt. Het valt met een onheilspellend geluid op het parket.

Het is als een droom. Ze gaat wankelend staan. Automatisch probeert ze haar rechterhand aan haar broek af te vegen, maar het bloed is al opgedroogd. Haar voet glijdt uit in de bloedplas die zich langzaam over het parket verspreidt. Ze houdt zich vast aan de tafel. Ze wankelt even. In feite is ze dronken. Zonder het te beseffen heeft ze haar jack gepakt. Ze sleept het achter zich aan, als een hondenriem, als een snoer van een lamp. Leunend tegen de muren lukt het haar de gang te bereiken. Daar is haar tas. Haar ogen zijn opnieuw troebel door de tranen, ze snuift. En ze valt op haar achterwerk. Ze drukt haar gezicht in haar jack. Ze voelt iets vreemds en tilt haar hoofd op. Haar jack is door het bloed op de grond gesleept en ze heeft er zojuist haar wangen mee afgeveegd. Ga je gezicht wassen voordat je naar buiten loopt, Sophie. Sta op.

Maar ze heeft er de energie niet voor. Het is te veel. Ze gaat languit op de grond liggen, met haar hoofd tegen de voordeur, klaar om weer in slaap te vallen, klaar voor alles, behalve deze realiteit het hoofd te bieden. Ze sluit haar ogen. En plotseling, alsof onzichtbare handen haar bij haar schouders optillen, staat ze weer, wankelend, maar ze staat! Ze voelt een woeste vastberadenheid in zich opkomen, iets heel dierlijks. Ze loopt de zitkamer in. Vanaf de plek waar ze staat ziet ze slechts Véroniques benen, half onder de tafel. Ze komt dichterbij. Het lichaam ligt op zijn zij, het gezicht verdwijnt achter de schouders. Sophie doet een paar stappen naar voren en buigt voorover: alles zit onder het bloed. Er is een grote wond midden in de buik, waar het mes naar binnen is gegaan. Het is stil in de flat. Ze loopt naar de slaapkamer. Die tien stappen hebben alle energie gekost waarover ze beschikte. Ze gaat op de rand van het bed zitten. Langs een muur staan een aantal kasten. Moeizaam schuifelt Sophie naar de eerste kast en doet hem open. Er zijn zoveel kleren, dat je er wel een heel weeshuis van zou kunnen kleden. Ze hebben bijna dezelfde maat. Sophie doet de tweede kast open, de derde. Ten slotte vindt ze een koffer die ze op bed gooit en openmaakt. Ze kiest jurken uit, omdat ze geen tijd heeft om te zoeken wat bij de rokjes zou passen. Ze pakt drie versleten spijkerbroeken. De actie brengt haar weer terug in het leven. Zonder erbij na te denken kiest ze kleren uit die helemaal niet bij haar passen. Achter de volgende kastdeur vindt ze laden met ondergoed. Ze gooit een handjevol in de koffer. In één oogopslag ziet ze dat het assortiment schoenen varieert van lelijk tot spuuglelijk. Ze pakt twee paar, plus een paar tennisschoenen. Daarna gaat ze op de koffer zitten om hem te sluiten. Ze sleept hem naar de voordeur, waar ze hem bij haar tas laat staan. In de badkamer wast ze haar wangen, zonder naar zichzelf te kijken. Ze trekt haar jack weer aan. Ze ziet in de spiegel dat de rechtermouw donker is van het bloed. Ze trekt het jack meteen uit, alsof het in brand staat. Terug in de slaapkamer doet ze opnieuw een kast open en kiest razendsnel een jack uit, een blauw, alledaags exemplaar. Nadat ze al haar spullen heeft overgeheveld naar de zakken van haar nieuwe jack, loopt ze naar de voordeur en legt haar oor tegen het deurpaneel.

Het is alsof ze van een afstand naar zichzelf kijkt. Ze doet zachtjes de deur open, neemt de koffer in haar ene hand en haar tas in de andere en loopt zonder haast de trap af. Ze is misselijk.

De tranen zijn opgedroogd op haar gezicht. Ze hapt naar adem. Mijn hemel, wat is die koffer zwaar. Ongetwijfeld omdat ze uitgeput is. Nog een paar stappen en ze doet de toegangsdeur van de grote hal open. Ze komt uit op de Boulevard Diderot en slaat meteen linksaf, met haar rug naar het station.

7

Ze heeft het open paspoort op de wastafel gelegd, met de pasfoto duidelijk zichtbaar, en ze kijkt in de spiegel naar haar gezicht. Haar blik gaat steeds heen en weer. Dan pakt ze het paspoort op en kijkt in welk jaar het is afgegeven: 1993. Dat zou moeten lukken. Véronique Fabre, geboren 11 februari 1970. Scheelt weinig. Geboorteplaats: Chevreaux. Ze weet niet waar Chevreaux ligt. Ergens in het midden van Frankrijk? Geen flauw idee. Dat moet ze uitzoeken.

Vertaalster. Véronique zei dat ze Russisch en Engels vertaalde. Sophie en de talen... Een beetje Engels, heel weinig Spaans. Ze weet er weinig meer van. Als ze haar beroep moet bewijzen, valt ze door de mand. Maar die ramp ziet ze niet zo gauw gebeuren. Andere onwaarschijnlijke talen verzinnen, Litouws, Ests?

De – zeer onpersoonlijke – foto toont een doodgewone vrouw, met kort haar en alledaagse gelaatstrekken. Sophie bekijkt zichzelf in de spiegel. Haar voorhoofd is hoger, haar neus groter, ze kijkt heel anders uit haar ogen... Toch moet ze iets doen. Ze buigt zich naar voren en doet de plastic tas open waarin ze alles heeft gestopt wat ze zojuist op de boulevard in de Monoprix heeft gekocht: een schaar, make-up, een zonnebril, haarverf. Een laatste blik in de spiegel. Dan gaat ze aan het werk.

8

Ze probeert haar lotsbestemming te lezen. Ze staat onder het aan-plakbord, met haar koffer naast zich, en bekijkt de plaatsen waar de treinen stoppen, de vertrektijden en de nummers van de per-rons. Als ze dít reisdoel kiest in plaats van dát reisdoel, kan alles veranderen. Allereerst moet ze de TGV's vermijden waarin je op-gesloten zit. Ze moet een dichtbevolkte stad zoeken waarin ze makkelijk in de massa kan opgaan. Een kaartje nemen naar het eindstation, maar eerder uitstappen, voor het geval de man achter de balie zich haar bestemming zal herinneren. Ze grist een aantal brochures weg en stippelt, op de ronde tafel van een snackbar, een ingewikkelde route uit die haar van Parijs naar Grenoble zal bren-gen. Ze moet zes keer overstappen. De reis zal lang zijn, dan kan ze goed uitrusten.

De automatische loketten worden letterlijk bestormd. Ze loopt langs de balies. Ze wil kiezen. Geen vrouwen, die staan erom be-kend dat ze oplettender zijn dan mannen. Geen al te jonge man, die haar misschien leuk zal vinden en zich haar zal herinneren. Ze vindt haar geluk bij de laatste balie en gaat in de rij staan wachten. Het is een systeem waarbij iedereen naar de eerste de beste vrije balie loopt. Ze zal subtiel moeten manoeuvreren om te krijgen wat ze wil.

Ze zet haar zonnebril af. Dat had ze eerder moeten doen om niet op te vallen. Ze zal er nu aan moeten denken. De rij wachtenden is lang, maar ze is een beetje te vroeg aan de beurt. Ze gaat discreet naar voren en doet net of ze de voordringster voor haar niet ziet. En dan is ze precies waar ze wilde zijn. Er is een god voor vrouwelijke criminelen! Ze probeert haar stem krachtig te laten klinken en doet net of ze iets in haar tas zoekt, terwijl ze een kaartje voor Grenoble vraagt, met de trein van halfzeven.

'Ik zal eens kijken of er nog plaats is,' antwoordt de loketbediende, die onmiddellijk op het toetsenbord van zijn computer begint te tikken.

Sophie heeft daar niet aan gedacht. Ze kan niet meer veranderen van bestemming, en ze kan er ook niet van afzien en geen kaartje kopen. Dat feit zou in het hoofd van de man kunnen blijven hangen. Hij houdt zijn blik op het scherm gericht, in afwachting van een reactie van het centrale computersysteem. Ze weet niet wat ze moet doen. Ze overweegt zich om te draaien, naar een andere balie te lopen en een andere bestemming te kiezen.

'Het spijt me,' zegt de man ten slotte. Hij kijkt haar voor het eerst aan. 'Die trein is vol.'

Hij tikt op zijn toetsenbord.

'Er is nog plaats in de trein van kwart voor negen…'

'Nee, dank u…'

Ze heeft te snel gesproken. Ze probeert te glimlachen.

'Ik moet er even over nadenken.'

Ze voelt dat het niet goed gaat. Wat ze zegt is niet geloofwaardig, het is niet wat een normale reiziger in zo'n geval zou zeggen, maar ze wist niets anders te verzinnen. Ze moet maken dat ze wegkomt! Ze pakt haar tas. De volgende klant staat al achter haar op haar beurt te wachten. Geen tijd te verliezen! Sophie draait zich om en verdwijnt.

Nu moet ze een andere balie vinden, een andere bestemming maar ook een andere strategie. Ze moet de vraag anders stellen, om zonder aarzeling te kunnen kiezen. Ondanks haar vermomming verstijft ze bij het idee dat de loketbediende zich haar zal herinneren. Op dat moment ziet ze het uithangbord van Hertz in de stationshal. Op dit tijdstip is haar naam bekend. Er wordt naar haar gezocht, maar niet naar Véronique Fabre. Ze kan contant betalen, of met een cheque. En een auto betekent onmiddellijke onafhankelijkheid en bewegingsvrijheid. Die gedachte overheerst alles. Ze duwt de glazen deur van het autoverhuurbedrijf al open.

Vijfentwintig minuten later laat een argwanende bediende haar een marineblauwe Ford Fiesta zien. De auto verkeert in een uitstekende staat. Als reactie werpt ze de man een welwillende glimlach toe. Ze heeft tijd gehad om na te denken en voor het eerst sinds uren voelt ze zich sterk. Ze verwachten vast en zeker dat ze Parijs zo snel mogelijk verlaat. Voor het moment berust haar strategie op twee besluiten: vanavond een kamer nemen in een hotel in een buitenwijk van Parijs, en morgen een paar nummerplaten kopen en het materiaal dat nodig is om deze te veranderen.

Terwijl ze een buitenwijk binnenrijdt, voelt ze zich een beetje bevrijd.

'Ik leef nog,' denkt ze.

De tranen springen haar weer in de ogen.

9

Waar is Sophie Duguet gebleven?

LE MATIN 13.02.2003 14.08 uur.

De experts waren toch duidelijk, en volgens de bronnen liepen de voorspellingen slechts een paar uur uiteen: in het ergste geval zou Sophie Duguet binnen veertien dagen worden opgepakt.

Wel, het is nu meer dan acht maanden geleden dat de meest gezochte vrouw van Frankrijk is verdwenen.

Communiqué na communiqué, tijdens persconferenties en in verklaringen, hebben de opsporingsdienst en het ministerie van Justitie elkaar voortdurend de zwartepiet toegespeeld.

De feiten op een rijtje.

Op 28 mei jongstleden, even voor twaalf uur in de middag, ontdekt de werkster van meneer en mevrouw Gervais het lichaam van de zesjarige Leo. Het kind is in zijn bed gewurgd met een veter van een wandelschoen. Er wordt onmiddellijk alarm geslagen. Al heel snel valt de verdenking op het kindermeisje, Sophie Duguet, geboren Auverney, 28 jaar, die de zorg voor het kind had en nu onvindbaar is. De eerste resultaten van het onderzoek zijn belastend voor de jonge vrouw: er is geen spoor van braak in het appartement. Mevrouw Gervais, de moeder, heeft Sophie Duguet 's morgens tegen negen uur in haar huis achtergelaten, terwijl ze dacht dat het kind nog sliep... Autopsie zal uitwijzen dat het kind op dat tijdstip al een tijd dood was, zonder enige twijfel 's nachts gewurgd in zijn slaap.

De recherche hoopte vooral op een snelle arrestatie, omdat het misdrijf in de dagen die volgden een storm van verontwaardiging opwekte. Het nieuws heeft vooral de belangstelling van de media gewekt, omdat het slachtoffertje de zoon was van een naaste medewerker van de minister van Buitenlandse Zaken. Extreem-rechts, in de persoon van Pascal Mariani, en een aantal verenigingen waarvan sommige geacht worden ontbonden te zijn, profiteerden ervan door ervoor te pleiten de doodstraf weer in te voeren voor 'buitengewoon afgrijselijke misdrijven', daarbij luid gesteund door de rechtse afgevaardigde Bernard Strauss.

Volgens het ministerie van Binnenlandse Zaken was er nauwelijks kans dat de vlucht van Sophie Duguet lang zou duren. Door de snelle reactie van de politie had ze het land niet kunnen verlaten. Luchthavens en stations bleven in staat van alarm. 'De zeldzame geslaagde vluchten hebben dat slechts te danken aan ervaring en aan een intensieve voorbereiding,' verzekerde commissaris Bertrand van de recherche vol vertrouwen. De jonge vrouw beschikte slechts over beperkte financiële middelen en ze had geen relaties die in staat waren om haar doeltreffend te helpen, met uitzondering van haar vader, Patrick Auverney, gepensioneerd architect, die onmiddellijk onder politiebewaking was gesteld.

Volgens het ministerie van Justitie was de arrestatie van Sophie Duguet een kwestie van een paar dagen. Het ministerie van Binnenlandse Zaken waagde zelfs een maximale termijn van acht tot tien dagen te voorspellen. De politie was voorzichtiger en had het over 'hoogstens een paar weken'. En dat alles is nu meer dan acht maanden geleden.

Wat is er gebeurd? Niemand weet het precies. Maar het feit ligt er: Sophie Duguet is letterlijk in het niets verdwenen. Met een verbazingwekkende koelbloedigheid heeft de jonge vrouw het appartement verlaten waarin het lichaam van de kleine Leo lag. Ze is naar haar huis gegaan om papieren en kleren in te pakken, daarna is ze naar haar bank gegaan, waar ze bijna al het geld dat ze bezat heeft opgenomen. Haar aanwezigheid op het Gare de Lyon is bewezen. Daarna is er geen enkel spoor meer. De rechercheurs zijn er zeker van dat niets, noch de moord op het kind noch haar vlucht, was beraamd. Sophie Duguets improvisatievermogen is zorgwekkend.

Vrijwel alles in deze zaak blijft mysterieus. De echte beweegredenen van de jonge vrouw, bijvoorbeeld, zijn onbekend. De rechercheurs hebben vermeld dat ze ongetwijfeld zwaar heeft geleden door twee sterfgevallen, vlak na elkaar. De dood van haar moeder, dokter Catherine Auverney, aan wie ze erg gehecht leek, gestorven in februari 2000 aan de gevolgen van een kanker die zich in haar hele lichaam had uitgezaaid. En daarna de dood van haar man, Vincent Duguet, een scheikundig ingenieur van eenendertig jaar, die verlamd was geraakt na een auto-ongeluk en een jaar later zelfmoord pleegde. De vader van de jonge vrouw – en naar het schijnt haar enige steun – blijft sceptisch over deze hypotheses, maar hij wil absoluut geen contact met de pers.

Deze zaak is snel een 'hoofdpijndossier' geworden voor de autoriteiten. Op 30 mei, twee dagen na de moord op de kleine Leo, is het lichaam van Véronique Fabre, een tweeëndertigjarige vertaalster, in haar Parijse woning gevonden. Door haar vriend, Jacques Brusset. De jonge vrouw is een paar keer met een mes in haar buik gestoken. Autopsie maakte al snel duidelijk dat het misdrijf gepleegd is op de dag van Sophie Duguets vlucht, aan het begin van de middag. Dat staat buiten kijf. Het DNA-onderzoek dat op de plaats van het misdrijf is gedaan bevestigt dat Sophie Duguet zonder enige twijfel aanwezig is geweest in het apparte-

ment van het slachtoffer. Bovendien is er een auto gehuurd door een jonge vrouw met papieren die uit de woning van Véronique Fabre zijn gestolen. Alle blikken richten zich natuurlijk op de jonge voortvluchtige.

Voorlopige balans: twee dagen na haar vlucht werd de jonge vrouw al van twee moorden verdacht. De jacht op haar wordt verdubbeld, maar zonder resultaat.

Oproep tot getuigenis, bewaking van alle plaatsen waar ze haar toevlucht zou hebben kunnen nemen, de inschakeling van talrijke 'verklikkers', niets heeft geholpen. En men vraagt zich zelfs af of Sophie Duguet er niet in geslaagd is om Frankrijk te verlaten... Justitie en de politie spelen elkaar de zwartepiet toe, maar zonder enthousiasme: het ziet er niet naar uit dat de vlucht (voorlopig geslaagd) te danken is aan technische fouten over en weer, maar hoofdzakelijk aan de vastberadenheid van de jonge vrouw, aan een goed beraamd plan (in tegenstelling tot de veronderstelling van de politie) of aan een bijzonder improvisatievermogen. De hoofdcommissaris van politie ontkent de hulp te hebben ingeroepen van een deskundige die gespecialiseerd is in crisissituaties.

De netten zijn gespannen, wordt ons van alle kanten verzekerd. We moeten wachten. Bij de recherche duimt men, in de hoop dat het volgende nieuws van Sophie Duguet niet de aankondiging van een nieuwe moord zal zijn... En wat voorspellingen betreft toont men zich natuurlijk meer dan terughoudend. Men aarzelt tussen morgen, overmorgen en nooit.

10

Sophie verplaatst zich als een robot, haar heupen bewegen niet. Ze loopt rechtuit, zoals een stuk speelgoed waarvan de veer is opgewonden. Na verloop van tijd wordt haar tempo lager. Dan blijft ze staan. Even later loopt ze weer verder, nog steeds met dezelfde robotachtige bewegingen.

De laatste tijd is ze een stuk magerder geworden. Ze eet weinig, onverschillig wát. Ze rookt veel en slaapt slecht. 's Morgens wordt ze abrupt wakker. Ze gaat rechtop zitten, zonder ergens aan te denken, veegt de tranen van haar gezicht en steekt haar eerste sigaret op. Zo gaat het al een tijdje. Ook op de morgen van 11 maart, net als op alle andere dagen. Sophie woont in een gemeubileerd appartement in een wijk buiten het centrum. Ze heeft er niets persoonlijks aan toegevoegd. Het is nog steeds hetzelfde verschoten behang, hetzelfde versleten tapijt, dezelfde gammele zitbank. Zodra ze uit bed is gestapt, zet ze de tv aan. Een toestel uit het jaar nul, het sneeuwt op alle kanalen. Of ze ernaar kijkt of niet (in feite brengt ze een aanzienlijk aantal uren voor de buis door) de tv blijft aan. Ze heeft zelfs de gewoonte aangenomen om alleen het geluid af te zetten wanneer ze naar buiten gaat. Aangezien ze vaak erg laat thuiskomt, kan ze vanaf de straat zien dat het raam van haar appartement blauw verlicht is. Als ze thuis is, zet ze als eerste het geluid weer aan. Ze heeft heel wat nachten de tv aangelaten, en zich voorgesteld dat haar geest in haar slaap verbonden zou blijven met het geluid van de tv-uitzendingen en dat ze dan geen last van nachtmerries zou hebben. Vergeefse moeite. Ze wordt wakker met een vage aanwezigheid. De weerberichten aan het begin van de morgen. Als de slaap haar na twee uur in de steek laat, is er het teleshoppen. Daar kan ze urenlang naar kijken. En als ze zich verveelt, is er het middagjournaal.

Tegen twee uur zet Sophie het geluid uit en vertrekt. Ze loopt de trap af en steekt een sigaret op voordat ze de voordeur opendoet. Dan stopt ze, zoals gewoonlijk, haar handen in haar zakken om te verbergen dat ze voortdurend trillen.

'Steek je nog een poot uit of hoe zit het?'

Spitsuur. Het gonst in het fastfoodrestaurant als in een bijenkorf. Hele gezinnen staan bij de toonbank in de rij, keukengeuren vullen de zaal. Serveersters rennen heen en weer. Klanten laten hun dienbladen op tafel staan. In de rookruimte liggen uitgedrukte peuken in de bakjes van piepschuim. Zelfs onder de tafels liggen omgevallen bekers frisdrank. Sophie begint te dweilen. De klanten stappen met dienblad en al over haar heen. Achter haar rug maakt een groep middelbare scholieren een hels kabaal.

'Laat 'm maar barsten,' zegt Jeanne, terwijl ze langs Sophie loopt, 'die stomme zak.'

Jeanne, een mager meisje met een ietwat vierkant gezicht, is de enige die ze aardig vindt. De zak is helemaal niet stom. Hij zal een jaar of dertig zijn. Heel bruin, groot, 's avonds een bodybuilder. Hij draagt een stropdas en kleedt zich als een afdelingschef van een grote winkel. Hij toont zich bijzonder pietluttig op drie punten: de werktijden, de salarissen en de billen van de serveersters. In het spitsuur leidt hij zijn troep met de vastberadenheid van een soldaat van het vreemdelingenlegioen, en 's middags kan hij bij de geduldigste meisjes zijn handen niet thuis houden. De andere meisjes zijn dan al naar de achterdeur gelopen. Alles gaat goed voor hem. Iedereen hier weet dat hij sjoemelt met zijn uithangbord, dat hygiënische voorschriften niet worden nageleefd en waarom hij zo dol is op zijn beroep: door de bank genomen steekt hij twintigduizend euro zwart in zijn zak, en hij bespringt een stuk of vijftien serveersters die tot alles bereid zijn om een baan te bemachtigen of te behouden die aan geen enkele sociale norm voldoet. Terwijl Sophie de tegelvloer dweilt, ziet ze dat hij naar haar kijkt. In feite kijkt hij niet echt naar haar. Hij taxeert haar, met het air van iemand die haar zou kunnen nemen wanneer hij maar wil. Zijn blik drukt zijn gevoel voldoende uit. Zijn 'meisjes' zijn van hem. Sophie gaat door met haar werk, terwijl ze tegen zichzelf zegt dat ze snel een ander baantje moet zien te vinden.

Ze werkt hier nu zes weken. Hij heeft haar zonder omhaal ontvangen, en hij heeft onmiddellijk een praktische oplossing voor haar steeds terugkerende probleem voorgesteld.

'Wil je een loonstrookje of handje contantje?'

'Geld,' zei Sophie.

'Hoe heet je?' vroeg hij.

'Juliette.'

'Dan noemen we je Juliette.'

Ze is de volgende dag begonnen, zonder arbeidsovereenkomst. Ze zal in contant geld worden uitbetaald. Ze kiest nooit haar werktijden, heeft onregelmatige pauzes, te kort om naar huis te kunnen gaan. Ze heeft vaker avonddienst dan de anderen en komt 's nachts thuis. Ze doet net of ze eronder lijdt, terwijl het haar allemaal goed uitkomt. Ze heeft woonruimte gevonden in een wijk buiten het centrum, op de grens van de boulevard die vanaf het vallen van de avond door hoeren wordt bevolkt. Ze is niet bekend in de wijk die ze vroeg in de ochtend verlaat om thuis te komen op een tijdstip waarop haar buren televisiekijken of slapen. Op de avonden waarop haar dienst te laat eindigt, na de laatste bus, neemt ze een taxi. Ze maakt gebruik van haar pauzes om haar positie te bepalen, een andere woning te zoeken, en een andere baan, waar men haar niets zal vragen. Dat is haar techniek, vanaf het begin: ze strijkt ergens neer en gaat onmiddellijk op zoek naar een andere baan, een ander onderkomen... Nooit op een en dezelfde plaats blijven. In beweging blijven. Aanvankelijk leek het niet moeilijk om zonder papieren rond te lopen, maar het was wel erg vermoeiend. Ze sliep altijd heel weinig en nam minstens twee keer per week een andere route naar haar werk, waar ze ook was. Haar haren zijn weer aangegroeid. Ze heeft nu een ander kapsel. En ze heeft een bril met gewoon glas gekocht. Ze blijft overal op letten. Ze verandert regelmatig van situatie. Ze heeft al in vier steden gewoond. En deze stad is beslist niet het onaangenaamste. Dat is haar werk.

Maandag is de meest complexe dag: drie onregelmatige pauzes en een werkdag van meer dan zestien uur. Tegen elf uur besluit ze een paar minuten op een terras te gaan zitten en koffie te drinken. (Nooit méér, Sophie, maximaal tien minuten.) Bij de ingang pakt ze een gratis krant met schreeuwerige reclames. Daarna steekt ze een sigaret op. De lucht begint te betrekken. Terwijl ze haar koffie drinkt, denkt ze na over de weken die komen gaan. (Altijd anticiperen, altijd.) Ze bladert verstrooid in de krant. Hele pagina's gewijd aan reclame voor mobiele telefoons, talloze advertenties van tweedehands auto's. Plotseling stopt ze. Ze zet haar kopje neer, dooft haar sigaret en steekt nerveus weer een andere op. Ze sluit haar ogen. 'Dat zou te mooi zijn, Sophie, nee, denk er goed over na.'

Maar hoe diep ze ook nadenkt... het is niet zo eenvoudig. Hier, onder haar ogen, staat misschien het middel om eruit te komen, de definitieve oplossing, duur maar heel veilig.

Eén laatste hindernis, een grote, en daarna kan alles veranderen.

Sophie denkt lang na. Ze is zo opgewonden, dat ze zelfs geneigd is aantekeningen te maken, maar dat staat ze zichzelf niet toe. Ze geeft zichzelf een paar dagen om na te denken. En als de oplossing daarna nog steeds goed lijkt, zal ze stappen ondernemen.

Voor het eerst wijkt ze af van een van haar regels: ze blijft langer dan een kwartier op dezelfde plaats.

Sophie kan de slaap niet vatten. In de veiligheid van haar thuis kan ze het risico nemen om aantekeningen te maken en zo te proberen meer duidelijkheid te krijgen. Alle elementen zijn nu verzameld. Het beslaat vijf regels. Ze steekt een nieuwe sigaret op, herleest haar aantekeningen, en verbrandt ze dan in de stortkoker. Alles hangt nu af van twee voorwaarden: de juiste persoon vinden en voldoende geld hebben. Als ze ergens arriveerde, was haar eerste voorzorgsmaatregel altijd om in het bagagedepot van het station een koffer in bewaring te geven waarin alles zat wat ze nodig zou hebben voor het geval dat ze moest vluchten. Behalve kleren en alles wat nodig is om van uiterlijk te veranderen (verf, bril, make-up enzovoort) zit er elfduizend euro in de koffer. Maar ze heeft geen idee wat het zou kosten. Stel dat ze niet genoeg heeft?

Hoe zou ze dat moeten verwezenlijken? Het is je reinste waanzin, te veel voorwaarden waaraan voldaan moet worden. Bij nader inzien lijkt het of ze bij elke technische hindernis heeft geantwoord 'dat zal wel lukken', maar dat de opeenstapeling van al die voorbehouden, die elk als overkomelijk werden beschouwd, haar plan volstrekt onrealistisch maakt.

Ze heeft geleerd om zichzelf te wantrouwen. Dat is misschien wat ze het beste kan. Ze haalt diep adem, zoekt haar sigaretten en beseft dan dat ze er nog maar eentje heeft. De wekker geeft aan dat het halfacht is. Ze begint pas om elf uur.

Tegen elf uur in de avond verlaat ze het restaurant. 's Middags heeft het geregend, maar de avond is mooi, lekker fris. Ze weet

dat op dit tijdstip en met een beetje geluk... Ze loopt de boulevard af, haalt diep adem en vraagt zich nog een laatste keer af of
er geen andere mogelijkheid is, terwijl ze heel goed weet dat ze de
weinige oplossingen die ze heeft, goed heeft bekeken. En dat ze
niets beters heeft gevonden. Alles zal draaien om haar intuïtie.
Intuïtie, het mocht wat...

Auto's rijden langs en stoppen, met het raam aan de passagierskant open, om te vragen wat ze kost en om de koopwaar te taxe-
ren. Andere keren om aan het eind van de boulevard en komen
terug in de tegenovergestelde richting. Toen Sophie in het begin
laat naar huis ging, aarzelde ze om deze weg te nemen, maar de
omweg was lang en eigenlijk stond het haar niet tegen: ze had
haar contacten met de buitenwereld tot het minimum gereduceerd. En nu vond ze dat er iets van troost uitging van het groe-
ten. Ze was de buurtbewoonster geworden die herkend werd
door de vrouwen die zich misschien, net als zijzelf, afvroegen of
ze er ooit in zouden slagen eruit te komen.

Hier en daar is de boulevard verlicht. Het eerste gedeelte is de
boulevard van de aids. Te jonge meisjes lijken voortdurend in afwachting te zijn van de volgende dosis. Ze zijn knap genoeg om
in het licht te tippelen. Verderop zoeken anderen hun toevlucht
in het halfduister. En nog verder weg, bijna volledig in het duister, is het domein van de travestieten. Hun opgemaakte gezichten
met de blauwe wangen duiken soms op in de nacht, als carna-
valsmaskers.

Sophie woont nog verder, in een deel dat zowel rustiger als be-
klemmender is. Daar bevindt zich de vrouw aan wie ze dacht.
Een jaar of vijftig, geblondeerd haar, langer dan Sophie, met
enorme borsten die een bepaalde clientèle zullen aantrekken.
Sophie blijft voor haar staan. Ze kijken elkaar aan.

'Het spijt me... Ik moet iets weten.'

Sophie hoort dat haar stem helder en duidelijk klinkt. Ze verbaast zich over haar zelfverzekerdheid.

En voordat de vrouw tijd heeft om te antwoorden voegt ze eraan toe: 'Ik heb geld.' Ze laat een bankbiljet van vijftig euro zien dat ze in haar handpalm houdt.

De vrouw staart haar even aan. Dan kijkt ze om zich heen, glimlacht en zegt met een doorrookte stem:

'Hangt ervan af wat je wilt weten...'

'Ik heb een document nodig...' zegt Sophie.

'Wat voor document?'

'Een uittreksel uit het geboorteregister. De naam kan me niet schelen, het gaat me om de datum. Nou ja... het jaar. Weet u misschien tot wie ik me dan moet wenden?'

In haar ideale scenario kreeg Sophie een blik van medeleven, van verstandhouding zelfs, maar dat was een romantische opwelling. Het contact kon slechts zakelijk zijn.

'Wat ik nodig heb, is toch redelijk. Ik vraag u alleen een naam, een adres...'

'Zo werkt dat niet.'

De vrouw loopt weg voordat Sophie iets heeft kunnen zeggen. Sophie blijft staan, in onzekerheid. Ineens staat de vrouw weer voor haar en zegt:

'Kom volgende week terug. Ik zal inlichtingen inwinnen...'

De vrouw steekt haar hand uit en wacht, haar ogen strak op Sophie gericht. Die aarzelt, rommelt in haar tas en haalt er een tweede bankbiljet uit, dat onmiddellijk verdwijnt.

Nu haar strategie is gestopt, en omdat ze geen enkele oplossing ziet die haar beter lijkt, wacht Sophie niet het resultaat van haar eerste stap af om de tweede te doen. Ongetwijfeld een geheime wens om te proberen het lot naar haar hand te zetten. Als ze twee dagen daarna halverwege de middagpauze heeft, gaat ze op verkenning uit. Ze zorgt ervoor dat ze een doelwit kiest dat even ver van het restaurant als van haar woning verwijderd is. Helemaal aan de andere kant van de stad.

Op Boulevard Faidherbe stapt ze uit de bus en begint te lopen. Met behulp van een plattegrond, zodat ze aan niemand de weg hoeft te vragen. Ze passeert langzaam het bureau en werpt een blik naar binnen, maar alles wat ze ziet is een leeg vertrek met opbergmappen en een paar affiches aan de muur. Ze steekt de straat over, keert om en gaat een café binnen. Daarvandaan kan ze onopvallend naar het bureau kijken. Ze voelt zich net zo teleurgesteld als toen ze langs het bureau liep. Het is typisch een plek waar niets te zien is. Het soort bureau dat een onpersoonlijke uitstraling wil hebben om bezoekers niet te ontmoedigen. Een paar minuten later betaalt Sophie haar koffie, steekt resoluut de straat over en duwt de voordeur van het bureau open.

Het vertrek is nog steeds leeg. Ze belt aan. Bij de ingang verschijnt algauw een veertigjarige vrouw. Ze heeft roodgeverfd haar en is behangen met juwelen. Ze steekt Sophie haar hand toe alsof ze elkaar al sinds hun jeugd kennen.

'Myriam Desclée,' zegt ze.

Haar naam lijkt net zo onecht als de kleur van haar haar. Sophie antwoordt met 'Catherine Guéral', wat, vreemd genoeg, échter klinkt.

Klaarblijkelijk laat de manager van het bureau zich voorstaan op haar kennis van de psychologie. Ze leunt met haar ellebogen op haar bureau, haar kin rust op haar handen. Ze kijkt Sophie strak aan met een half begrijpende, half droeve glimlach, om aan te geven dat ze heel veel menselijk leed heeft gezien. Afgezien van de honoraria.

'Je voelt je alleen, hè?' fluistert ze zacht.

'Een beetje…'

'Vertel eens iets over jezelf.'

In gedachten neemt Sophie snel het verhaaltje door dat ze geduldig heeft voorbereid en waarvan alle elementen zijn doordacht en afgewogen.

'Ik heet Catherine, ik ben dertig jaar…' begint ze.

Het onderhoud had twee uur kunnen duren. Sophie voelt wel dat de manager alles uit de kast haalt, hoe grof ook, om Sophie ervan te overtuigen dat ze begrepen wordt, dat ze eindelijk het ervaren luisterend oor heeft gevonden waar ze behoefte aan heeft. Kortom, om haar ervan te verzekeren dat ze in goede handen is. In de handen van iemand met een gevoelige ziel, die slechts een half woord nodig heeft, en dat laat zien met gebaren die nu eens betekenen: 'Je hoeft niet verder te gaan, ik heb alles begrepen' en dan weer 'Ik weet precies wat je probleem is'.

Sophies tijd is beperkt. Ze vraagt, zo onhandig mogelijk, inlichtingen over 'de manier waarop het gebeurt' en daarna zegt ze dat ze weer naar haar werk moet.

In een dergelijke situatie is het altijd een race tegen de klok. De een wil weggaan, de ander wil dat tegenhouden. Het is een hevige machtsstrijd, waarbij zich in versneld tempo alle fases van een echte kleine oorlog afspelen: aanvallen, ontwijkende bewegingen, nieuwe formaties, intimidatie, schijnterugtrekking, verandering van strategie.

Ten slotte heeft Sophie er genoeg van. Ze weet wat ze wilde weten: de prijs, het niveau van de klanten, het systeem van de ontmoetingen, de garantie. Ze beperkt zich tot het stamelen van 'ik zal erover nadenken', verlegen maar overtuigd, en gaat naar buiten. Ze heeft gedaan wat ze kon om niet te veel tot de verbeelding van de manager te spreken. Ze heeft zonder aarzeling een valse naam, een vals adres en een vals telefoonnummer opgegeven. Terwijl Sophie op weg is naar haar bus, weet ze dat ze hier nooit zal terugkeren. Maar ze heeft de bevestiging van wat ze hoopte: als alles goed gaat, zal ze weldra een mooie identiteit kunnen hebben die gloednieuw en onberispelijk is.

Witgewassen als zwart geld, Sophie.

Dankzij een uittreksel uit het geboorteregister dat onder een valse naam is opgesteld maar volstrekt in orde is. Ze hoeft alleen nog maar een echtgenoot te vinden die haar een nieuwe naam zal geven, een naam waar niets op aan te merken valt, die boven elke verdenking is verheven...

Ze zal onvindbaar worden.

Eén Sophie zal verdwijnen: de dievegge, de moordenares, vaarwel, Sophie de Gestoorde.

Gekomen uit het zwarte gat.

Hier is Sophie de Onschuldige.

11

Sophie heeft niet veel detectives gelezen, maar ze heeft er wel beelden van: een kroeg in een louche buurt met een achterafzaaltje vol onsympathieke mannen die in een wolk van rook zitten te kaarten. In plaats daarvan bevindt ze zich in een groot appartement dat helemaal wit is geschilderd en waarvan de schuifpui uitzicht biedt op het grootste deel van de stad. Ze is in gezelschap van een man van in de veertig, die weliswaar niet veel lacht, maar duidelijk beschaafd is.

De plek is de karikatuur van alles wat ze verfoeit. Het glazen bureau. De designstoelen. Het abstracte behang op de muur. Het werk van een binnenhuisarchitect met de smaak van de grote massa.

De man zit achter zijn bureau. Sophie is blijven staan. Een briefje in haar brievenbus heeft haar daarheen laten komen, op een onmogelijk tijdstip. Een simpel briefje met een adres en een tijd. Ze heeft het restaurant waar ze werkt moeten verlaten, en ze heeft haast.

'Dus u hebt een uittreksel uit het geboorteregister nodig,' zegt de man, terwijl hij haar aankijkt.

'Het is niet voor mij… het is…'

'Maak je niet druk, het doet er niet toe.'

Sophies blik concentreert zich op de man wiens gelaatstrekken ze probeert te onthouden. Hij is eerder een vijftiger en verder valt er niets over zeggen. Meneer Dinges.

'Onze reputatie op dit gebied staat buiten kijf. Onze producten zijn van grote kwaliteit,' zegt de man, 'dat is ons geheim.'

Een zachte, vastberaden stem. Geeft het gevoel dat je in goede handen bent.

'We stellen u een solide identiteit ter beschikking. U zult hem natuurlijk niet voor eeuwig kunnen gebruiken, maar laten we zeggen dat onze producten voor een redelijke tijd van onberispelijke kwaliteit zijn.'

'Hoeveel?' vraagt ze.

'Vijftienduizend euro.'

'Die heb ik niet!'

Sophie heeft het geschreeuwd. De man is een onderhandelaar. Hij denkt even na. Dan zegt hij resoluut:

'Lager dan twaalfduizend zullen we niet gaan.'

Dat is meer dan ze heeft. En zelfs als ze vindt wat ze tekortkomt, dan zal ze geen cent meer hebben. Ze heeft het gevoel voor een open raam in een brandende flat te staan: springen of niet. En geen tweede kans. Ze probeert haar positie in te schatten in de blik van haar onderhandelingspartner. Hij blijft onbewogen.

'En hoe gaat dat?' vraagt ze ten slotte.

'Het is heel simpel…' antwoordt de man.

Het fastfoodrestaurant is vol als Sophie terugkomt, twintig minuten nadat ze had moeten beginnen. Zodra ze binnenstormt, ziet ze Jeanne, die een grimas trekt en naar de toog wijst. Sophie heeft niet eens tijd om naar de garderobe te gaan.

'Drijf je de spot met me?'

De bedrijfsleider is op haar afgevlogen. Om niet de aandacht van de klanten te trekken is hij vlak voor haar gaan staan, alsof hij haar wil slaan. Zijn adem ruikt naar bier. Hij sist tussen zijn opeengeklemde tanden door:

'Als je dat nog één keer flikt, krijg je een trap onder je kont en kun je vertrekken!'

Daarna is de dag de gebruikelijke hel: het dweilen, de dienbladen, de klodders gemorste ketchup, de stank van het frituurvet, het heen en weer lopen op de tegelvloer die glibberig is door omgevallen cola, overvolle afvalbakken. Bijna zeven uur later beseft Sophie, die in gedachten is verzonken, dat haar dienst er al meer dan twintig minuten op zit. Ze heeft geen spijt van die onopzettelijke verlenging en vraagt zich vooral af hoe het nu verder zal gaan. Omdat ze te midden van al het rumoer steeds aan die ontmoeting heeft lopen denken en aan de termijn die de man haar heeft opgelegd. Meteen of nooit. Het plan dat ze heeft uitgewerkt is goed. Het is niet meer dan een kwestie van handigheid en geld. Wat de handigheid betreft, sinds haar bezoek aan het datingbureau weet ze dat ze het kan. Wat het geld betreft, daar ontbreekt nog een beetje aan. Niet veel. Iets minder dan duizend. Als ze terug is in de garderobe, hangt ze haar jasschort op, trekt andere schoenen aan en bekijkt zichzelf in de spiegel. Ze heeft de vermoeide gelaatskleur van mensen die tot 's avonds laat werken. Haar haren hangen in vette pieken om haar gezicht. Als kind ging ze soms voor de spiegel staan en keek ze heel diep in haar ogen. Even later voelde ze dan een soort hypnotische duizeligheid, die haar dwong zich aan de wastafel vast te houden om haar evenwicht niet te verliezen. Het was een beetje als een duik in het onbekende deel dat in ons sluimert. Ze staart naar haar pupillen tot ze niets anders meer ziet, maar voordat ze door haar eigen blik wordt verzwolgen, hoort ze de stem van de bedrijfsleider achter zich.

'Zo erg is het ook weer niet...'

Sophie draait zich om. Hij staat bij de ingang, leunend tegen de deurpost. Ze strijkt een haarlok van haar voorhoofd. Ze heeft geen tijd om na te denken, de woorden komen vanzelf over haar lippen.

'Ik heb een voorschot nodig.'

Ze glimlacht. Een onbeschrijfelijke glimlach, die alle mannen opvrolijkt, zelfs de somberste.

'Nee maar!'

Sophie leunt tegen de wastafel. Ze slaat haar armen over elkaar.

'Duizend.'

'Nou, duizend, dat is niet niks...'

'Dat is ongeveer wat ik tegoed heb.'

'Dat is waar je aan het eind van de maand recht op hebt. Kun je niet wachten?'

'Nee, dat kan niet.'

'Juist, ja...'

Ze blijven een tijdje tegenover elkaar staan. In zijn ogen vindt ze wat ze zojuist in de spiegel heeft gezocht, dat soort duizeligheid, maar het heeft niet hetzelfde intieme aspect. Het is alleen duizelingwekkend en doet overal pijn, tot in haar buik.

'En?' vraagt ze ten slotte.

'We zullen zien... we zullen zien...'

De man verspert de deuropening. Plotseling ziet Sophie zichzelf weer voor zich bij de uitgang van de bank, een paar maanden terug. Een onaangenaam déjà vu. Maar er is ook iets anders...

Ze doet een stap naar voren om te vertrekken, maar de bedrijfsleider grijpt haar pols vast.

'Het moet mogelijk zijn,' zegt hij, elke lettergreep duidelijk uitsprekend. 'Kom morgenavond, na je dienst, bij me langs.'

Hij legt Sophies hand op zijn kruis en voegt eraan toe:

'Ik zal zien wat ik kan doen.'

Dat is het grote verschil. Het spel is geopend, het is geen verleidingspoging maar de bevestiging van een machtspositie, een zakelijke overeenkomst tussen twee personen die elk kunnen

84

geven wat de ander vraagt. Heel simpel. Sophie is er zelfs verbaasd over. Ze is al twintig uur op de been, negen dagen lang heeft ze geen rust gehad, ze slaapt weinig om nachtmerries te vermijden, ze is uitgeput, leeg. Ze wil dat er een eind aan komt. Haar laatste energie gaat in dit project zitten. Ze móet er nu uitkomen, koste wat het kost. De prijs die ze moet betalen zal minder hoog zijn dan de prijs die dit huidige leven haar kost. Een leven waarin alles langzaam wordt vernietigd, tot aan de wortels van haar bestaan.

Ze doet haar hand open en grijpt door de stof van zijn broek de stijve penis van de man vast. Ze kijkt hem aan, maar ze ziet hem niet. Ze houdt gewoon zijn penis in haar hand. Een contract.

Terwijl ze in de bus stapt, denkt ze: als ik hem ter plekke had moeten pijpen, zou ik het hebben gedaan. Ze voelt geen enkele emotie bij die gedachte. Het is slechts een vaststelling, verder niets.

Sophie zit de hele nacht voor haar raam sigaretten te roken. In de verte, in de richting van de boulevard, ziet ze het schijnsel van de lantaarnpalen. Ze stelt zich de prostituees voor in het duister, aan de voet van de bomen, geknield voor mannen die naar de hemel kijken, terwijl ze het hoofd van de vrouwen vasthouden.

Door welke gedachteassociatie is de herinnering aan het tafereel in de supermarkt bij haar opgekomen? De bewakers hebben artikelen op de ijzeren tafel gelegd, die ze niet heeft gekocht, maar die ze uit haar tas hebben gehaald. Ze probeert de vragen te beantwoorden. Het enige wat ze wil, is dat Vincent er niet achter komt.

Als Vincent hoort dat ze gek is, zal hij haar laten opnemen.

Lang geleden heeft hij tijdens een discussie met vrienden gezegd dat, als hij zo'n vrouw had, hij haar zou laten opnemen. Hij had gelachen, het was een grap, natuurlijk. Maar het is haar altijd bijgebleven.

En toen is ze bang geworden. Misschien was ze al te gestoord om te kunnen relativeren, om die simpele zin in de juiste pro-porties te zien. Maandenlang heeft ze eraan gedacht: als Vincent ziet dat ik gek ben, zal hij me laten opnemen…

Om zes uur 's ochtends staat ze op, neemt een douche en gaat dan een uur liggen alvorens naar haar werk te vertrekken. Ze huilt zacht en staart naar het plafond.

Het is als een trance. Iets doet haar handelen. Ze heeft het idee dat ze zich schuilhoudt in haar stoffelijke omhulsel, als in het paard van Troje. Het paard handelt zonder haar, het weet wat het moet doen. Zij hoeft slechts te wachten, terwijl ze haar beide handen tegen haar oren drukt.

12

Die ochtend ziet Jeanne er slecht uit, maar als ze Sophie ziet aankomen, is ze ontzet.

'Wat is er met je?' vraagt ze.

'Niets. Hoezo?'

'Je ziet er vreselijk uit!'

'Ja,' antwoordt Sophie, terwijl ze naar de garderobe loopt om haar jasschort te pakken. 'Ik heb niet zo goed geslapen.'

Gek genoeg heeft ze geen slaap en voelt ze geen moeheid. Dat komt later misschien. Ze begint onmiddellijk met de vloer van de achterste zaal.

Als een robot. Je stopt de dweil in de emmer, je wringt hem uit en legt hem op de vloer. Als de dweil koud is geworden, stop je hem weer in de emmer en dan begin je opnieuw. Zonder erbij na te denken.

Je leegt de asbakken, je veegt ze snel schoon en zet ze weer terug. Straks zal Jeanne naar je toe komen en tegen je zeggen: 'Je ziet er écht niet uit!' Maar je zult niet antwoorden. Je zult het niet echt hebben gehoord. Je knikt. Je zegt niets. Je concentreert je op een vlucht die je in je voelt kriebelen, de noodzakelijke vlucht. Er zullen beelden komen, nog meer beelden, gezichten. Je zult ze wegjagen als vliegen. Je zult de haarlok wegstrijken, die altijd voor je ogen hangt als je vooroverbuigt. Automatisch. Daarna zul je naar de keukens gaan, waar het stinkt naar frituurvet. Dicht bij je sluipt iemand rond. Je kijkt op en ziet de bedrijfsleider. Je werkt hard door. Als een robot. Je weet wat je wilt: vertrekken. Vlug. Je doet wat daarvoor nodig is. Je zult alles doen wat daarvoor nodig is. Handel automatisch. Je bent druk in de weer, je wacht. Je zult vertrekken. Je moet absoluut vertrekken.

Tegen elf uur houdt de drukte op. En dan is iedereen uitgeput. Het is een zware taak voor de bedrijfsleider om zijn mensen aan te sporen, zodat alles klaar is voor de volgende dag. De bedrijfsleider loopt door de keukens en de zalen. Hij zegt: 'Schiet een beetje op. We gaan hier niet de nacht doorbrengen' of: 'Gebeurt er nog wat? Ja of nee?' En dankzij die opmerkingen is alles tegen halftwaalf klaar.

Dan vertrekt iedereen heel snel. Er zijn er altijd een paar die eerst buiten op de stoep een sigaret roken en een beetje met elkaar kletsen. De bedrijfsleider maakt een laatste ronde, sluit de deur en schakelt het alarm in.

Nu is iedereen vertrokken. Sophie kijkt op haar horloge. Ze ziet dat ze het op het nippertje haalt: ze heeft een afspraak om halftwee. Ze gaat naar de garderobe, hangt haar jasschort op, sluit haar kast en loopt door de keukens. Daar is een gang die uitkomt op de straat achter het restaurant. Rechts is de ingang van het kantoor. Ze klopt op de deur en gaat meteen naar binnen.

Het is een klein, cementen vertrek waarvan alleen de bindstenen wit zijn geverfd. De kamer is met samengeraapte meubels ingericht, er staan een stalen bureau, bezaaid met paperassen en rekeningen, een telefoon en een elektrische rekenmachine. Achter het bureau is een stalen kast, waarboven zich een tamelijk smerig raampje bevindt dat uitzicht biedt op de binnenplaats, aan de achterkant van het restaurant. De bedrijfsleider zit achter zijn bureau te telefoneren. Zodra Sophie de deur opendoet, glimlacht hij en gebaart haar te gaan zitten, terwijl hij doorgaat met zijn gesprek. Sophie blijft staan, ze leunt tegen de deur.

Hij zegt simpelweg: 'Tot later,' en hangt op. Daarna gaat hij staan en loopt naar haar toe.

'Kom je je voorschot halen?' vraagt hij heel zacht. 'Hoeveel was het ook al weer?'

'Duizend.'

'Dat moet mogelijk zijn…' zegt hij, terwijl hij haar rechterhand pakt en hem opnieuw op zijn kruis legt.

Dat is inderdaad mogelijk. Hoe? Sophie kan het zich nu niet meer zo goed herinneren. Hij zei iets als: 'We hebben elkaar begrepen, hè?' Sophie knikte, ten teken dat ze elkaar begrepen. In feite luisterde ze niet echt, het was als een soort duizeligheid in haar, iets wat uit haar binnenste kwam maar haar hoofd leeg liet. Ze had net zo goed kunnen omvallen, met al haar gewicht, en verdwijnen, ineensmelten, verzinken in de vloer. Hij legde zijn handen op haar schouders en leunde zwaar op haar. Sophie ging voor hem op haar knieën zitten. Maar dat weet ze nu ook niet meer zeker. Daarna zag ze zijn stijve penis haar mond binnengaan. Ze zoog. Ze herinnert zich niet meer wat ze met haar handen heeft gedaan. Nee, haar handen bewogen niet, er was alleen haar mond, haar lippen die zich om zijn penis sloten. Wat deed ze? Niets, ze deed niets, ze liet de man lange tijd op en neer bewegen in haar mond. Lange tijd? Misschien niet. De tijd is moeilijk in te schatten, de tijd vliegt altijd. Ja, dat herinnert ze zich: hij werd boos. Plotseling drong hij, ongetwijfeld omdat ze niet actief genoeg was, door tot achter in haar keel. Zij deinsde terug en toen klapte ze tegen de deur. Waarschijnlijk nam hij haar hoofd tussen zijn handen, ja, vast en zeker, zijn heupbewegingen werden korter en koortsachtiger. 'Zuig, verdomme,' siste hij. Ze zoog, ze deed wat ze moest doen. Ja, ze zoog nog harder. Of ze haar ogen sloot weet ze niet meer zo goed. Daarna? Daarna niets, vrijwel niets. Even bewoog zijn penis niet meer. Toen slaakte de man een rauwe kreet. Ze proefde zijn sperma in haar mond, het was heel dik en bitter. Het had een chloorsmaak. Ze liet alles in haar mond komen en veegde met haar handen haar ogen af. Dat is alles. Ze wachtte en toen hij ten slotte achteruitliep spuwde ze een paar keer op de grond. Op het moment dat hij dat zag zei hij: 'Sloerie!' Ja, dat zei hij. Sophie spuwde nog een keer, terwijl ze met één hand op de cementen vloer leunde. En ineens stond hij weer voor haar, razend. Ze lag nog steeds geknield. Ze had pijn in haar knieën, dus ging ze staan. Maar het was erg moeilijk om overeind te komen. Toen ze eenmaal stond, besefte ze voor het eerst dat hij minder groot was dan ze dacht. Hij had moeite om zijn penis terug te stoppen in zijn broek. Het leek of hij niet wist hoe dat moest en kronkelde met zijn heupen. Daarna draaide hij zich om, ging naar zijn bureau en stopte vervolgens de bankbiljetten in haar hand. Hij keek naar alles wat Sophie op de grond had gespuugd, en zei: 'Maak dat je wegkomt!' Sophie draaide zich om. Ze heeft de deur moeten openen om de gang in te lopen. Toen moet ze naar de garderobe zijn gelopen. Nee, ze is naar de wc gegaan. Ze wilde haar mond spoelen, maar daar had ze de tijd niet voor. Ze draaide zich snel om. Na drie stappen boog ze zich al over de wc-pot en gaf over. Dat weet ze zeker. Ze braakte alles uit. Haar buik deed heel erg pijn. Ze moest zo overgeven, dat ze op haar knieën moest gaan liggen, met haar beide handen op de witte rand. Ze hield de verfrommelde bankbiljetten vast. Uit haar mondhoeken hingen slierten kwijl, ze veegde ze weg met de rug van haar hand. Ze had niet meer de kracht om te gaan staan en door te trekken. Er hing een ondraaglijke kotslucht. Ze legde haar voorhoofd op de koude rand van de wc-pot om weer tot zichzelf te komen. Of ze daarna echt is gaan staan, weet ze niet meer. Nee, eerst ging ze in de garderobe op de houten bank liggen die dient om je schoenen uit te trekken. Ze legde haar hand op haar voorhoofd, alsof ze haar gedachten wilde tegenhouden. Met haar ene hand hield ze haar hoofd vast, de andere hand lag in haar nek. Steun zoekend bij de kast kwam ze overeind. De simpele beweging kostte haar ongelooflijk veel energie. Ze was duizelig, ze moest haar ogen sluiten om haar evenwicht te hervinden, en toen ging het over. Heel langzaam kwam ze tot zichzelf.

Sophie opende de kast en pakte haar jasje, maar ze trok het niet aan. Ze hing het om haar schouder om naar buiten te gaan. Ze zocht in haar tas. Niet gemakkelijk met één hand. Toen zette ze haar tas op de grond en zocht verder. Een verkreukeld papiertje… Wat is dat? Een bon van de supermarkt, een oude bon. Ze zocht en vond een balpen. Ze schreef iets op het papiertje en frommelde het in de spleet van een kastdeurtje. Wat nu? Ze moest naar links, nee naar rechts, op dit uur was de achterdeur de uitgang. Zoals bij een bank. De gang was nog verlicht. Hij zou wel afsluiten. Sophie liep door de gang en passeerde de deur van het kantoor. Toen legde ze haar hand op de deurknop en begon te duwen. Heel even voelde ze een avondbriesje op haar gezicht, maar ze liep niet verder. Integendeel, ze draaide zich om en keek naar de gang. Ze wilde niet dat het zo eindigde. Daarom keerde ze terug op haar schreden, met haar jasje nog steeds om haar schouder. Toen ze opnieuw voor de deur van het kantoor stond, was ze kalm. Met haar andere hand hield ze haar jasje vast en deed heel langzaam de deur open.

De volgende morgen zat er een briefje tussen de deur van Jeannes kast. 'We zullen elkaar terugzien in een ander leven. Veel liefs.' Het briefje was niet ondertekend. Jeanne stopte het in haar zak. Het personeel dat op dat moment aanwezig was verzamelde zich in de zaal, het ijzeren rolluik was nog steeds dicht. De politie stelde de identiteit van iedereen vast en begon meteen met de eerste verhoren.

13

Het is snikheet. Elf uur. Sophie is doodop, maar ze kan de slaap niet vatten. Niet erg ver bij haar vandaan hoort ze de klanken van een bal. Elektrische muziek. Elektrische nacht. Ze probeert zich de titel van sommige liedjes te herinneren. Muziek uit de jaren zeventig. Ze heeft nooit van dansen gehouden. Ze voelde zich te onhandig. Alleen af en toe een beetje rock, en altijd dezelfde passen, nog steeds.

Ze schrikt op van een knal: het vuurwerk begint. Ze gaat staan.

Ze denkt aan de papieren die ze gaat kopen. Dat is dé oplossing. Dat kan niet missen.

Sophie heeft haar raam wijd open gezet. Ze heeft een sigaret opgestoken en kijkt naar het vuurwerk in de lucht. Ze staat rustig te roken. Ze huilt niet.

Mijn God, welke weg is ze ingeslagen...

14

De plek is nog steeds zeer onpersoonlijk. De leverancier ziet haar binnenkomen. Ze blijven alle twee staan. Sophie pakt een dikke envelop uit haar tas, haalt er de bundel bankbiljetten uit en begint ze te tellen.

'Dat zal niet nodig zijn....'

Ze kijkt op. En snapt onmiddellijk dat er iets niet klopt.

'Kijk, juffrouw, ons werk houdt zich aan de wetten van de markt...'

De man praat rustig, zonder zich te bewegen.

'De wet van vraag en aanbod is zo oud als de wereld. Onze tarieven zijn niet gekoppeld aan de reële waarde van onze producten, maar aan het belang dat onze klanten eraan hechten.'

Sophie voelt een brok in haar keel. Ze slikt haar woorden in.

'En sinds ons eerste gesprek,' vervolgt de man, 'zijn de zaken enigszins veranderd... mevrouw Duguet.'

Sophie voelt de grond onder haar voeten wegzakken, het vertrek begint te draaien. Ze leunt even op een hoek van het bureau.

'Misschien wilt u liever gaan zitten.'

Sophie ploft neer in een stoel.

'U...' begint ze. Maar de woorden blijven in haar keel steken.

'Wees maar niet bang, u bent niet in gevaar. Maar we moeten weten met wie we te doen hebben. We trekken dat altijd na. En in uw geval was dat niet makkelijk. U hebt uw zaakjes goed voor elkaar, mevrouw Duguet, daar weet de politie alles van. Maar wij verstaan ons vak. Wij weten nu wie u bent, maar ik verzeker u dat uw identiteit absoluut vertrouwelijk zal blijven. Onze reputatie moet smetteloos zijn en blijven.'

Sophie is een beetje bijgekomen, maar de woorden dringen heel langzaam tot haar door, alsof ze eerst door een dichte mistlaag heen moeten breken. Dan lukt het haar een paar woorden uit te brengen.

'Wat wil dat zeggen?'

Daar stopt haar poging.

'Dat de prijs niet meer dezelfde is.'

'Hoeveel?'

'Het dubbele.'

Sophie is duidelijk in paniek.

'Het spijt me zeer,' zegt de man. 'Wilt u een glas water?'

Sophie geeft geen antwoord. Dit is haar ondergang.

'Ik kan het niet…' zegt ze, alsof ze tegen zichzelf praat.

'Ik weet zeker van wel! U hebt aangetoond dat u uw leven verbazingwekkend goed een nieuwe wending kunt geven. Anders zou u niet zo ver zijn gekomen. Geef ons een week, als u wilt. En na die termijn…'

'Maar wat garandeert me…'

'Niets, helaas, mevrouw Duguet. Behalve mijn woord. Maar geloof me, een betere garantie is er niet.'

Meneer Auverney is een lange man, een krasse grijsaard, die er goed uitziet voor zijn leeftijd. Hij draagt altijd een hoed, zowel in de zomer als in de winter. De hoed die hij nu opheeft is van ruw linnen. Aangezien hij het een beetje warm heeft in het postkantoor, heeft hij zijn hoed afgezet. Hij houdt hem in zijn hand.

Wanneer de man achter de balie hem een teken geeft, loopt meneer Auverney naar voren, legt zijn hoed op de balie en neemt het bericht aan. Hij heeft zijn identiteitsbewijs al bij de hand. Sinds Sophie op de vlucht is, heeft hij geleerd zich nooit om te draaien, aangezien hij wist dat hij in de gaten werd gehouden. Misschien gebeurt dat nog steeds, dat weet hij niet zeker. Hij verlaat het postkantoor en gaat meteen de kroeg in die ernaast ligt. Dan bestelt hij een kop koffie en vraagt waar de wc is. Het bericht is kort: 'groene_muis@msn.fr'. Meneer Auverney, die al twintig jaar niet meer rookt, haalt de aansteker tevoorschijn die hij uit voorzorg heeft meegenomen. Hij verbrandt het bericht in de wc-pot. Daarna drinkt hij rustig zijn koffie op. Hij leunt met zijn ellebogen op de rand van de toog, zijn kin rust op zijn in elkaar gevlochten handen. Het is de houding van een man die de tijd neemt. In werkelijkheid omdat zijn handen trillen.

Twee dagen later is meneer Auverney in Bordeaux. Hij gaat een oud flatgebouw binnen, waarvan de toegangsdeur zo zwaar is als de deur van een gevangenis. Hij kent het gebouw goed. Hij heeft er een paar jaar terug leidinggegeven tijdens renovatiewerkzaamheden. Hij heeft de reis speciaal gemaakt om naar binnen te gaan en weer te vertrekken. Alsof hij krijgertje speelt. Hij is daarheen gegaan, omdat je, wanneer je via de Rue d'Éstienne-d'Órves nr. 28 binnengaat, er na een lange tocht door kelders weer uitkomt op de Impasse Maliveau 76. Als hij daar opduikt, is het steegje leeg. Een groen geverfde deur komt uit op een binnenplaats, de binnenplaats komt uit op de toiletruimte van de Balto en de Balto komt uit op Boulevard Mariani.

Meneer Auverney loopt rustig over de boulevard naar de taxistandplaats. Dan laat hij zich naar het station brengen.

Sophie drukt de laatste sigaret van haar pakje uit. Het is al de hele morgen bewolkt. Een grijze lucht. En het waait. De ober, die op dit uur niets te doen heeft, loopt een beetje rond. Hij blijft staan naast het tafeltje waar Sophie een kopje koffie heeft besteld, en zegt:

'De wind komt uit het westen… Het zal niet gaan regenen.'

Sophie werpt hem een flauwe glimlach toe. Niet op ingaan en zorgen dat je niet opvalt. Na een laatste blik op de lucht die zijn diagnose lijkt te bevestigen, keert de ober terug naar zijn toog. Sophie kijkt op haar horloge. Sinds ze op de vlucht is, en dat is nu al maanden, is ze een kei in zelfdiscipline. Opstaan om vijf voor halfdrie 's middags. Niet eerder. Ze moet precies vijf minuten lopen. Ze bladert, zonder iets te lezen, in een tijdschrift voor meisjes. *Horoscoop voor Schorpioenen. Volg je de trends? De playlist van Brit. Hoe je kunt zorgen dat hij gek op je wordt. Onmiddellijk vijf kilo afvallen, het is mogelijk!*

Eindelijk is het vijf voor drie. Sophie staat op na geld op het tafeltje te hebben gelegd.

Westenwind, misschien, maar hij is verrekte koud. Ze zet de kraag van haar jack op en steekt de boulevard over. Het busstation is vrijwel verlaten. Sophie heeft slechts één angst: dat haar vader niet zoveel discipline heeft getoond als zij. Dat hij er nog steeds is. Dat hij haar heeft willen zien. Opgelucht stelt ze vast dat haar instructies nauwgezet zijn opgevolgd. Geen bekend gezicht onder de weinige aanwezigen. Ze loopt door de bar en rent de trap af. Dan pakt ze de bruine envelop die achter het waterreservoir is verstopt. Als ze weer naar buiten gaat, vallen de eerste regendruppels op het trottoir. Westenwind.

De taxichauffeur is geduldig.

'Zolang de teller loopt…' heeft hij gezegd.

De taxi staat al bijna een kwartier stil. De klant kijkt verstrooid naar buiten. 'Ik wacht op iemand,' heeft hij gezegd. Hij is zojuist met de rug van zijn hand over de beslagen ruit gegaan. Het is een oude man, maar met een kaarsrechte houding. Een jonge vrouw die voor het rode stoplicht heeft staan wachten, steekt snel de weg over, terwijl ze de kraag van haar jack opzet, omdat het is gaan regenen. Ze werpt een vluchtige blik op de taxi. Dan loopt ze door en verdwijnt.

'Jammer dan…' zegt de klant met een zucht. 'We gaan niet de hele dag wachten. Breng me terug naar het hotel.'

Zijn stem klinkt gesmoord.

15

Marianne Leblanc. Een hele toer om eraan te wennen. Sophie heeft altijd een hekel aan die voornaam gehad, zonder te weten waarom. Ongetwijfeld een schoolvriendinnetje dat slechte herinneringen heeft nagelaten. Maar Sophie heeft de naam niet gekozen. Ze hebben hem aan haar gegeven: Marianne Leblanc, en een geboortedatum die meer dan achttien maanden verschilt van de hare. Dat is niet belangrijk, trouwens. Sophie heeft niet meer écht een leeftijd. Ze zou net zo goed dertig als achtendertig jaar kunnen zijn. Het uittreksel uit het geboorteregister is gedateerd op 23 oktober. 'Het is slechts drie maanden geldig. Dat geeft u de tijd om op verhaal te komen,' heeft de leverancier gezegd.

Ze ziet hem die avond weer. Hij legt het uittreksel uit het geboorteregister voor haar neer en telt daarna langzaam het geld. Hij heeft zelfs niet het tevreden uiterlijk van zakenlieden die een goede deal sluiten. Het is een beroeps, een kille man. Sophie heeft vast en zeker geen woord gezegd. Ze kan het zich niet meer herinneren. Het enige wat ze daarna ziet is haar terugkeer naar haar huis, de open kasten, de open koffer en zij, die alles erin propt, die een haarlok van haar voorhoofd strijkt, die zich niet lekker voelt en zich vasthoudt aan de keukendeur. Ze neemt heel snel

een koude douche, een ijskoude zelfs. Terwijl ze zich weer aan-
kleedt, doodop, versuft, maakt ze snel een rondje door de flat en
kijkt of ze niets belangrijks is vergeten. Ze ziet niets meer. Dan
loopt ze de trap af. Het is een heldere nacht.

16

Sinds vijftien maanden heeft Sophie een neusje gekregen voor illegale eenkamerappartementen, twijfelachtige onderverhuurde kamers, zwart werk. Kortom, alle trucjes om in een nieuwe stad onder te duiken. Ze bekijkt de vacatures en zoekt systematisch naar de slechtste baantjes, waarvoor geen enkele referentie is vereist. Twee dagen later sluit ze zich aan bij een ploeg die kantoren schoonmaakt. De schoonmaakploeg bestaat uit Afrikaanse en Arabische vrouwen die met harde hand worden geleid door een dominante, sadomasochistische vrouw uit de Elzas. Eens per twee weken krijgen ze hun loon, handje contantje. In Vit'Net' denken ze dat het quotum van witte werkneemsters is bereikt als de helft van een ploeg over een loonstrookje kan beschikken. Sophie maakt deel uit van degenen die dat níet hebben. Voor de vorm, maar biddend dat ze geen gelijk krijgt, doet ze net of ze tegenstribbelt.

Tegen tien uur gaat Sophie naar beneden en loopt het trottoir op. Het afhaalbusje komt haar ophalen. Ze brengen elke ploeg naar hun werkplek. De werkdag eindigt klokslag zes uur in de morgen. De nachtelijke maaltijd wordt in het busje genuttigd, als ze van de ene werkplek naar de andere rijden.

1 oktober nadert snel. Sophie heeft nog maar tweeënhalve maand om haar plan tot een goed einde te brengen, en het is absoluut van levensbelang dat het haar lukt. Aan het begin van de maand is ze begonnen met haar eerste dates. Ze heeft zich slechts bij één bureau ingeschreven.

Later ziet ze wel of het er meer moeten worden, maar zo'n huwelijksbureau is niet goedkoop. Ze heeft 1400 euro uit de bureaula van de bedrijfsleider gepakt, om haar eerste speurwerk te kunnen bekostigen.

De identiteit van Marianne Leblanc is haar gegarandeerd voor een 'redelijke termijn', met andere woorden niet lang. Ze heeft zich dus voorgenomen de eerste de beste te nemen. Al ben je ten einde raad, tril je voortdurend over je hele lijf, vermager je zienderogen en slaap je drie uur per dag, vanaf haar eerste ontmoeting wist Sophie dat 'eerste' een woord zonder betekenis is. Ze had haar verlanglijstje gemaakt: een man zonder kind en met een helder, overzichtelijk leven. Voor de rest zal ze moeten roeien met de riemen die ze heeft. Op het huwelijksbureau heeft ze geveinsd dat ze niet zeker wist wat voor man ze zou kiezen. Ze heeft idiote dingen gezegd als 'een eenvoudige man', 'een rustig leven'.

17

René Bahorel, 44 jaar, een eenvoudige, rustige man. Ze hebben in een brasserie afgesproken. Ze heeft hem meteen herkend, een landbouwer met bolle wangen. Hij stinkt heel erg naar zweet. Hij lijkt op zijn stem aan de telefoon. Het is een joviaal mens.

'Ik kom uit Lembach,' zegt hij, met een gezicht alsof hij wil zeggen: dan weet je het wel!

Het kost haar twintig minuten om te begrijpen dat dat betekent dat hij een wijnbouwer is in een verre uithoek van het platteland. Sophie steekt een sigaret op. Hij legt zijn vinger op het pakje en zegt:

'Ik zeg het je meteen, bij mij wordt er niet gerookt…'

Hij glimlacht breed, zichtbaar trots dat hij zijn autoriteit heeft getoond op een – volgens hem – subtiele manier. Hij is praatziek, zoals alle mensen die alleen leven. Sophie hoeft niet veel te doen, ze luistert en kijkt hem kalm aan. Haar gedachten zijn ergens anders. Ze heeft echt behoefte om te vluchten. Ze stort zich in de eerste fysieke concessies met deze man. Ze snakt naar een nieuwe sigaret. Hij praat over zichzelf, zijn bedrijf. Om zijn ringvinger heeft nooit een ring gezeten, of het is heel lang geleden. Misschien komt het door de hitte van de brasserie, het lawaai van de klanten die luidkeels hun bestellingen doorgeven, maar langzaam maakt zich een vaag gevoel van onbehagen van haar meester. Het begint in haar buik.

'… We krijgen subsidie, maar toch… En u?'

Het is een abrupte vraag.

'Hoezo, ik?'

'Wat denkt u ervan? Interesseert het u?'

'Niet zo erg, eigenlijk.'

Sophie zegt dat omdat dat het goede antwoord is op wat voor vraag ook. René zegt: 'Juist, ja.' Maar de man is net een tuimelaar, hij komt altijd weer overeind. Je vraagt je af hoe die mensen onder hun tractor kunnen eindigen. Zijn woordenschat is beperkt, sommige woorden komen terug met een angstwekkende opdringerigheid. Sophie probeert te ontcijferen wat ze hoort.

'U woont samen met uw moeder…'

René antwoordt 'ja', alsof hij meent haar gerust te stellen. 84 jaar, de moeder. En nog steeds zo fris als een hoentje. Dat boezemt angst in. Sophie stelt zich voor dat ze onder het gewicht van deze man ligt, terwijl het oude mens door de gang sluipt, het geluid van haar sloffen, de keukenlucht… Even ziet ze de moeder van Vincent voor zich, tegenover haar, met haar rug naar het trapgat. Sophie legt haar handen op haar schouders en duwt zo hard, dat het lichaam van het oudje lijkt weg te vliegen, dat haar voeten de eerste treden niet eens raken, alsof er midden in haar borstkas is geschoten…

'Hebt u al veel dates gehad, René?' vraagt Sophie. Ze buigt zich naar hem toe.

'Dit is de eerste,' zegt hij, alsof hij een overwinning aankondigt.

'Nou, neem de tijd…'

Ze heeft het uittreksel uit het geboorteregister in een doorzichtige plastic map gestopt. Ze is bang het kwijt te raken, zoals zoveel andere dingen die bijna even belangrijk waren. Elke avond, voor haar vertrek, pakt ze de map en zegt hardop:

'Ik doe de deur van de kast open…'

Dan sluit ze haar ogen, visualiseert het gebaar, haar hand, de kast en herhaalt: 'Ik heb de kastdeur opengedaan…'

'Ik doe de rechterla open, ik heb de rechterla opengedaan…'

Zo herhaalt ze elk gebaar verscheidene keren. Ze doet haar uiterste best om zich te concentreren, en de woorden en gebaren tot één geheel te maken. Zodra ze binnenkomt, nog voordat ze haar jas uitdoet, rent ze naar de kast om te controleren of de plastic map er nog steeds ligt. En tot ze hem opnieuw in de kast opbergt, maakt ze hem met een magneetje vast aan de deur van de koelkast.

Zou ze de onbekende echtgenoot die ze probeert te vinden ooit kunnen doden? Nee. Als ze eindelijk in veiligheid is, zal ze regelmatig een bezoek brengen aan een willekeurige dokter Brevet. Ze zal twee notitieboekjes nemen, drie als het moet. Ze zal alles weer op gaan schrijven. Deze keer zal niets haar meer kunnen afleiden. Het is als een kinderlijk besluit: als ze hier uitkomt, zal ze zich nooit meer door haar gekte laten overweldigen.

18

Vijf ontmoetingen later is Sophie nog niets opgeschoten. Theoretisch moeten ze kandidaten aan haar voorstellen die aan haar wensen beantwoorden, maar de manager van Odyssée kampt constant met een gebrek aan mannen en stelt echt iedere man die ze in haar bestand heeft aan Sophie voor. Het doet denken aan makelaars die je huizen laten bekijken die absoluut niet corresponderen met je woonwensen. Helemaal in het begin was er een volkomen gestoorde sergeant eersteklas, daarna een depressieve technische tekenaar van wie ze, na een saai gesprek van drie uur, wist dat hij gescheiden was, twee kinderen had en dat zijn alimentatie, waarover niet goed was onderhandeld, driekwart van zijn inkomsten als werkzoekende opslorpte.

Ze heeft doodmoe een tearoom verlaten, na twee uur naar een ex-priester te hebben geluisterd, bij wie de afdruk van zijn trouwring nog te zien was. Hij had de ring een uur tevoren afgedaan. Hij probeerde een vrij deprimerend huwelijksleven op te vrolijken. En dan de grote, directe, zelfverzekerde vent die haar voor zesduizend euro een schijnhuwelijk aanbood.

En toen is de tijd steeds sneller voorbijgegaan. Sophie kan dan wel tegen zichzelf zeggen dat ze geen echtgenoot zoekt (ze werft een kandidaat), maar ze zal ermee moeten trouwen. Ze zal zijn bed moeten delen en met hem moeten samenleven. Over een paar weken, over een paar dagen, zal ze zelfs niet meer kunnen kiezen en zal ze het moeten doen met wat ze vindt.

De tijd gaat voorbij, haar kansen zijn zich ook aan het keren, en ze kan maar niet besluiten.

19

Sophie zit in de bus. Snel handelen. Ze staart strak voor zich uit.
Wat moet ze doen om snel te handelen? Ze kijkt op haar horloge: ze heeft nog net tijd om naar huis te gaan en een paar uur te
slapen. Ze is doodop. Ze stopt haar handen weer in haar zakken. Gek, dat getril. Ze heeft er nu en dan last van. Ze kijkt naar
buiten. Madagaskar. Ze draait haar hoofd om en ziet heel even
het affiche dat haar aandacht heeft getrokken. Een reisbureau.
Ze is er niet zeker van. Ze gaat staan, drukt op de knop en wacht
tot de bus bij de volgende bushalte stopt. Ze heeft het idee dat
ze kilometers afleggen voordat de bus eindelijk tot stilstand
komt. Ze loopt weer over de boulevard, met haar robotachtige
manier van bewegen. Uiteindelijk blijkt het toch niet zo ver te
zijn. Op het affiche staat een jonge zwarte vrouw met een onge-
kunstelde, charmante glimlach. Ze heeft een soort tulband op
haar hoofd. De naam ervan zal wel in kruiswoordpuzzels voorkomen. Achter haar een strand zoals je alleen op ansichtkaarten
ziet.

Sophie steekt de straat over en draait zich om om opnieuw,
van een afstand, naar het affiche te kijken. Een manier om na te
denken.

'Positief,' heeft de sergeant gezegd. 'Ik hou er niet zo van, weet u, ik ben niet zo'n reiziger, maar ja we hebben wel mogelijkheden. Ik heb een vriend, hij is ook sergeant eersteklas, net als ik. Hij gaat naar Madagaskar. Ik snap het wel: zijn vrouw komt daarvandaan. Niemand zou het geloven, maar er zijn niet zoveel mensen die uit de stad weg willen! Niet zoveel...!'

Niet zoveel...

Ze heeft er de hele reis aan gedacht. Vlak voordat ze thuiskomt, doet ze de deur van een telefooncel open en rommelt in haar tas.

'Ja, ik weet het,' heeft de kleine sergeant verlegen gezegd, 'het maakt een slechte indruk, maar, ik bedoel, ik weet niet hoe ik dit moet aanpakken... Ik kan u toch niet om uw telefoonnummer vragen? Daarom geef ik u het nummer van mijn privételefoon. Je weet maar nooit...'

Aan het eind van hun gesprek was de militair al bescheidener dan aan het begin. Hij gedroeg zich veel minder uitsloverig.

'Ik voel wel dat ik uw type niet ben. Wat u nodig hebt is een man met meer intellect.'

Dat had hij met een onbeholpen glimlach gezegd.

'Hallo?'

'Goedenavond,' zegt Sophie. 'U spreekt met Marianne Leblanc. Stoor ik?'

In werkelijkheid is de sergeant eersteklas niet zo klein. Hij is zelfs een halve kop groter dan Sophie, maar hij straalt een verlegenheid uit die hem kleiner doet lijken. Als Sophie het café binnenkomt, staat hij onhandig op. Ze kijkt op een nieuwe manier naar hem. Maar oud of nieuw, er valt niets anders te zeggen dan dat de man tamelijk lelijk is. Ze probeert zichzelf gerust te stellen: nee, het is eerder een heel gewoon mannetje. Maar een stemmetje fluistert: 'Nee, hij is lelijk.'

'Wat wilt u drinken?'

'Ik weet het niet. Een kopje koffie? Wat neemt u?'

'Hetzelfde... koffie.'

En zo blijven ze een tijdje zitten, terwijl ze verlegen naar elkaar glimlachen.

'Ik ben blij dat u hebt gebeld... Trilt u altijd zo?'

'Ik ben nerveus.'

'Dat is vrij normaal. Ik ook, maar laten we het niet over mij hebben... We weten niet goed wat we tegen elkaar moeten zeggen, hè?'

'Misschien hebben we elkaar wel niets te zeggen!'

Ze heeft onmiddellijk spijt van die woorden.

'Neem me niet kwalijk...'

'Negatief! Ik...'

'Begint u alstublieft niet om de haverklap "negatief" of "positief" te zeggen. Dat is echt heel onaangenaam.'

Dat was een botte opmerking van haar.

'Ik heb het gevoel dat ik met een computer praat,' zegt ze, bij wijze van verontschuldiging.

'U hebt gelijk. Dat is beroepsdeformatie. Hebt u ook een bepaalde gewoonte in uw beroep?'

'Ik maak schoon, dus mijn gewoontes zijn die van iedereen. Tenminste, van alle mensen die zelf hun huishouden doen.'

'Vreemd, ik heb het de eerste keer voor me gehouden, maar je zou echt niet zeggen dat u schoonmaakster bent. U ziet eruit of u een hoge opleiding hebt gehad.'

'Ja, ik heb gestudeerd, maar dat zegt me niets meer. We zullen er een andere keer over praten, als u het niet vervelend vindt.'

'O, nee, ik vind niets vervelend. Ik ben gemakkelijk in de omgang...'

Bij het horen van die zin, uitgesproken met een ontwapenende oprechtheid, denkt Sophie dat er misschien niets vervelender is in het leven dan mensen die gemakkelijk in de omgang zijn.

'Goed,' zegt Sophie, 'laten we weer bij het begin beginnen. Oké?'

'Maar daar zijn we al!'

Misschien is hij niet toch niet zo'n sukkel.

Een piepklein 'waarom niet' dringt langzaam Sophies geest binnen. Maar eerst moet ze het weten: zijn belangrijkste pluspunt op dit moment is dat hij voor zijn werk kan worden overgeplaatst, ver weg van de stad. Dat moet ze snel verifiëren.

Sophie heeft de voorkeur gegeven aan het eind van de dag. Ze zijn al een uur in het café. De sergeant wikt en weegt elke lettergreep om niet het woord uit te spreken dat onherroepelijk het gammele vlot waarop hij zich bevindt zal doen zinken.

'Zullen we iets gaan eten?' stelt Sophie voor.

'Als u dat wilt...'

Vanaf de eerste minuut is het zo gegaan: deze man is zwak, willoos, hij zal alles willen wat zíj wil. Ze schaamt zich een beetje voor wat ze hem gaat aandoen. Maar ze weet ook wat ze hem ervoor terug moet geven. Volgens haar is hij geen verliezer. Wat hij zoekt is een vrouw. Elke vrouw is goed. Een vrouw. Zelfs Sophie is goed genoeg.

Als ze het café verlaten, bepaalt zíj dat ze naar rechts gaan. Hij vraagt niets en blijft kwebbelen, terwijl hij naast haar loopt. Ongevaarlijk. Hij laat zich leiden naar de plek waar Sophie hem heen zal voeren.

'Waar wilt u naartoe?' vraagt ze.

'Ik weet het niet... De Relais?'

Sophie is er zeker van dat hij dat de vorige dag al heeft voorbereid.

'Wat is dat?'

'Een restaurant. Een brasserie... Ik ben er maar één keer geweest. Het is niet slecht. Nou ja, ik weet niet of het eten u zal bevallen...'

Sophie tovert een glimlachje tevoorschijn.

'We zullen wel zien…'

En uiteindelijk valt het heel erg mee. Sophie was bang dat het een restaurant voor militairen zou zijn, maar ze durfde het niet te vragen.

'Het is hier gezellig,' zegt ze.

'Eerlijk gezegd heb ik er van tevoren over nagedacht. Ik ben hier vanmorgen zelfs naartoe gekomen om te kijken of ik het restaurant nog kon vinden. Ik wist het niet meer zo goed…'

'Bedoelt u dat u er nog nooit hebt gegeten?'

'Nega… Ik denk dat het niet makkelijk zal zijn om tegen u te liegen,' zegt de sergeant glimlachend.

Terwijl hij de menukaart bestudeert, kijkt zij of zijn blik lang op de prijzen blijft rusten. Intussen vraagt ze zich af hoe een man als hij zonder kleerscheuren uit zo'n situatie kan komen. Maar het is ieder voor zich. Hij wil een vrouw, dan moet hij er wat voor overhebben. Zo gaat het tenslotte in een echt huwelijk ook.

'Hebt u de gewoonte om tegen vrouwen te liegen?' vraagt Sophie, om de draad van het gesprek weer op te pakken.

'Zoals alle mannen, neem ik aan. Maar niet meer. Eerder minder. Ik zit er waarschijnlijk tussenin.'

'Waar hebt u dan over gelogen tijdens onze eerste ontmoeting?'

Sophie heeft een sigaret opgestoken. Ze herinnert zich dat hij niet rookt. Dat zal haar een zorg zijn. Het belangrijkste is dat hij haar haar gang laat gaan.

'Ik weet het niet… We hebben niet lang gepraat.'

'Sommige mannen hebben geen tijd nodig om te liegen.'

Hij kijkt haar strak aan.

'Ik zou geen verbale strijd met u kunnen voeren. Ik ben geen prater, ik ben geen sprankelende geest, weet u. Ja, u weet het. Misschien hebt u me daarom uitgekozen.'

De ober staat inmiddels naast hun tafeltje. Sophie raadt in stilte.

'Wat neemt u?' vraagt hij.

'Entrecote en salade. En u?'

'Nou…' zegt hij met een laatste blik op de kaart, 'ik neem hetzelfde: entrecote en salade.'

Dat dacht ik al, denkt Sophie.

'Hoe wilt u de entrecote?'

'Kort gebakken. Alle twee,' antwoordt Sophie, terwijl ze haar sigaret uitdrukt.

Mijn God, wat een flauwekul!

'Wat zei u?'

'Ik? Niets, hoezo?'

'Daarom heb ik u uitgekozen… Wat bedoelt u precies?'

'O, maakt u zich niet druk. Ik ben een onhandige lummel. Het is sterker dan ik. Mijn moeder zei altijd: als er een koeienvlaai in de wei ligt – sorry dat ik het zeg – zie jij kans erin te trappen.'

'Ik volg het niet helemaal…'

'Toch ben ik niet gecompliceerd…'

'Nee, dat lijkt me ook… Nou, ik wil zeggen…'

'U hoeft zich niet de hele tijd te verontschuldigen, anders komen we er niet uit.'

De ober brengt twee entrecotes met salade. Ze beginnen zwijgend te eten. Sophie voelt zich verplicht zich lovend over de entrecote uit te laten, maar ze krijgt geen woord over haar lippen. De enorme woestijn die hen scheidt heeft zich uitgebreid, op verraderlijke wijze, als een plas die steeds groter wordt…

'Het is niet slecht…'

'Ja, het is lekker. Heel lekker.'

Sophie kan er niets aan doen, maar ze heeft niet de moed om het gesprek weer op gang te brengen, te veel inspanning. Ze moet haar entrecote opeten en het volhouden. Doorzetten. Voor het eerst bekijkt ze hem goed. 1.76 m, 1.80 m misschien. Beslist goedgebouwd, brede schouders. Ze sporten in het leger. Grote handen, goed verzorgde nagels. En wat zijn gezicht betreft: een trouwe-hondenkop. Haar dat steil zou zijn als het niet zo kort was geknipt, een ietwat vlezige neus, een vrij uitdrukkingsloze blik.

Toch ziet hij er goed uit. Gek dat ze hem zo klein vond toen ze hem voor het eerst zag. Ongetwijfeld door zijn manier van zijn, een kant van hem die zich slecht heeft ontwikkeld in zijn jeugdjaren. Een bepaalde onbevangenheid. Ineens benijdt Sophie hem. Ze is jaloers op zijn eenvoud, en voor het eerst voelt ze geen minachting. Ze begrijpt dat ze tot nu toe een voorwerp, een ding in hem heeft gezien en dat ze hem minachtte zonder hem te kennen. Ze heeft gereageerd als een man.

'We hebben een knoop gelegd, hè?' zegt ze ten slotte.

'Een knoop?'

'Ja, het gesprek is een beetje doodgebloed...'

'Ach, het is ook niet makkelijk,' zegt hij. 'Als je een gespreksonderwerp vindt, dan gaat het wel, maar als je niets vindt... In het begin waren we goed bezig, de ober had op een ander moment moeten komen.'

Sophie kan een glimlach niet onderdrukken.

Het is nu geen vermoeidheid meer. Ook geen minachting. Wat dan wél? Iets leegs, iets hols. Misschien is hij degene die de leegte in feite uitademt.

'Goed dan, wat doet u ook al weer?'

'Ik zit bij de verbindingsdienst.'

'Wat is dat? Leg eens uit.'

De sergeant eersteklas barst los. Nu hij eenmaal in zijn element is, praat hij aan één stuk door. Ze luistert niet. Ze werpt discreet een blik op de klok. Maar zou het anders kunnen zijn geweest? Wat verwachtte ze? Een nieuwe Vincent? Ze ziet zichzelf voor zich in hun nieuwe huis. De dag waarop ze begonnen is met het schilderen van de zitkamer. Vincent gaat gewoon achter haar staan. Hij legt zijn hand in haar nek en dan voelt Sophie zijn kracht en energie...

'De verbindingsdienst interesseert u geen lor, hè?'

'Integendeel!'

'Integendeel? Vindt u de verbindingsdienst boeiend?'

'Nee, dat zou ik niet durven zeggen.'

'Ik weet wat u denkt, weet u...'

'O ja?'

'Ja. U zegt tegen uzelf: "Hij is een aardige vent met zijn verhalen over de verbindingsdienst, maar hij is oersaai." U kijkt hoe laat het is, u denkt aan iets anders. U hebt zin om ergens anders te zijn. Ik kan het u maar beter zeggen: ik ook. U geeft me een ongemakkelijk gevoel. U probeert vriendelijk te zijn, omdat we nu eenmaal hier zitten en met elkaar praten. We hebben elkaar niet veel te zeggen. Ik vraag me af...'

'Neem me niet kwalijk, ik was inderdaad ergens anders met mijn gedachten... Uw werk is buitengewoon technisch...'

'Het is niet alleen technisch. Het is vooral dat ik u niet aansta. Ik vraag me af...'

'Ja?'

'Ik vraag me af waarom u me hebt gebeld. Wat wilt u eigenlijk? En wat is uw eigen verhaal?'

'Ach, om dat te vertellen heb ik wel een jaar nodig, of twee jaar of drie. Er zijn er zelfs die het nooit te horen krijgen. Mijn vriend heeft dus geluk gehad.'

Op een gegeven moment schieten ze beiden in de lach. Aan het eind van de maaltijd, ze weet niet meer waarom. Ze lopen langs de rivier. Een bijtende kou. Na een stuk of dertig stappen geeft ze hem een arm. Een kort gevoel van saamhorigheid heeft hen nader tot elkaar gebracht. Uiteindelijk heeft hij het nog niet zo slecht aangepakt: hij heeft geweigerd zich uit te sloven. Hij heeft simpele dingen gezegd: 'Hoe dan ook, het is beter om jezelf te blijven. Vroeg of laat leer je elkaar toch wel kennen. Dan kun je het maar beter meteen weten, is het niet?'

'U hebt het over de overzeese departementen en gebiedsdelen...'

'O, dat niet alleen! We kunnen ook naar het buitenland worden overgeplaatst. Het komt minder vaak voor, dat is waar.'

Sophie maakt haar afwegingen. Ontmoeting, huwelijk, vertrek, werk, scheiding. Het is misschien een illusie om te denken dat ze op duizenden kilometers afstand veiliger zal zijn. Maar intuïtief denkt ze dat ze er beter verborgen zal zijn. Terwijl ze nadenkt, somt de sergeant eersteklas de vrienden op die zijn overgeplaatst. Zij die erom hebben gevraagd, zij die er nog op hopen. Mijn God, wat is die man saai en voorspelbaar.

20

Ik ben bang. Alle doden komen terug. 's Nachts. Ik kan ze tellen, een voor een. 's Nachts zie ik ze aan een tafel zitten, naast elkaar. 's Nachts. Aan het eind van de tafel Leo, met zijn veter om zijn nek. Hij kijkt me verwijtend aan. Hij vraagt: 'Ben je gek, Sophie? Waarom heb je me gewurgd? Ben je echt gek?' Zijn vragende blik doorboort me. Ik kan het altijd zien als hij twijfelt. Dan houdt hij zijn hoofd een beetje scheef, alsof hij diep nadenkt. 'Ja, maar dat is niets nieuws, ze is altijd gek geweest,' zegt de moeder van Vincent. Ze wil de anderen geruststellen. Ik zie haar gemene ge-zicht en haar vlijmscherpe blik, en ik hoor haar schelle stem. 'Voordat ze begon iedereen te doden en alles om zich heen te vernietigen, was ze al gek. Ik had Vincent al gewaarschuwd.' Terwijl ze dat zegt, neemt ze haar naar binnen gekeerde hou-ding aan. Ze sluit lang haar ogen, je vraagt je af of zij ze weer opendoet als ze praat. De helft van de tijd houdt ze haar oogle-den gesloten om in zichzelf te kijken. 'Je haat me, Sophie, je hebt me altijd gehaat, maar nu je me hebt gedood...' Vincent zegt niets. Hij schudt zijn uitgemergelde hoofd, alsof hij om mede-lijden vraagt. En ze kijken me allemaal strak aan. Ze praten niet meer.

Ik word met een schok wakker en wil niet meer slapen. Ik ga naar het raam. Daar zit ik uren te huilen en te roken.

Ik heb zelfs mijn baby gedood.

21

Ze zien elkaar nu sinds ruim twee weken. Sophie heeft binnen een paar uur de gebruiksaanwijzing van de sergeant eersteklas gevonden. Nu stelt ze zich tevreden met het vergroten van haar kennis, voor zover die voor haar van belang is, maar ze blijft op haar hoede.

Hij heeft zich quasi-enthousiast laten meeslepen naar *Vierentwintig uur uit het leven van een vrouw*.

'In het boek waren er slechts twee generaties vrouwen...' zegt Sophie, terwijl ze een sigaret opsteekt.

'Ik heb het boek niet gelezen, maar waarschijnlijk zal het ook niet slecht zijn.'

'Nee,' zegt Sophie, 'het was niet slecht...'

Ze heeft een complete biografie voor zichzelf moeten maken. Te beginnen met het uittreksel uit het geboorteregister: ouders, opleiding, een verhaal dat ze met veel mysterie heeft omgeven om er niet te veel over te zeggen. De sergeant heeft zich discreet getoond. Uit voorzorg laat ze hem veel praten. Als ze 's avonds weer thuis is, maakt ze aantekeningen. Ze houdt een notitieboekje bij, waarin alles staat wat ze van hem weet. Niets bijzonders in zijn levensverhaal. Trouwens, ook niets interessants. Geboren op 13 oktober 1973 in Aubervilliers. Middenschool, diploma middelbaar beroepsonderwijs elektromechanica, indiensttreding bij het leger, ingedeeld bij de verbindingsdienst, diploma middelbaar technisch onderwijs telecommunicatie, sergeant eersteklas, later eventueel adjudant.

'Pijlinktvissen…?'

'Ze noemen ze ook wel "calamares"…'

Hij glimlacht.

'Ik neem toch maar entrecote.'

Sophie glimlacht op haar beurt.

'Laat me niet lachen…'

'Als vrouwen dat zeggen, is het in het algemeen geen goed teken…'

Het voordeel van militairen is dat ze zo doorzichtig zijn. Hij lijkt ontzettend veel op het beeld dat Sophie zich vanaf hun eerste ontmoeting van hem heeft gemaakt. Ze heeft onvermoede nuances ontdekt. De jongen is niet gek, hij is simpel. Hij wil trouwen, kinderen hebben, hij is aardig. En Sophie heeft geen tijd te verliezen. Het heeft haar weinig moeite gekost om hem te verleiden: hij was al verleid. En Sophie is net zo goed als elk ander meisje uit zijn dorp. Ze is zelfs beter, omdat ze knap is. Sinds ze met hem uitgaat, maakt ze zich weer op en besteedt ze een beetje meer aandacht aan wat ze draagt. Niet te veel. Af en toe is het duidelijk dat de sergeant eersteklas van iets droomt. Sophie heeft in geen jaren gezien dat een man haar zo begerig aankijkt. Dat is grappig.

'Mag ik je vragen waar we heen gaan?'

'Naar *Alien*, dat hebben we toch afgesproken?'

'Nee, ik bedoel: wij tweetjes, hoe ver zijn we nu?'

Sophie weet dat precies. Ze heeft minder dan twee maanden om een definitief besluit te nemen. Inclusief de termijn voor de officiële aankondiging van hun huwelijk. Ze kan nu niet meer terug.

Geen tijd meer. Bij een ander zal ze weer op nul moeten beginnen. Geen tijd meer. Ze kijkt hem aan. Ze is gewend geraakt aan dat gezicht. Of ze heeft hem echt nodig. Het resultaat is hetzelfde.

'Weet jij al hoe ver je bent?' vraagt ze.

'Ik denk van wel. En dat weet je heel goed. Ik vraag me werkelijk af waarom je van mening bent veranderd. Toen je me belde…'

'Ik ben niet van mening veranderd, ik heb de tijd genomen om na te denken.'

'Nee, je bent van mening veranderd. Bij onze eerste ontmoeting had je een besluit genomen: het was nee. Ik vraag me af of je écht van mening bent veranderd. En waarom.'

Sophie steekt een nieuwe sigaret op. Ze zitten in een brasserie. De avond is niet echt saai. Terwijl ze naar hem kijkt, weet ze zeker dat hij verliefd op haar is geworden. Heeft ze het handig genoeg aangepakt om geloofwaardig te zijn?

'Dat is waar. Bij onze eerste ontmoeting was ik niet zo enthousiast… Ik…'

'Je hebt ook nog anderen ontmoet. En dat was erger. Dus zei je tegen jezelf…'

Sophie kijkt hem recht aan.

'Jij niet?'

'Marianne, ik denk dat je vaak tegen me liegt. Nou, ik bedoel… je liegt goed, maar wel veel.'

'Waarover?'

'Ik weet het niet. Misschien over alles.'

Soms ziet hij er zo ongerust uit, dat het haar verdrietig maakt.

'Ik neem aan dat je er je redenen voor hebt,' vervolgt hij. 'Ik heb wel een idee, maar ik heb geen zin om ernaar te vissen.'

'Waarom niet?'

'Zodra je zin hebt om er met me over te praten, zul je dat doen.'

'En wat is jouw idee?'

'Er zijn dingen in je verleden die je niet wilt vertellen. Dat kan me niets schelen.'

Hij kijkt haar aan, en aarzelt. Dan betaalt hij de rekening. Ten slotte waagt hij het.

'Je hebt… ik weet het niet… in de gevangenis gezeten of iets dergelijks.'

Hij kijkt haar opnieuw aan, terwijl hij zijn hoofd schuin houdt. Sophie denkt snel na.

'Laten we zeggen dat het zoiets is. Niets ernstigs, maar ik heb geen zin om erover te praten.'

Hij knikt instemmend.

'Maar wat wil je precies?'

'Ik wil een normale vrouw zijn, met een man en kinderen. Niets anders.'

'Dat lijkt me toch niet echt bij je te passen.'

Er lopen koude rillingen over Sophies rug. Ze probeert te glimlachen. Ze zijn bij de uitgang van het restaurant, het is pikkedonker buiten en de kou bijt in hun gezicht. Ze geeft hem een arm, zoals ze als gewoonte heeft aangenomen, en kijkt hem aan.

'Ik zou graag met je zijn meegegaan naar je huis. Maar het is misschien niet jouw stijl…'

Hij slikt hoorbaar.

Hij doet zijn best. Hij besteedt overal aandacht aan. Als Sophie huilt, zegt hij: 'We zijn niet verplicht…' Zij zegt: 'Help me.' Hij veegt haar tranen weg. Zij zegt: 'Het is niet vanwege jou, weet je.' Hij zegt: 'Dat weet ik…' Sophie denkt dat die man alles zou begrijpen. Hij is kalm, langzaam, nauwkeurig, ze had niet gedacht dat hij dat allemaal zou zijn. Het is zo lang geleden dat ze met een man heeft gevrijd. Heel even sluit ze haar ogen, alsof ze dronken is en wil dat de wereld niet langer op volle snelheid om haar heen draait. Ze leidt hem. Ze vergezelt hem. Ze ruikt zijn geur, die ze van vroeger kent. Het is een anonieme geur van een man die begeert. Het lukt haar om haar tranen te bedwingen. Hij ligt op haar en lijkt op haar te wachten. Ze glimlacht tegen hem en zegt:

'Kom…' Hij lijkt op een aarzelend kind. Ze drukt hem tegen zich aan. Hij koestert geen illusies.

Na afloop kijkt ze hoe laat het is. Ze weten beiden wat ze niet verplicht zijn tegen elkaar te zeggen. Ooit, misschien… Ze zijn twee mensen die verongelukt zijn in het leven. Voor het eerst vraagt zij zich af wat voor ongeluk hij heeft gehad.

'En jouw verhaal, je échte verhaal, wat is dat?' vraagt ze, terwijl haar vingers met zijn borsthaar spelen.

'Ik ben vrij alledaags…'

En Sophie vraagt zich af of dat zijn antwoord is.

Als je 's nachts werkt, is alles anders. Op het uur waarop hij in slaap valt, staat Sophie op en verlaat het huis om het busje van haar werk te halen.

Ze zijn nog steeds samen: Véronique en de baas van het fastfood-restaurant. Ze heeft ze op dezelfde manier gedood. Ze weet niet meer hoe. Ze liggen naast elkaar op de roestvrijstalen tafel van het mortuarium. Als een getrouwd stel. Bedekt met een wit laken. Sophie loopt langs de tafel. Hoewel ze alle twee dood zijn, zijn hun ogen open, en ze volgen haar met een begerige blik. Ze bewegen alleen hun ogen. Als ze achter de tafel langs loopt, begint het bloed langzaam uit hun achterhoofd te stromen, ze glimlachen.

'O ja!'

Sophie draait zich abrupt om.

'Dat is een beetje uw handelsmerk. Een paar goed gemikte slagen op het achterhoofd.'

De leverancier van het uittreksel uit het geboorteregister draagt een lichtgeel hemd en een groene das. Zijn broek zit te strak om zijn buik, zijn gulp staat open. Hij nadert met de houding van een professor in de pathologie. Hij is belerend, zelfverzekerd, nauwgezet, chirurgisch. En hij glimlacht. Een beetje spottend.

'En zelfs één slag.'

Hij staat achter de tafel en kijkt naar de schedel van de doden. Het bloed stroomt op de grond, de druppels vallen op het geverfde cement en maken de onderkant van zijn broek nat.

'Dit is' (hij buigt zich voorover en leest wat er op het etiket staat)... 'Véronique. Ja, Véronique. Vijf messteken in de buik. In de buik, Sophie, nou vraag ik je! Goed, we gaan verder. En dit is' (hij leest het kaartje) ... 'David. Voor hem, Sophie, heb je slechts je hand hoeven uitsteken. Een honkbalknuppel die voor David niet meer was dan een aandenken. En nu ligt hij daar met een schedel die is ingeslagen met het embleem van de Red Stockings. Er zijn werkelijk idiote lotsbestemmingen, is het niet?'

Hij loopt weg van de tafel en komt dichter naar Sophie toe. Ze staat met haar rug tegen de muur. Lachend loopt hij naar voren:

'En dan ben ík er! Ik heb meer geluk gehad: geen honkbalknuppel, geen mes, ik ben er goed vanaf gekomen. Ik klaag niet. Als je had gekund, had je mijn hoofd tegen de muur gebonkt en zou ik gestorven zijn zoals de anderen, aan hoofdwonden. Dan zou ik ook uit mijn achterhoofd bloeden.'

Sophie ziet zijn gele hemd, dat steeds roder wordt van het bloed dat uit zijn achterhoofd stroomt. Hij glimlacht.

'Zo is het toch, Sophie?'

Hij is dicht bij haar, ze ruikt zijn slechte adem.

'Je bent erg gevaarlijk, Sophie. Toch houden de mannen van je, is het niet? Je brengt veel mannen om. Ben je van plan iedereen van wie je houdt te doden, Sophie? Iedereen die dicht bij je komt?'

22

De geuren, de gebaren, de momenten… In de ogen van Sophie schetst alles een beeld van wat haar te wachten staat. Ze zal moeten kunnen vertrekken. Op het juiste moment. Maar dat is voor later, omdat ze zich voorlopig aan haar rol moet houden. Een slim spel spelen. Geen schijnbare passie, een genegenheid die mogelijk is gemaakt door een oppervlakkige maar veelbelovende verstandhouding. Ze hebben vier nachten met elkaar doorgebracht. Dit is de vijfde. Twee nachten achter elkaar. Omdat er meer beweging in de zaak moet komen. Ze is erin geslaagd om voor een paar dagen met een meisje uit een andere schoonmaakploeg te ruilen. Hij komt haar ophalen. Ze geeft hem een arm en vertelt wat ze die dag allemaal heeft gedaan. De tweede keer is het al een gewoonte. En verder is hij angstvallig oplettend. Soms lijkt het of hij bij elk gebaar zijn leven in de waagschaal stelt. Ze probeert hem te kalmeren. Ze probeert hun recente intimiteit iets minder gekunsteld te maken. Ze flanst het een en ander in elkaar op het gasfornuis van zijn tweekamerwoning. Beetje bij beetje ontspant hij zich. In bed wacht hij tot ze het initiatief neemt. Dat doet ze elke keer. En steeds is ze bang. Ze doet alsof. Soms voelt ze – heel even – dat ze gelukkig zou kunnen zijn. Daar moet ze om huilen. Hij ziet het niet, omdat het altijd na het vrijen is, als hij in slaap is gevallen en zij haar blik door de halfdonkere kamer laat gaan. Gelukkig snurkt hij niet.

Sophie blijft lang zo liggen. Ze laat de beelden van haar leven aan zich voorbijtrekken. Zoals altijd stromen de tranen uit zichzelf, zonder haar, buiten haar. En dan wordt ze overmand door een slaap waar ze bang voor is. Soms raakt haar hand de zijne en klampt ze zich eraan vast.

23

Het is ijskoud. Ze leunen met hun ellebogen op een ijzeren balustrade, het vuurwerk is net begonnen. Kinderen rennen rond, ouders kijken met halfopen mond naar de lucht. Oorlogsgeluiden. De knallen worden soms voorafgegaan door sinistere fluittonen. De hemel is oranje. Sophie drukt zich tegen hem aan. Voor het eerst heeft ze behoefte, écht behoefte, om zich tegen hem aan te nestelen. Hij heeft zijn arm om haar schouders geslagen. Het zou een ander kunnen zijn, maar híj is het. Het had erger kunnen zijn. Ze legt haar hand op zijn wang en dwingt hem haar aan te kijken. Ze geeft hem een zoen. De hemel is blauw en groen. Hij zegt iets wat ze niet verstaat, omdat er op hetzelfde moment een vuurpijl uiteenspat. Aan zijn gezicht te zien heeft hij iets liefs gezegd. Ze knikt.

De ouders verzamelen hun kroost. Overal worden voorspelbare grappen gemaakt. Dan gaan de mensen naar huis. De stelletjes arm in arm. Zijzelf hebben moeite om een ritme te vinden dat hun beiden bevalt. Zijn stappen zijn veel groter. Hij maakt pas op de plaats. Zij glimlacht, duwt hem vooruit, hij lacht, zij glimlacht. Ze blijven staan. Het is zonder liefde, maar er is iets wat goeddoet, iets wat op een enorme vermoeidheid lijkt. Hij kust haar voor het eerst met een soort gezag. Over enkele seconden begint het nieuwe jaar. Er wordt al druk getoeterd, al is het te vroeg. Het zijn mensen die er zeker van willen zijn dat ze de eersten zijn. Ineens barst alles los: gejoel, sirenes, gelach, lichten. Even hangt er een golf van geluk en saamhorigheid boven de wereld. De aanleiding is niet spontaan, maar de vreugde is oprecht. Sophie zegt: 'Zullen we trouwen?' Het is een vraag. 'Ik wil wel…' zegt hij. Het lijkt of hij zich verontschuldigt. Ze houdt zijn arm vast.

Ziezo.

Klaar is Kees.

Over een paar weken zal Sophie getrouwd zijn.

Vaarwel Sophie de Gestoorde.

Een nieuw leven.

Dat levert haar een paar seconden opluchting op.

Hij glimlacht, terwijl hij om zich heen kijkt.

FRANTZ

3 mei 2000

Ik heb haar zojuist voor het eerst gezien. Ze heet Sophie. Ze kwam uit haar huis. Ik heb vrijwel alleen haar silhouet gezien. Kennelijk is het een vrouw die haast heeft. Ze is in haar auto gestapt en ze is meteen weggereden. Zo hard, dat ik haar met moeite op mijn motor kon volgen. Gelukkig had ze problemen met parkeren in de Marais, wat het er makkelijker op maakte. Ik heb haar van een afstandje gevolgd. Eerst dacht ik dat ze ging winkelen, en dan zou ik haar niet langer kunnen volgen, te riskant. Maar ze had een afspraak. Ze ging een theesalon binnen aan de Rue des Rosiers en liep onmiddellijk naar een andere vrouw van haar leeftijd, terwijl ze op haar horloge keek, alsof ze wilde aangeven dat ze was opgehouden. Ik wist dat Sophie te laat was vertrokken. Op heterdaad betrapt op een leugen.

Ik wachtte een minuut of tien. Toen ging ik ook de theesalon binnen en in de tweede zaal zitten, waar ik een perfect en onopvallend uitzicht op haar had. Sophie droeg een jurk van bedrukte stof, schoenen met lage hakken en een lichtgrijs jack. Ik zag haar van opzij. Het is een charmante vrouw, een vrouw die bij mannen wel in de smaak zal vallen. Haar vriendin daarentegen vond ik een hoerig type. Te veel make-up, arrogant, te vrouwelijk. Sophie weet in elk geval hoe ze natuurlijk moet blijven. Ze stopten zich vol gebakjes, met de gretigheid van middelbare scholieren. Aan hun glimlachjes en hun mimiek zag ik dat ze grapjes maakten over het zondigen tegen de lijn. Vrouwen volgen altijd een dieet, en ze vinden het heerlijk zich er niet aan te houden. Vrouwen zijn oppervlakkig. Sophie is slank. Slanker dan haar vriendin.

Ik had er al snel spijt van dat ik naar binnen was gegaan. Ik nam het bespottelijke risico dat ze me zag en zich, om de een of andere reden, mijn gezicht herinnerde. Waarom risico's nemen als dat niet nodig is? Ik nam me heilig voor dat niet meer te laten gebeuren. Maar het meisje bevalt me. Een levendig type.

Ik verkeer in een heel bijzondere geestestoestand. Al mijn zintuigen zijn verscherpt. Daardoor heb ik dit onbeduidende voorval in een vruchtbare omstandigheid kunnen veranderen. Ik ben ongeveer twintig minuten na hen naar buiten gegaan. Op het moment dat ik mijn jack van de kapstok nam, zag ik dat een man er zijn jas aan had opgehangen. Ik stak snel mijn hand in de binnenzak en haalde er een mooie portefeuille uit. Hij was van Lionel Chalvin, geboren in 1969, hij is dus maar vijf jaar ouder dan ik. Hij woont in Créteil. Zijn identiteitsbewijs is nog het oude model. Aangezien ik niet van plan ben het te gebruiken als ze me om mijn papieren vragen, heb ik eraan zitten knoeien – vrij goed, trouwens – door er een foto van mezelf op te plakken. Er zijn dagen waarop ik heel blij ben dat ik zo handig ben. Als je er van niet te dichtbij naar kijkt, is het resultaat goed.

15 juni

Ik had een dag of tien nodig om mijn besluit te laten rijpen. Ik heb net een verschrikkelijke teleurstelling meegemaakt, jaren van hoop zijn binnen een paar minuten vernietigd. Ik verwachtte niet er zo snel van te herstellen, en gek genoeg heb ik de indruk dat dat wel is gebeurd. Ik verbaas me er een beetje over. Ik ben Sophie Duguets gangen nagegaan, ik heb nagedacht, ik heb naar haar gekeken… Ik heb gisteravond mijn besluit genomen, terwijl ik naar de ramen van haar flat keek. Ze liep erlangs en sloot de gordijnen met een breed, krachtig gebaar. Alsof ze sterren zaaide. Er gebeurde iets in mij. Ik besefte dat ik iets moest ondernemen. In elk geval had ik een alternatief plan nodig. Ik kon er niet toe komen om zomaar af te zien van alles waarvan ik had gedroomd, van alles waar ik zo lang behoefte aan had gehad. Ik besefte dat Sophie eigenlijk precies goed zou zijn, net wat ik nodig had.

Ik heb een notitieboekje aangeschaft. Er zijn veel dingen die moeten worden voorbereid, en ik denk dat het boekje me zal helpen nadenken. Omdat deze zaak veel gecompliceerder is dan ik aanvankelijk had gedacht.

Sophies man is een lange vent die er intelligent en erg zelfverzekerd uitziet. Dat staat me wel aan. Goed gekleed, elegant zelfs, hoewel zijn stijl vrij *casual* is. Ik ben die morgen vroeg gearriveerd om hem te zien vertrekken en hem te volgen. Hun leefomstandigheden zijn goed. Ze hebben allebei een auto en ze wonen in een luxe flat. Het zou een leuk paar kunnen zijn met een mooie toekomst.

20 juni

Vincent Duguet werkt bij Lanzer Gesellschaft, een petrochemisch bedrijf waarover ik heel veel documentatie heb: ik begrijp de details niet, maar het is in elk geval een bedrijf met Duits kapitaal, dat over vrijwel de hele wereld vestigingen heeft. Het is een van de leiders in de handel van oplosmiddelen en elastomeren, dat is synthetisch rubber. Lanzer Gesellschaft heeft een centraal hoofdkantoor in München, een Frans hoofdkantoor in La Défense (daar werkt Vincent) en drie onderzoekscentra buiten de hoofdstad: in Talence, Grenoble en Senlis. Volgens het organogram van het bedrijf heeft Vincent een vrij hoge positie als adjunct-directeur van de afdeling Onderzoek en Ontwikkeling. Hij heeft een doctorsgraad. Universiteit van Jussieu. Zijn foto in de reclamebrochure vond ik goed gelijkend. Het is een recente foto. Ik heb hem uitgeknipt en op mijn prikbord gehangen.

Sophie werkt bij Percy's, een veilinghuis (oude boeken, kunstwerken etc.). Ik weet nog niet wat ze daar precies doet.

Ik ben met het makkelijkste begonnen en heb eerst inlichtingen ingewonnen over Vincent. Ten aanzien van Sophie lijken de dingen veel gecompliceerder. Het bedrijf geeft weinig informatie. In die wereld laten ze je altijd alleen de etalage zien. Percy's is vrij bekend, maar over henzelf vind je slechts algemene dingen. Voor mij is dat niet voldoende. Ik schiet er niets mee op om rond te hangen bij Saint-Philippe-du-Roule, waar hun hoofdkantoor is, anders loop ik gevaar ontdekt te worden.

11 juli

Ik heb nauwkeuriger informatie over Sophie nodig. Het is me opgevallen dat ze de laatste tijd vaker gebruikmaakt van haar auto. Het is juli en het is rustiger geworden in Parijs. Het duurde niet lang of ik had twee en twee bij elkaar opgeteld. Ik heb een nieuw nummerbord voor mijn motor laten maken, en het daarna zelf aangebracht. Gisteren heb ik haar auto van een afstandje gevolgd. In gedachten heb ik de scène bij elke stop gerepeteerd. Toen Sophie eindelijk als eerste van een rij voor een rood stoplicht stopte, was ik er helemaal klaar voor. Alles is prima verlopen. Ik ben rechts van haar gaan staan, ervoor zorgend dat ik voldoende ruimte had om ongehinderd te manoeuvreren. Zodra het licht op oranje sprong, hoefde ik mijn hand maar uit te steken om haar portier aan de passagierskant te openen, haar tas te pakken, te starten en de eerste straat rechts in te rijden. Binnen enkele seconden had ik een paar honderd meter afgelegd en was ik drie of

vier keer afgeslagen. Vijf minuten later reed ik rustig over de rand-
weg. Als alles zo makkelijk was, zou het niet eens meer leuk zijn…

Wat een wonder, de tas van een meisje! Wat een wonder van
gratie, van intimiteit en van kinderlijkheid! In Sophies tas vond
ik veel dingen die niet in een categorie konden worden ondergebracht. Ik ben systematisch te werk gegaan. Eerst alles waar ik
niets wijzer van werd: openbaarvervoerkaart – hoewel ik de foto
heb bewaard – nagellak, boodschappenlijstje (ongetwijfeld voor
die avond), zwarte balpen, pakjes papieren zakdoeken, kauwgom.
Aan de rest bleek ik meer te hebben.

Allereerst iets over de smaak van Sophie: een 'multi-actieve
handcrème' van het merk Cebelia, een lichtroze lippenstift van
Agnes b. (*Perfect*), een boekje met diverse aantekeningen, er waren er niet veel en ze waren vaak onleesbaar, maar er was een lijstje van nog te lezen boeken: Vasili Grossman: *Leven en Lot*; Mus-
set: *Bekentenissen van een kind van deze tijd*; Tolstoi: *Opstanding*;
Citati: *Portret van een vrouw*; Ikonnikov: *Laatste nieuws uit de
modderpoel*. Ze houdt van Russische schrijvers. Op dit moment
leest ze *De meester van Petersburg* van Coetzee. Ze is gekomen tot
pagina 63, ik weet niet of ze het boek nog een keer gaat kopen.

Ik heb haar aantekeningen gelezen en herlezen. Ik hou van haar
handschrift, resoluut, energiek. Er zit wilskracht en intelligentie in.

Over haar intimiteit: een aangebroken doos mini-tampons van
Nett, en een doos Nurofen (zou ze menstruatiepijn hebben?). Ik
twijfelde, maar zette een rood kruisje op mijn kalender.

Over haar gewoontes: op haar personeelspasje zie ik dat ze
slechts af en toe in de kantine van Percy's eet, dat ze graag naar
de bioscoop gaat (vriendenkaart van de Balzac), dat ze niet veel
geld bij zich heeft (minder dan dertig euro in haar portemonnee),
dat ze zich in la Villette heeft ingeschreven voor een lezingen-
cyclus over cognitieve wetenschappen.

En ten slotte, het belangrijkste: de sleutels van de flat en die van
de auto, de brievenbus, haar mobiel – ik heb onmiddellijk de

nummers van haar relaties gekopieerd –, een adressenboekje dat ze al heel lang moet hebben, omdat er allerlei handschriften in staan, gekleurde balpennen, haar identiteitskaart, heel recent (ze is op 5 november 1974 geboren, in Parijs) een verjaardagskaart gericht aan Valérie Jourdain, 36 Rue Courfeyrac, Lyon.

Mijn kleine schattebout,
  Ik kan niet geloven dat een meisje dat jonger is dan ik al groot is.
  Je hebt beloofd naar de hoofdstad toe te komen: je cadeau ligt op je te wachten.
  Vincent geeft je een kus. Bij mij is het nog meer: ik hou van je. Ik geef je ook een zoen.
  Fijne verjaardag, schatteboutje. Doe maar lekker gek.

Eindelijk een agenda die me veel waardevolle informatie verschaft over de weken die voorbij zijn en die komen.

Ik heb alles gekopieerd en op mijn prikbord gehangen. Ik heb alle sleutels laten dupliceren (er zijn sleutels waarvan ik niet weet waar ze bij horen), en ik heb daarna alles – op de portemonnee na – snel afgegeven bij het politiebureau van het naburige arrondissement. De volgende morgen heeft een opgeluchte Sophie haar tas opgehaald.

Leuke oogst. En leuke zet...

Het is prettig om weer actief te zijn. Ik heb zoveel tijd (jaren...) doorgebracht met nadenken, in een kringetje ronddraaien, mijn hoofd laten vullen met beelden, met het bekijken van familiefoto's, het militaire zakboekje van mijn vader, de trouwfoto's waarop mijn moeder zo knap is...

15 juli

Afgelopen zondag zijn Sophie en Vincent bij familie gaan eten. Ik ben ze op veilige afstand gevolgd. Dankzij het adressenboekje van Sophie besefte ik algauw dat ze naar Montgeron gingen, de woonplaats van Vincents ouders. Ik ben er via een andere route naartoe gereden, en ik zag dat ze op die mooie, zomerse zondag in de tuin zaten te lunchen (waarom zijn ze niet op vakantie gegaan?). Ik had nog een groot deel van de middag voor me. Ik ben dan ook naar Parijs teruggekeerd om een bezoek aan hun appartement te brengen.

Aanvankelijk heeft dat bezoek me een gemengd gevoel gegeven. Ik was natuurlijk blij met de enorme mogelijkheden die de situatie bood – toegang hebben tot het meest intieme deel van hun leven – maar tegelijkertijd was ik verdrietig, zonder te weten waarom. Het heeft lang geduurd voor ik het begreep. Het is omdat ik die Vincent in feite niet mag. Nu besef ik dat ik hem meteen al onsympathiek vond. Ik ga niet sentimenteel doen, maar die man heeft iets wat me spontaan tegenstaat.

Het is een appartement met twee kamers. In de ene, die als werkkamer dient, staat een vrij moderne computer. Het is hardware die ik goed ken, maar toch ga ik de technische instructies downloaden. Er is een fraaie keuken, groot genoeg om er met z'n tweetjes in te ontbijten, een mooie badkamer met twee wastafels en twee kastjes. Ik zal het nog nader onderzoeken, maar een flat als deze moet duur zijn. Ze hebben alle twee een heel goed salaris (hun loonstrookjes liggen op het bureau).

Er was voldoende licht. Ik heb veel foto's genomen, vanuit alle hoeken, genoeg om het hele appartement te reconstrueren. Foto's van open lades, open kasten, bepaalde documenten (zoals het paspoort van Vincent, familiefoto's van Sophie, foto's van haar en Vincent, die – zo lijkt het – enkele jaren geleden zijn genomen). Ik heb de lakens bekeken. Vincent en Sophie leken een normaal seksleven te hebben.

Ik heb niets overhoopgehaald, ik heb niets meegenomen. Ze zullen niets van mijn bezoek merken. Ik ben van plan er nog eens heen te gaan om de passwords te verzamelen van hun e-mail, bank, MSN, het intranet van hun werk etc. Dat zal me twee à drie uur kosten. Mijn computerdiploma zal me eindelijk iets opleveren wat echt nuttig is! Ik moet de nodige voorzorgsmaatregelen nemen. En daarna zal ik alleen nog maar naar de flat gaan als ik daar gegronde redenen voor heb.

17 juli

Ik hoefde me niet te haasten: ze waren op vakantie gegaan. Dankzij de mailbox van Sophie weet ik dat ze in Griekenland zijn en dat ze niet vóór de vijftiende of zestiende augustus zullen terugkeren. Dus heb ik de tijd. Tijdens hun afwezigheid heb ik de beschikking over hun appartement.

Ik heb een contactpersoon nodig die dicht bij hen is, een buurman of een collega, iemand die me goede informatie over hun leven kan geven.

1 augustus

Ik bereidde me rustig voor op de strijd. Het schijnt dat Napoleon wilde dat men fortuinlijke generaals, mannen die vaak geluk hadden, aan hem voorstelde. Je kunt geduldig zijn en vastberaden, maar vroeg of laat speelt toch de factor geluk mee. Op dit moment ben ik een fortuinlijke generaal, een geluksvogel. Ook al voel ik me vaak verdrietig als ik aan mama denk. Ik denk te veel aan haar. Ik denk te veel aan haar liefde, die ik mis. Ik mis haar te veel. Gelukkig dat Sophie er is.

10 augustus

Ik heb bij diverse makelaarskantoren geïnformeerd, jammer genoeg zonder succes. Ik heb verschillende flats moeten bekijken waarvan ik heel goed wist dat ze me niet zouden interesseren, maar ik deed het om niet de aandacht te trekken. Ik moet toegeven dat mijn wens moeilijk onder woorden te brengen was. Na mijn bezoek aan het derde makelaarskantoor ben ik gestopt. Daarna ben ik gaan twijfelen. En toen kreeg ik een idee, terwijl ik door de straat van Sophie liep. Ik geloof in tekenen. Ik ging een flatgebouw binnen recht tegenover hun appartement. Ik klopte op de deur van de conciërge, een dikke vrouw met een opgeblazen gezicht. Ik had niets voorbereid, misschien komt het daardoor dat alles zo goed ging. Ik vroeg of er nog een flat vrij was. Nee, er was niets. In elk geval, niets wat 'de moeite waard was'. Mijn aandacht was meteen gewekt. Ze bracht me naar een kamer op de derde verdieping. De eigenaar woonde in de provincie. Elk jaar verhuurde hij zijn flat aan studenten. Ik zeg 'flat', maar in wezen is het niet meer dan een kamer met een kookhoek; de wc is in het trapportaal. Dit jaar heeft een student de kamer gehuurd, maar hij heeft zich onlangs teruggetrokken en de eigenaar heeft nog geen tijd gehad om de kamer opnieuw te huur aan te bieden.

Het is op de zesde verdieping. De lift stopt een verdieping lager. Terwijl we omhooggingen, probeerde ik me te oriënteren. En toen we door de gang liepen, vermoedde ik dat we zeer waarschijnlijk niet ver van Sophies appartement waren. Ertegenover! Er pal tegenover! Toen we binnenkwamen, vloog ik niet meteen naar het raam, al had ik daar veel zin in. Na de flat te hebben bekeken (één blik was voldoende, omdat er gewoon niets te zien was) liep ik naar het raam. Intussen vertelde de conciërge me uitvoerig welke leefregels ze haar 'huurders' oplegde. Een ontmoedigende reeks verplichtingen en verboden van allerlei aard. Het raam van Sophie is precies ertegenover. Dat is geen geluk meer, dat lijkt wel een wonder! Ik heb de rol gespeeld van een terughoudende kandidaat die er diep over nadacht. In de kamer stonden bij elkaar geraapte meubels, en het bed moest als oefenveld hebben gediend, maar het was niet belangrijk. Terwijl ik net deed of ik de kranen controleerde en het plafond bekeek, dat in geen eeuwen was geschilderd, informeerde ik naar de prijs. Daarna vroeg ik hoe ik het moest aanpakken, wat ik moest doen om de kamer te huren, want hij beviel me wel.

De conciërge keek me aandachtig aan, alsof ze zich afvroeg waarom een man die duidelijk geen student meer was hier wilde wonen en leven. Ik glimlachte. Dat kan ik heel goed. Blijkbaar had de conciërge in lange tijd geen normaal contact meer met mannen gehad. Ik voelde dat ze gecharmeerd van me was.

Ik vertelde dat ik in de provincie woonde, dat ik voor mijn werk regelmatig in Parijs moest zijn, dat ik een hekel had aan hotels en dat een ruimte als deze volmaakt zou zijn voor een paar nachten per week. Ik maakte mijn glimlach nog breder. Ze zei dat ze de eigenaar kon bellen. Toen gingen we weer naar beneden. Haar woning stamt, zoals het flatgebouw zelf, uit de vorige eeuw. Alles bij haar leek uit hetzelfde tijdperk te dateren. Het rook er naar boenwas en groentesoep, ik werd er misselijk van. Ik ben erg gevoelig voor geuren.

Ze belde de eigenaar. Die vroeg of ik aan de lijn kwam. Hij begon ook op te sommen welke regels in acht moesten worden genomen in de flat. Het is een ouwe zeurpiet. Ik heb de gewillige huurder gespeeld. Ik vermoed dat hij de conciërge vroeg, nadat zij weer aan de telefoon was gekomen, wat zij ervan vond. Ik deed net of ik iets in mijn zakken zocht, en naar de foto's keek die het oudje op haar boerenkast had neergezet, en naar het weerzinwekkende straatkind met zijn pet dat stond te pissen. Ik dacht echt dat dat soort dingen niet meer bestond. Ik ben goed door de keuring heen gekomen. De conciërge bromde: 'Ja, dat denk ik wel...' In ieder geval, om vijf uur 's middags was Lionel Chalvin huurder van de kamer. Hij had een enorme waarborgsom moeten betalen: drie maanden huur vooruit, in contanten. Hij had toestemming gekregen om vóór zijn vertrek maten op te nemen in de kamer. De conciërge leende hem haar centimeter.

Deze keer liet ze me alleen naar boven gaan. Ik liep meteen

naar het raam. Het is nog beter dan ik had gehoopt. De verdiepingen van de twee flatgebouwen zijn niet helemaal op hetzelfde niveau, en ik moet een beetje naar beneden kijken om Sophies appartement te zien. Het was me niet opgevallen dat ik in feite uitzicht had op twee ramen van haar flat. De zitkamer en de slaapkamer. Er hangen mousselinen gordijnen voor de ramen. Ik heb onmiddellijk een balpen gepakt en in mijn boekje een lijst gemaakt van dingen die ik moest kopen.

Bij vertrek liet ik een flinke fooi achter.

13 augustus

Ik ben erg blij met deze verrekijker. Het leek me dat de verkoper van de Galerie van de Sterrenkunde goed op de hoogte was. De winkel is de ontmoetingplaats van alle amateursterrenkundigen, maar ongetwijfeld ook die van alle gluurders die over de nodige geldmiddelen beschikken. Dat dacht ik toen de verkoper me een infraroodapparaat liet zien dat aan de verrekijker kan worden bevestigd, waarmee je in het donker kunt kijken en eventueel digitale foto's kunt maken. Het is absoluut perfect. Mijn kamer is nu fantastisch uitgerust.

De conciërge is nogal teleurgesteld dat ik haar niet een kopie van mijn huissleutel geef, zoals de andere huurders waarschijnlijk doen, maar ik wil niet dat ze in mijn hoofdkwartier spioneert. Ik maak me trouwens geen illusies, ze zal heus wel een sleutel hebben. Ik heb een vrij listig systeem aangebracht, waardoor je de deur niet voldoende kunt openen. En ik heb ervoor gezorgd dat er niets te zien is in de hoek van de kamer die vanaf de gang zichtbaar is. Het is slim bedacht. Ze zal moeite hebben met het vinden van een argument om me van dat probleem op de hoogte te brengen. Het is ongetwijfeld nieuw voor haar.

Ik heb een groot, wit prikbord aan de muur opgehangen en viltstiften gekocht. Ik heb een kleine tafel. Ik heb alles meegebracht wat ik al had. Ik heb een nieuwe computer, een laptop, gekocht en een kleine kleurenprinter. Het enige probleem is dat ik niet zo vaak kan komen als ik zou willen, tenminste in het begin, om geen argwaan te wekken en het verhaaltje dat ik had verzonnen om de kamer te krijgen geloofwaardig te houden. Over een tijdje zal ik zeggen dat op mijn werk het een en ander veranderd is, waardoor ik vaker in mijn kamer moet zijn.

16 augustus

Sinds mijn ontmoeting met Sophie heb ik geen angstaanval gehad. Af en toe komt het voor dat ik in slaap val met een bepaalde stijfheid. Vroeger was dat het voorteken van de nachtelijke angst die me bijna altijd uit mijn slaap hield, terwijl ik baadde in het zweet. Het is een goed teken. Ik denk dat Sophie me zal helpen genezen. Het is vreemd, maar hoe kalmer ik me voel, des te meer mama aanwezig is. Afgelopen nacht heb ik haar jurk op het bed gelegd om ernaar te kijken. De kleuren zijn een beetje verbleekt, de stof heeft niet meer de glans van vroeger, en hoewel de jurk is gewassen, kun je van een afstandje duidelijk donkere vlekken zien. Er heeft veel bloed op gezeten. Die vlekken hebben me lang gestoord. Ik wilde liever dat de jurk weer net zo glanzend en fris was als toen mijn moeder hem op haar trouwdag droeg. Maar uiteindelijk ben ik niet ontevreden dat de vlekken er nog zijn, zij het onopvallend, omdat ze een aanmoediging zijn. Mijn hele leven zit erin. Ze vormen de grond van mijn bestaan, ze belichamen mijn wil.

Ik ben op de jurk in slaap gevallen.

17 augustus

Sophie en Vincent zijn afgelopen nacht thuisgekomen. Ik heb me laten overvallen. Ik had er willen zijn om ze te ontvangen. Toen ik vanmorgen wakker werd, stonden hun ramen al wijd open.

Het is niet erg, alles was klaar voor hun terugkeer.

Morgenochtend gaat Vincent heel vroeg op reis. Sophie brengt hem naar het vliegveld. Ik zal niet opstaan om ze te zien vertrekken. Ik neem genoegen met het noteren van de informatie die ik via Sophies mailbox heb ontvangen.

23 augustus

Het is op dit moment bloedheet. Soms ben ik gedwongen in T-shirt en korte broek rond te lopen. Aangezien ik het raam niet wil opendoen als ik observeer, is de hitte algauw ondraaglijk. Ik heb een ventilator meegebracht, maar het lawaai irriteert me. Dan maar zweten op mijn uitkijkpost.

Mijn observatiepraktijken hebben me een hoop opgeleverd. Ze zijn niet bang om gezien te worden. Ten eerste wonen zij op de bovenste verdieping, en ten tweede heeft het flatgebouw tegenover het hunne, dus het mijne, slechts vier ramen die uitzicht op de binnenkant van hun woning kunnen bieden. Twee zijn veroordeeld tot het interieur. Mijn raam is altijd dicht, zodat de indruk wordt gewekt dat de kamer niet wordt bewoond. Links van me woont een vreemd type, een musicus of zo. Hij leeft in het duister en gaat op onmogelijke uren naar buiten, maar hij respecteert wel de regels die ons allemaal zijn opgelegd. Ik hoor hem twee of drie keer per week stilletjes thuiskomen.

Hoe laat ze ook terugkeren, ik ben op mijn post.

Ik let vooral op hun gewoonten. Gewoonten zijn het minst aan verandering onderhevig, daar vertrouwt men op, die zijn solide. Iets waar je niet zo makkelijk aan twijfelt. En daar moet ik aan werken. Voorlopig neem ik genoegen met kleine dingen. Ik neem bijvoorbeeld de tijdsduur op van bepaalde handelingen en gebaren. Zo blijft Sophie tussen de douche en de lichaamsverzorging niet minder dan twintig minuten in de badkamer. Ik vind dat heel lang, maar oké, het is een meisje. Bovendien komt ze er in ochtendjas uit en gaat ze weer naar binnen om haar gezicht te verzorgen. Vaak gaat ze daarna nóg een keer de badkamer in om haar make-up bij te werken.

Als ik goed had getimed en zeker wist dat Vincent er niet was, maakte ik daar gebruik van. Zodra Sophie de badkamer binnenging, rende ik naar hun flat, pakte haar horloge van haar nachtkastje en vertrok weer. Het is een mooi horloge. Volgens de inscriptie op de achterkant is het afkomstig van haar vader, die het haar in 1993 heeft gegeven voor het behalen van haar einddiploma.

25 augustus

Ik heb Sophies vader voor het eerst gezien. Ze lijken erg op elkaar. Hij is gisteren gearriveerd. Te oordelen naar zijn koffer zal hij waarschijnlijk niet lang blijven. Het is een lange, slanke, elegante man van in de zestig. Sophie is dol op hem. Ze gaan samen naar het restaurant, als verliefden. Terwijl ik naar hen kijk, denk ik onwillekeurig aan de tijd toen mevrouw Auverney, Sophies moeder, nog leefde. Ik neem aan dat ze over haar praten. Ze zullen er nooit zoveel aan denken als ik. Als ze nog leefde, zou de situatie nu heel anders zijn... Wat een verspilling.

27 augustus

Patrick Auverney, geboren op 2 augustus 1941 – diploma architect 1969 (Parijs) – huwelijk met Catherine Lefebvre 8 november 1969 – oprichter van het bureau R'Ville in 1971, samen met Samuel Génégaud en Jean-Francois Bernard (compagnons) – hoofdkantoor: Rue Rambuteau 17 en later Rue de la Tour-Maubourg 63 (Parijs) – 1974: geboorte van zijn enige dochter, Sophie – 1975: het echtpaar Auverney vestigt zich aan de Avenue d'Italie 47 in Parijs – scheiding uitgesproken op 24 september 1979 – 1980: hij koopt zijn

luxueuze woning in Neuville-Sainte-Marie (77) en gaat erin wonen
– hertrouwt met Françoise Barret-Pruvost op 13 mei 1983 – over-
lijden van Françoise op 16 oktober 1987 (verkeersongeluk) – ver-
koopt in datzelfde jaar de aandelen van zijn bedrijf – leeft alleen –
adviseert nog op het gebied van architectuur en urbanisme, met
name aan lagere overheden in zijn regio.

28 augustus

Meneer Auverney is slechts drie dagen gebleven. Sophie heeft
hem naar het station gebracht. Toen moest ze weg, vanwege haar
werk. Ik ben gebleven. Ik heb de man geobserveerd. Ik heb van
de gelegenheid gebruikgemaakt om een paar foto's te nemen.

29 augustus

Het is moeilijk om een parkeerplaats in de straat te vinden. Zelfs
in augustus komt het regelmatig voor dat ik Sophie rond zie rijden in de wijk. Totdat ze een plek vindt, soms een eind weg.

In het algemeen verplaatsen Sophie en haar man zich met de
metro. Zij gebruikt haar auto alleen maar als ze voor haar werk
in een buitenwijk moet zijn of als ze dingen moet vervoeren. Er
zijn twee straten waar de gemeente nog geen parkeermeters heeft
geplaatst. Die straten zijn in de hele wijk bekend. Zodra er een
plekje vrijkomt, wordt het bestormd. Af en toe neemt Sophie
haar toevlucht tot de dichtstbijzijnde parkeergarage.

Vanavond is ze tegen zevenen thuisgekomen. En zoals zo vaak
op dat tijdstip was er geen plekje meer vrij. Ze heeft haar auto
neergezet op een parkeerplaats voor gehandicapten (dat is niet
goed, Sophie, dat is niet zoals het een goede burger betaamt) om
drie grote pakketten naar haar flat te brengen.

Daarna is ze razendsnel naar beneden gegaan. Ik zag meteen
dat ze haar tas niet bij zich had. Die had ze thuis gelaten. Ik

wachtte geen seconde. Nauwelijks was Sophie weer in haar auto gestapt, of ik rende naar haar flat en liep naar binnen. Ik was nerveus, maar ik had de gebaren wel twintig keer in mijn hoofd gerepeteerd. Sophie had haar tas op het kleine tafeltje bij de voordeur gezet. Ik vond haar nieuwe portefeuille en ik ruilde haar nieuwe identiteitskaart om tegen de kaart die ik in juli van haar had gestolen. Ze zal het voorlopig niet in de gaten hebben. Wanneer kijk je naar je identiteitsbewijs?

Ik ben nog maar net begonnen.

1 september

Ik heb de vakantiefoto's bekeken. Vincent had ze op zijn digitale fototoestel laten zitten. Wat een stomme foto's! Sophie op de Akropolis en Vincent op de boot, ter hoogte van de Cycladen... Oersaai! Toch zaten er voltreffers tussen. Ze zijn alle twee dertig. Seks neemt een belangrijke plaats in hun leven in. Ze hebben geile foto's. O, niets spectaculairs. Het begint met Sophie die aandachtig haar borsten masseert, terwijl ze in de zon zitten. Er zijn een paar mislukte opnames waarop ze proberen zichzelf te fotograferen terwijl hij haar op z'n hondjes neemt. Maar toch heb ik mijn geluk gevonden (bij wijze van spreken): vier of vijf foto's waarop Sophie hem pijpt. Ze is heel makkelijk te herkennen. Ik heb digitale kopieën gemaakt en fotokopieën in kleur.

5 september

Dit is een stommiteit die een vrouw niet al te vaak kan begaan. Vanavond besefte Sophie dat er iets niet klopte met haar anticonceptiepillen. Ze heeft er vrij veel ervaring mee, maar vanavond ontbreekt er een op de strip. Het is niet zo dat ze de ene dag met een andere heeft verwisseld, er ontbreekt een pil.

10 september

Het is allemaal een kwestie van handigheid, van lichtvoetigheid.
Je moet nauwgezet te werk gaan. Uit de verte en regelmatig, maar
heel kort, heb ik gekeken naar de manier waarop Sophie boodschappen doet, bijvoorbeeld. In de Monoprix op de hoek van de
straat. Je beseft nooit hoezeer je gewoontes aanneemt bij de kleinste dingen van het leven. Zo pakt Sophie bijna altijd dezelfde producten, maakt ze bijna altijd hetzelfde rondje, met bijna dezelfde
gebaren. Bijvoorbeeld, als ze voorbij de kassa is, zet ze altijd haar
plastic tasjes op de inpaktafel vlak bij de boodschappenwagentjes,
om in de rij te gaan staan voor de bakker. Gisteravond heb ik haar
pakje boter door een ander vervangen en heb ik haar een ander
merk koffie gegeven. Kleine veranderingen, onopvallend, geleidelijk. Het is stom, maar geleidelijkheid is heel belangrijk.

15 september

Gisteren heeft Sophie via internet twee plaatsen gereserveerd
voor 22 oktober in het Théatre Vaugirard. Ze wil *De kersentuin*
zien (ze heeft nog steeds een voorliefde voor de Russen) met een
acteur wiens naam ik nooit kan onthouden. Ze was er vroeg bij,
want het stuk zal voor een uitverkochte zaal worden gespeeld.
Geen reservering, geen plaats. De volgende dag heb ik via haar
computer een e-mail gestuurd, met het bericht dat ik de reservering een week opschoof. Ik had geluk, er waren nog maar een
paar plaatsen over. Ik ben er zeker van dat ik er goed aan heb gedaan, omdat ze, volgens Sophies agenda, op die dag uitgenodigd
zijn voor een personeelsavond van Lanzer. Aangezien het twee
keer is onderstreept moet het belangrijk zijn. Ik heb zorgvuldig
de e-mail over de gewijzigde reservering gewist en ook de schrif-
telijke bevestiging van het theater.

19 september

Ik weet niet of Sophie vanmorgen een afspraak had, maar ze is er beslist niet vroeg aangekomen. Haar auto is gestolen! Ze gaat naar beneden – heeft ze eens een keertje een plek gevonden in de straat zonder parkeermeter! – en er is niets meer. Dan volgt het politiebureau, de aangifte van de diefstal. Dat alles duurt een eeuwigheid…

20 september

Je kunt zeggen wat je wilt van de politie, maar af en toe ben je toch blij dat ze er zijn. Sophie zou het best zonder hen hebben kunnen stellen. Dat schreef ze aan Valérie, haar boezemvriendin. De politie heeft er geen dag over gedaan om haar auto terug te vinden… in de straat ernaast. Ze heeft aangifte gedaan van de diefstal van een auto waarvan ze simpelweg niet meer wist waar ze hem had geparkeerd. De politie was aardig geweest, maar het zorgt toch voor overlast en papieren rompslomp, en je moet minder verstrooid zijn…

Als ik kon, zou ik Sophie aanraden de ontsteking te laten nakijken. Die lijkt niet in zo'n goede staat te zijn.

21 september

Sinds ze terug zijn van vakantie zijn mijn verliefden afwezig in de weekends. Soms zelfs op een doordeweekse dag. Ik weet niet waar ze heen gaan. Het is wat laat in het seizoen voor een wandeling op het platteland. Gisteren besloot ik dus hun auto te volgen.

Ik had de wekker heel vroeg gezet. Ik had veel moeite met opstaan, omdat ik uitgeput wakker werd na een onrustige nacht vol dromen. De benzinetank van de motor zat vol. Zodra ik zag dat Sophie de gordijnen sloot, hield ik me gereed, op de hoek van de straat. Precies om acht uur verlieten ze het flatgebouw. Ik moest heel ingenieus te werk gaan om niet te worden ontdekt. Ik heb zelfs een paar risico's genomen. En dat allemaal voor niets… Vlak voordat Vincent de snelweg bereikte, passeerde hij twee auto's om te proberen door het oranje stoplicht te rijden. Onwillekeurig volgde ik hem. Het was onvoorzichtig. Ik kon nog net op tijd remmen om niet met zijn auto in botsing te komen. Ik maakte een zwieper, en ik verloor de controle. De motor viel om. We gleden samen over de weg, een meter of tien. Ik kon niet zeggen of ik gewond was, of dat ik alleen maar pijn had… Ik hoorde dat het verkeer stopte. Plotseling was het alsof ik in een film was en iemand abrupt het geluid had uitgeschakeld. Ik had groggy kunnen zijn, versuft door de schok, maar ik was juist heel helder. Ik zag Vincent en Sophie uitstappen en naar me toe rennen, samen met andere automobilisten, nieuwsgierigen. Een hele menigte stormde op me af, voordat ik tijd had om overeind te komen. Ik voelde me gedragen door een heleboel energie. Terwijl de eersten zich over me heen bogen, slaagde ik erin om opzij te schuiven en me van de motor te bevrijden. Toen ik overeind kwam, stond ik oog in oog met Vincent. Ik had nog steeds mijn helm op, het vizier van plexiglas was gebarsten. Vincent stond precies tegenover me. 'Je kunt je beter maar niet bewegen,' zei hij. Naast hem stond Sophie, met een bezorgde blik in haar ogen, haar mond halfopen. Nooit had ik haar van zo dichtbij gezien. Iedereen begon te praten, ze gaven me adviezen, de politie zou arriveren, ik kon maar beter mijn helm afzetten, ik kon maar beter gaan zitten, de motor is geslipt, hij reed snel, nee, het is de auto die plotseling uitweek. Vincent legde zijn hand op mijn schouder. Ik draaide me om en keek naar mijn motor. Er leek geen lek te zijn. Toen ik een stap naar voren deed, schakelde iemand voor de tweede keer het geluid uit. Iedereen zweeg abrupt. Ze vroegen zich af waarom ik een vent met een vuil T-shirt wegduwde en me over mijn motor boog. En ineens begrepen ze dat ik de motor overeind wilde zetten. Toen begonnen de commentaren opnieuw, nu tien keer zo luid. Sommigen leken zelfs bereid zich tegen mij te keren, maar ik had de motor alweer overeind gezet. Ik had het ijskoud. Ik had het gevoel dat mijn bloed was opgehouden met stromen. In een mum van tijd was ik klaar om te vertrekken. Ik kon me er niet van weerhouden me nog een laatste keer naar Sophie en Vincent om te draaien. Ze keken me onthutst aan. Ik zal er wel angstaanjagend hebben uitgezien. Ik reed weg onder luide kreten van het publiek.

Ze kennen nu mijn motor, mijn motoroutfit, ik zal dat allemaal moeten veranderen. Nog meer kosten. In haar e-mail aan Valérie veronderstelt Sophie dat de motorrijder is gevlucht omdat zijn motor was gestolen. Ik hoop alleen maar dat ik erin slaag me onopvallend te gedragen. Het incident heeft hen geraakt, en een tijd lang zullen ze anders naar motorrijders kijken.

22 september

Ik werd midden in de nacht wakker. Badend in het zweet, met een benauwd gevoel op mijn borst, trillend over al mijn ledematen. Dat was niet verbazingwekkend, gezien de angst die ik de dag ervoor had gehad. In mijn droom was Vincents auto tegen mijn motor gevlogen. Ik begon boven asfalt te vliegen, mijn motorpak veranderde van kleur en werd spierwit. Je hoeft geen groot geleerde te zijn om de originele symboliek terug te vinden: morgen is het de sterfdag van mijn moeder.

23 september

Sinds enkele dagen voel ik me triest en bedrukt. Ik had nooit het risico moeten nemen om die motorrit te maken, terwijl ik zo zwak en nerveus was. Sinds mijn moeders dood heb ik allerlei dromen gehad. Vaak zijn het echte scènes die mijn hersens vroeger hebben geregistreerd. Ik verbaas me altijd over de bijna foto-grafische precisie van die herinneringen. Ergens in mijn herse-nen zit een maffe filmoperateur. Hij projecteert soms scènes zoals van mama die op het voeteneinde van mijn bed zit en me verhalen vertelt. Die gemeenplaatsen zouden dieptreurig zijn als haar stem er niet was. Haar speciale vibratie gaat dwars door me heen en maakt dat ik van top tot teen tril. Nooit ging ze de deur uit zonder eerst eventjes tijd met mij door te brengen. Ik herin-ner me een babysitter, een studente uit Nieuw Zeeland... Waar-om komt dat meisje vaker dan de anderen in mijn dromen terug? Dat zou ik aan de filmoperateur moeten vragen. Mama sprak Engels met een volmaakte tongval. Ze heeft urenlang Engelse verhaaltjes aan me voorgelezen. Ik was niet de snuggerste, maar voor mij had ze alle geduld. Onlangs heb ik een aantal vakantie-dagen teruggezien. Wij tweetjes in het huis in Normandië (papa kwam alleen in het weekend naar ons toe). De slappe lach heb-ben in de trein. Het hele jaar komen er herinneringen terug. En in deze tijd van het jaar haalt de filmoperateur altijd hetzelfde filmrolletje tevoorschijn: mama, altijd in het wit gekleed, vliegt weg door het raam. In die droom heeft ze precies het gezicht dat ze had toen ik haar voor het laatst zag. Het was een mooie mid-dag. Mama zat lang voor het raam naar buiten te kijken. Ze zei dat ze van de bomen hield. Ik zat in haar kamer en probeerde met haar te praten, maar ik wist niet goed wat ik moest zeggen. Ze zag er zo moe uit. Alsof al haar energie opging aan het kijken naar de bomen. Af en toe draaide ze haar hoofd om en wierp me een lieve glimlach toe. Hoe had ik kunnen denken dat het beeld dat ik op dat moment van haar had het laatste zou zijn? Toch bewaar ik de herinnering aan een stil maar intens gelukkig moment. We vormden een eenheid. Dat wist ik. Toen ik de kamer verliet, gaf ze een koortsige kus op mijn voorhoofd. Kussen die ik nooit meer van iemand heb gekregen. Ze zei tegen me: 'Ik hou van je, mijn kleine Frantz.' Dat zei ze altijd als ik vertrok.

In de film verlaat ik daarna haar kamer en loop naar beneden. Een paar seconden later springt ze plotseling uit het raam, alsof niets haar ervan kon weerhouden. Alsof ik niet bestond.

Daarom haat ik hen zo.

25 september

Ik heb de bevestiging gehad. Sophie heeft zojuist haar vriendin Valérie laten weten dat ze een huis zoeken ten noorden van Parijs. Ze lijkt toch erg geheimzinnig te doen over dit onderwerp. Ik vind dat kinderachtig.

Vandaag is Vincent jarig. Ik ben aan het begin van de middag naar hun flat gegaan en ik heb zonder moeite het cadeau gevonden: een mooi pakje, ongeveer zo groot als een boek, verpakt in papier van Lancel, nota bene. Sophie had het gewoon in de la van haar ondergoed gelegd. Ik heb het meegenomen naar mijn huis. Ik stel me de paniek voor wanneer ze hem vanavond het cadeautje wil geven... Ze zal het hele huis doorzoeken, van onder tot boven. Over twee, drie dagen zal ik het terugbrengen. Ik zal het in haar badkamerkast leggen, achter de stapel dozen met tissues en de schoonheidsmiddelen...

30 september

Mijn overburen kunnen hun ramen open laten staan. Daardoor heb ik hen twee dagen geleden zien vrijen, toen Sophie en haar man elkaar aan het eind van de dag terugzagen. Ik kon niet alles zien, helaas, maar toch was het behoorlijk opwindend. Mijn tortelduifjes lijken niet veel taboes te kennen: ze pijpen en beffen, ze proberen allerlei standjes uit, een mooie, stimulerende jeugd. Ik heb foto's genomen. Het digitale toestel dat ik heb gekocht is ook perfect. Ik bewerk mijn foto's op mijn kleine laptop en ik druk de beste af, die ik op mijn prikbord hang. Dat was trouwens heel snel vol. Een groot deel van de kamer is nu behangen met foto's van mijn tortelduifjes. Dat helpt heel goed om me te concentreren.

Gisteravond lag ik languit op mijn bed, nadat Sophie en haar man het licht hadden uitgedaan om te gaan slapen. Ik keek naar de foto's die toch niet echt volmaakt zijn. Toen voelde ik een soort lust in me opkomen. Ik gaf er de voorkeur aan om snel in te slapen. Sophie is charmant, en voor zover ik het kan zien neukt ze zelfs heel goed, maar ik zal me een beetje inhouden. Er moet zo weinig mogelijk gevoel tussen haar en mij zijn, en ik heb al moeite genoeg om mijn afkeer van haar man te beteugelen.

1 oktober

Ik heb goed geoefend door mailboxen te openen bij diverse gratis servers. Mijn plan is nu rijp en operatie 'e-mailverwarring' kan beginnen. Het zal wel een tijdje duren voor Sophie het merkt, maar sommige e-mails van haar zijn nu voorzien van de datum van de dag voor of na de dag waarop ze meent ze te hebben verzonden. Je brein haalt wel eens een geintje met je uit. Soms bakt je brein je een lelijke poets…

6 oktober

Mijn motor verkopen, een nieuwe aanschaffen, mijn motoroutfit vervangen, daar had ik natuurlijk geen maand voor nodig. Maar ik had geen zelfvertrouwen meer. Zoals bij ruiters die van hun paard vallen en bang zijn om er weer op te klimmen. Ik moest mijn angsten overwinnen. Maar alles ging goed deze keer, ook al was ik lang niet zo zorgeloos als voorheen. Ze namen de snelweg naar het noorden, naar Lille. Aangezien ze altijd 's avonds thuiskomen wanneer ze uit zijn geweest, hoopte ik dat ze niet te ver weg gingen, en ik had gelijk. Eigenlijk is het simpel: Sophie en haar man zoeken een tweede woning, een buitenhuis. Ze hadden een afspraak met een vastgoedmakelaar in Senlis. Ze waren amper in het makelaars-kantoor toen ze alweer naar buiten kwamen. Met een vent die eruit-zag zoals je van een makelaar zou verwachten: het pak, de schoenen, het kapsel, de map onder zijn arm en de ongedwongen houding van een 'ervaren, goede vriend', een kenmerk van zijn beroep. Ik volgde ze, en toen werd het allemaal wat ingewikkelder vanwege de kleine weggetjes. Na het tweede huis gaf ik er de voorkeur aan om naar mijn Parijse flat terug te gaan. Ze komen bij een huis aan, ze kij-ken, ze maken op- en aanmerkingen en gebaren van een architect, bekijken het huis vanbinnen, de ene keer wat langer, komen weer naar buiten, maken – weifelend – een rondje om het huis, stellen nog een paar vragen en vertrekken dan voor het volgende bezoek.

Ze zoeken een groot huis. Kennelijk hebben ze er het geld voor. De huizen die ze hebben gezien staan óf op het platteland óf aan de rand van een ietwat somber dorp, maar ze hebben altijd een grote tuin.

Ik denk niet dat ik veel zal doen met hun behoefte aan week-endjes-op-het-platteland. Voorlopig is er geen plaats voor in het plan dat ik nu begin uit te werken.

12 oktober

Ik zie aan de tests die Sophie aan zichzelf stuurt, dat ze sterk twij-felt aan haar geheugen. Ik heb me zelfs veroorloofd om haar twee-de test te verstoren door het uur te veranderen. Ik stel me ermee tevreden om nu en dan met data te manipuleren, dat is veel ge-niepiger, omdat er geen enkele logische verklaring voor is. Sophie weet het nog niet, maar geleidelijk aan zal ík haar logica zijn.

22 oktober

Vanavond ben ik voor mijn raam blijven zitten om mijn tortel-duifjes te zien terugkeren uit het theater. Ze waren al vroeg thuis…

Sophie leek bezorgd te zijn en woedend op zichzelf. Vincent liep met een gezicht als een oorwurm, alsof hij boos was dat hij met zo'n tuthola was getrouwd. Het leek of ze door het theaterpersoneel waren beetgenomen. Als zoiets je nog twee à drie keer overkomt, twijfel je aan alles.

Ik vraag me af of Sophie haar oude identiteitsbewijs heeft teruggevonden, en in welke gemoedstoestand ze Vincents verjaardagsgeschenk in de badkamer terugvond.

30 oktober

Het loopt niet lekker met Sophie. De toon van haar e-mails naar Valérie zegt genoeg over haar geestelijke toestand. Het zijn natuurlijk heel kleine dingetjes. Een grote gebeurtenis kun je proberen te omschrijven, aan jezelf uitleggen, maar wat er nu gebeurt is zo vluchtig en onbeduidend... Wat haar zorgen baart, is de opeenstapeling. Vergeten... nee, dat is het niet... Een pil vergeten? Hem twee keer innemen zonder het te beseffen? Merkwaardige boodschappen doen, vergeten waar je je auto hebt geparkeerd, niet meer weten waar je het verjaardagscadeau van je man hebt verstopt... Dat alles zou slechts toeval kunnen zijn. Maar het cadeau terugvinden op zo'n absurde plek als de badkamer en je niet herinneren het daar te hebben neergelegd. Een e-mail die je meende op maandag te hebben verzonden, maar die dinsdag is verstuurd. Het bewijs in handen hebben dat je de reservering van twee plaatsen in het theater een week hebt opgeschoven... en het je niet meer kunnen herinneren...

Sophie vertelt alles aan Valérie. De dingen zijn erg geleidelijk gegaan. Ze heeft er niet meteen met Vincent over gesproken. Als het zo doorgaat, zal ze dat tóch moeten doen.

Ze slaapt slecht. In haar badkamer heb ik een 'plantaardig' medicijn, een drankje gevonden, een meisjesding. Elke avond een theelepel voor het slapengaan. Ik had niet gedacht dat het zo snel zou gaan.

8 november

Ik ben gisteren het hoofdkantoor van Percy's binnengegaan. Sophie werkte niet. Vincent en zij waren 's morgens vroeg met hun auto vertrokken. Onder het voorwendsel dat ik me voor een komende veiling interesseerde, heb ik aangepapt met de receptioniste.

Mijn strategie is simpel: er zijn meer vrouwen dan mannen op aarde. Technisch gezien is de ideale prooi een vrouw tussen de vijfendertig en veertig, die single is en geen kinderen heeft.

Deze single is vrij dik. Ze heeft bolle wangen en haar parfum is afschuwelijk. Ze draagt geen trouwring. Ze is niet ongevoelig voor mijn glimlach. Ook niet voor een paar idiote, uit de lucht gegrepen grapjes over de hedendaagse werken die in de catalogus van de aanstaande veiling worden gepresenteerd. Ik zal het heel voorzichtig moeten spelen, dat weet ik. Dit meisje zou de kandidaat kunnen zijn die ik nodig heb. Als ze Sophie goed genoeg kent. Zo niet, dan zal ze me misschien – ongewild – wijzen op een kandidate met een betere positie.

12 november

Internet is een enorme supermarkt die in handen is van moordenaars. Je vindt er van alles: wapens, medicijnen, meisjes, kinderen, werkelijk alles. Het is slechts een kwestie van geduld en van geld. Ik heb alle twee. Uiteindelijk heb ik het dus gevonden. Het kostte me een klein fortuin, geen punt, en er was meer dan twee maanden wachttijd, waar ik gek van werd. Hoe dan ook, het pakje is eindelijk aangekomen uit de Verenigde Staten: een honderdtal kleine, roze capsules. Ik heb het product geproefd, het heeft totaal geen smaak, uitstekend. Het is van oorsprong een revolutionair middel tegen zwaarlijvigheid. In het begin van de jaren 2000 heeft de farmaceutische industrie er enorme hoeveelheden van verkocht, hoofdzakelijk aan vrouwen. Het was heel verleidelijk: de mensen kenden zo'n product tegen zwaarlijvigheid niet. Maar het bleek ook mono-amino-oxidase op te wekken. Het produceerde een enzym dat neurotransmitters vernietigde: het anti-zwaarlijvigheidmolecuul veroorzaakte bovendien depressies. Dat bleek uit het aantal zelfmoorden. In de grootste democratie ter wereld heeft de farmaceutische industrie geen moeite gehad om de zaak in de doofpot te stoppen. Ze hebben processen vermeden met behulp van de machtigste remmer van het rechtvaardigheidsgevoel: het chequeboekje. De methode is simpel: bij aanhoudende weerstand moet je een nul toevoegen. Daar is niets tegen bestand. Het product is uit de handel genomen. Blijkbaar heeft niemand de duizenden verkochte capsules kunnen achterhalen. Die zijn meteen het object geworden van een wereldwijde handel via internet. Dat spul is echt een tikkende tijdbom, en toch vecht men erom, bijna niet te geloven. Er zijn duizenden meisjes die liever sterven dan dik zijn.

Ik heb ook flunitrazepam gekocht. Dat staat bekend als de verkrachtingsdrug. Het molecuul leidt tot passiviteit en daarna tot verwarring en geheugenverlies. Ik denk niet dat ik dat snel moet gebruiken, maar ik ben er in elk geval klaar voor. En verder heb ik een supersterk slaapmiddel gevonden: een slaapverwekkend middel met een verdovend effect. Volgens de gespecialiseerde gebruiksaanwijzing werkt het binnen een paar seconden.

13 november

Ik heb tóch een beslissing genomen. Gedurende een dag of veertien aarzelde ik. Ik woog de voordelen en de risico's tegen elkaar af en bestudeerde alle technische oplossingen. Gelukkig heeft de technologie zich heel goed ontwikkeld in de afgelopen jaren, en dat heeft me een besluit doen nemen. Ik stelde me tevreden met drie microfoontjes. Twee in de zitkamer, de derde natuurlijk in de slaapkamer. Ze zijn heel goed verstopt, hebben een omtrek van drie millimeter, treden in werking als er iemand begint te praten, en registreren alles op cassettebandjes met een grote capaciteit. Het enige probleem is: hoe krijg ik ze weer terug? Voor de bandrecorder koos ik voor de kast waarin de watermeter is ondergebracht. Ik zal in de gaten moeten houden wanneer de meteropnemer langskomt. In het algemeen hangt de beheerder van het flatgebouw een paar dagen voor die tijd een bericht hierover op het mededelingenbord bij de brievenbussen.

16 november

Het resultaat is uitstekend: de opnames zijn perfect. Het is alsof ik er wás. Trouwens, ik bén er... Ik vind het heel leuk om hun stemmen te horen.

Alsof het lot me voor mijn initiatief wilde belonen, kon ik vanaf de eerste avond hun liefdesspel volgen, via de microfoons en de bandjes. Het was leuk. Ik weet nu veel intieme dingen over haar...

20 november

Sophie begrijpt niet wat er aan de hand is met haar e-mails. Ze heeft zojuist een nieuwe e-mailbox aangemaakt. Om te voorkomen dat ze haar wachtwoord vergeet, slaat ze de volledige toegangscode in haar computer op, zoals altijd. Ze hoeft hem alleen maar in te toetsen om direct toegang te krijgen. Dankzij haar vertrouwen kan ik overal bij. Trouwens, als ze besluit het anders aan te pakken, heb ik maar een beetje meer tijd nodig om achter haar wachtwoord te komen. In haar berichten aan vriendin Valérie heeft ze het over haar 'vermoeidheid'. Ze zegt dat ze Vincent niet wil lastigvallen met dergelijke details, maar ze vindt dat haar geheugen het vaak laat afweten en dat ze soms onverstandige dingen doet. Valérie zegt dat ze een dokter moet raadplegen. Dat vind ik ook.

Ook omdat ze zeer onrustig slaapt. Ze is veranderd van medicijn. Het zijn nu blauwe capsules. Voor mij is dat veel praktischer. Ze gaan even makkelijk open als dicht, en het product komt nooit rechtstreeks in contact met de tong. Dat komt goed uit, omdat mijn slaapmiddel een beetje zout smaakt. Ik heb leren doseren naar gelang het tijdstip waarop ze inslaapt en wakker wordt (door het slaapmiddel snurkt ze een beetje, dat heb ik door de microfoontjes gehoord). Door haar word ik een medicijnexpert, een molecuulkunstenaar. Ik kan zeggen dat ik alles volledig onder controle heb. Sophie praat over haar problemen met Valérie, ze klaagt over verstijving van haar spieren en gevoelloosheid in haar slaap, waarna ze zich overdag voortsleept. De apotheker wil haar naar een arts sturen, maar Sophie verzet zich. Ze blijft bij haar blauwe capsules. En daar heb ik niets op tegen.

23 november

Sophie heeft een valstrik voor me gespannen! Ze stelt een onderzoek in. Ik wist al een tijdje dat ze probeerde na te gaan of ze niet werd gevolgd. Ze heeft echt geen idee dat ze zelfs wordt afgeluisterd. Maar dat verandert niets aan het feit dat haar recente houding me ongerust maakt. Ze is nu wantrouwig, en dat betekent dat ik fouten heb gemaakt. En ik weet niet waar. Of wanneer.

Toen ik vanmorgen uit haar huis vertrok zag ik, bij toeval, een papiertje op de mat liggen. Een kastanjebruin papiertje, in de kleur van de deur. Sophie heeft het waarschijnlijk tussen de deur en de deurpost geschoven toen ze vertrok. Op het moment dat ik de deur opende, is het papiertje gevallen. Ik kon onmogelijk weten waar het precies had gezeten. En ik kon niet zomaar in het trapportaal blijven staan. Ik ben de flat weer binnengegaan om na te denken, maar ik wist echt niet wat ik moest doen. Het papiertje laten verdwijnen bevestigt haar wat ze verwacht. Het ergens anders neerleggen, geeft haar ook gelijk. Hoeveel valkuilen heeft ze voor me gegraven, waarin ik zonder ze te zien ben gevallen? Ik wist werkelijk niet wat ik moest doen. Ik koos voor een radicale oplossing: op mijn beurt een valstrik spannen. Ik ben een kleine koevoet gaan kopen en daarna keerde ik terug naar het trapportaal. Ik schoof de koevoet op verschillende plaatsen heen en weer. Ik deed zelfs de deur open om de pogingen van de hefboom krachtiger te laten lijken. Ik moest snel handelen, omdat het geluid zelfs zo goed mogelijk gedempt, hoorbaar bleef. En het flatgebouw is nooit helemaal leeg. Ik nam alleen de tijd om naar het resultaat te kijken: het lijkt vrij goed op een mislukte poging tot inbraak. De verdeling van de inslagplaatsen van de koevoet zal rechtvaardigen dat het stukje papier op de grond is gevallen.

En toch blijf ik ongerust. Ik moet mijn waakzaamheid verdubbelen!

25 november

Ik doe dezelfde boodschappen als zij in de Monoprix. Precies dezelfde. Maar voordat ik naar de kassa loop, voeg ik er een fles – peperdure – whisky aan toe. Het is hetzelfde merk als de whisky die in de bar van hun flat staat. Vincents favoriete whisky… Terwijl Sophie bij de bakkersafdeling in de rij staat, verwissel ik de tasjes. Als ik naar buiten ga, geef ik de bewaker een briefje over de vrouw met de grijze mantel.

Dan ga ik aan de overkant van de straat staan, vóór de geldautomaat, om er geld uit te halen. Het is een ideale observatiepost. Vervolgens zie ik dat mijn verbaasde Sophie door een bewaker wordt gearresteerd. Ze lacht. Niet lang. Ik moet hen wel volgen om de zaak te controleren…

Sophie is meer dan een uur in de winkel gebleven. Er zijn twee politieagenten in uniform gearriveerd. Ik weet niet wat er is gebeurd. Ze kwam totaal gebroken uit de Monoprix. Deze keer zal ze wel een dokter móeten raadplegen. Er zit niets anders meer op.

5 december

Sinds september is er regelmatig een veiling geweest bij Percy's. Ik snap niet wat bepaalt of Sophie erheen gaat of niet. Het is volstrekt onvoorspelbaar, omdat ik niet beschik over de nodige informatie. Gisteravond vond er een veiling plaats om negen uur. Ik heb tot kwart over negen gewacht. Omdat Sophie vastbesloten leek om deze keer televisie te kijken, ben ík naar de veiling gegaan.

Er waren veel mensen. De receptioniste glimlachte tegen de klanten bij de ingang van de zaal en reikte hun een mooie glossy catalogus aan. Ze herkende me onmiddellijk en wierp me een vriendelijke glimlach toe, die ik beantwoordde, maar niet te nadrukkelijk. De veiling duurde lang. Ik wachtte een goed uur voordat ik naar de hal liep. Het meisje telde de catalogi die ze overhad en deelde ervan uit aan de weinige klanten die te laat arriveerden.

We hebben gepraat. Ik heb mijn zaakjes goed geregeld. Ze heet Andrea, een voornaam waaraan ik een bloedhekel heb. Staand is ze nog dikker dan zittend achter haar balie. Haar parfum is nog steeds verschrikkelijk, hoewel hij van dichtbij nóg afschuwelijker ruikt. Ik heb een paar anekdotes verteld waarvan ik vrij zeker ben dat ze erg amusant zijn. Ik heb haar dan ook aan het lachen gemaakt. Ik deed alsof ik terug naar de zaal moest voor het vervolg van de veiling, maar op het laatste moment, toen ik al een paar stappen had gedaan, besloot ik alles op het spel te zetten. Ik draaide me om en vroeg haar of ze na afloop wat met me ging drinken. Ze stelde zich op een idiote manier aan. Ik voelde dat ze het een erg leuk voorstel vond. Voor de vorm deed ze net of er na de veiling nog veel dingen te regelen waren, maar ze zorgde er wel voor dat ze niet afwijzend overkwam. In ruil daarvoor heb ik een klein kwartiertje op haar gewacht. Ik hield een taxi aan en nam haar mee om iets te drinken op de boulevards. Ik herinnerde me een tent tegenover het Olympia. Een bar met een beetje zacht licht, waar ze cocktails en Engels bier serveerden en waar je op elk tijdstip kon eten. Supersaaie avond, maar heel vruchtbaar voor de toekomst, daar ben ik zeker van.

Ik heb werkelijk medelijden met dat meisje.

Gisteravond heb ik naar een vrijpartij van mijn geliefden gekeken. Sophie was niet erg enthousiast. Ze heeft ongetwijfeld andere dingen aan haar hoofd. Ik viel als een blok in slaap.

8 december

Sophie vraagt zich af of alles in orde is met haar computer. Ze vraagt zich af of iemand van een afstand toegang tot haar pc heeft, maar ze weet niet wat ze moet doen om dat uit te vissen. Ze heeft een nieuwe mailbox aangemaakt, en deze keer heeft ze het wachtwoord niet opgeslagen op haar computer. Ik had meer dan zes uur nodig om toegang tot de mailbox te krijgen. Ik heb het wachtwoord veranderd. Nu is zíj degene die geen toegang heeft.

Vincent heeft zich openlijk ongerust gemaakt. Eigenlijk is hij een slapjanus. Hij heeft aan Sophie gevraagd hoe het met haar ging, maar daarmee hield hij zich op de vlakte. Toen hij zijn moeder aan de lijn had, opperde hij namelijk het idee dat Sophie misschien wel depressief was. Zijn moeder leek medelijden te hebben, wat aantoont hoe hypocriet ze is. De twee vrouwen kunnen elkaar niet luchten of zien.

9 december

Wijlen haar moeder had een vriend, met wie Sophie min of meer contact heeft gehouden. Zo lukte het haar om snel een afspraak te maken met een gedragstherapeut. Ik weet niet wat ze in haar hoofd heeft, maar zo'n therapeut vind ik geen goed idee. Waarom neemt ze geen goede psychiater? Iemand die je beter geschift kan maken dan wie ook… Je zou zeggen dat ze niets heeft geleerd van haar moeder. In plaats daarvan verschijnt ze op de stoep van dokter Brevet, een charlatan, die haar, zoals ze aan Valérie schrijft, adviezen geeft die bestemd zijn om na te gaan of haar angsten gegrond zijn en objectief. Ze moet een lijst bijhouden van dingen, van data. Alles opschrijven. Dat zal een vermoeiende klus zijn.

Ze blijft dat allemaal doen achter de rug van haar man om, wat een zeer goed teken is. Voor mij. En wat goed is voor mij, is ook goed voor Sophie.

10 december

Ik maak me ernstig zorgen over wat ik gisteravond in hun flat hoorde: Vincent spreekt met haar over het 'nemen' van een kind. Zo te horen lijkt het of die discussie niet de eerste is over dat onderwerp. Sophie zegt dat ze het geen goed idee vindt. Maar ik merk aan haar stem dat ze zich graag wil laten overtuigen. Ik denk niet dat ze er echt zin in heeft, ik geloof dat ze het fijn zou vinden als haar eindelijk iets normaals overkomt. De vraag is of Vincent zelf erg eerlijk is in deze kwestie. Ik heb me afgevraagd of hij niet denkt dat het depressieve gedrag van Sophie aan een onvervulde kinderwens te danken is. Psychologie van de koude grond, natuurlijk. Ik zou hem het een en ander over zijn vrouw kunnen leren…

11 december

Een paar dagen geleden ontdekte ik dat ze vanmorgen naar een klant in Neuilly-sur-Seine zou gaan voor een communicatieproject waarvoor zij verantwoordelijk is. Daar is mijn Sophie, op zoek naar een parkeerplaats. Ze rijdt rond en vindt er ten slotte een. Een uur later is er geen auto meer. Ze is niet naar het politiebureau gerend, ze is rond gaan lopen, en ze heeft haar auto gevonden, keurig geparkeerd in een straat verderop. Het is niet zoals in haar wijk, ze heeft niet de vertrouwde herkenningspunten. Dat is genoeg om op een waardige manier aan haar notitieboekje te beginnen!

12 december

Het staat me tegen om hier, in dit dagboek, de kwellingen op te schrijven die ik bij die trut van een Andrea moet ondergaan. Ik begin net een beetje profijt van haar te hebben, maar de omgang met haar is af en toe bijna onverdraaglijk.

Dit is wat ik heb gehoord.

Als pr-functionaris is Sophie ook verantwoordelijk voor sommige communicatieprojecten. Bijvoorbeeld in het geval van prestigieuze veilingen. Voor de rest werkt ze aan het imago van het bedrijf, ze zorgt ervoor dat de communicatie 'goed verloopt'.

Sophie werkt hier sinds twee jaar. Ze doen het werk met z'n tweeën. Zij en een man, een zekere Penchenat, die 'dienstdoet' als verantwoordelijke, volgens Andrea. Hij is alcoholist. Andrea trekt een vies gezicht als ze hem beschrijft. Ze zegt dat hij naar wijn stinkt. Raar als dat gezegd wordt door iemand die zelf verstikkende parfums draagt. Maar goed...

Sophie is afgestudeerd in de economie. Ze werd aangenomen dankzij een kennis die nu weg is bij het bedrijf.

Vincent en zij zijn in 1999 getrouwd, in het gemeentehuis van het 14e arrondissement. Op 13 mei om precies te zijn. Andrea is naar de bruiloft geweest. Ik kreeg een gedetailleerde beschrijving van het buffet voorgeschoteld, waar ik helemaal geen zin in had, vooral omdat ik niks te horen kreeg over de andere genodigden. Alles wat ik heb onthouden is dat 'de familie van haar man geld had'. Dat ook nog... En dat Sophie een hekel heeft aan haar schoonmoeder, die ze 'een gemeen loeder' vindt.

Sophie staat goed aangeschreven bij Percy's. Ze heeft het vertrouwen van haar meerderen. Hoewel er sinds een tijdje geruchten gaan die haar betrouwbaarheid in twijfel trekken: ze vergeet afspraken, ze heeft een chequeboekje van het bedrijf zoekgemaakt, in de afgelopen weken heeft ze twee keer een ongeluk gehad met een auto van de zaak, ze is haar agenda met al haar afspraken kwijt, en ze heeft per ongeluk een klantenbestand verwijderd dat schijnbaar heel belangrijk was. Ik kan het begrijpen.

Andrea beschrijft haar als een sympathiek meisje, heel open en vrolijk, met een sterk karakter. Ze is, zo lijkt het althans, een opmerkelijke vakvrouw. Op dit moment gaat het niet zo goed met haar (je meent het...). Ze slaapt slecht, ze zegt last te hebben van neerslachtige buien. Ze zegt dat ze een gedragstherapeut raadpleegt. Kortom: ze lijkt het spoor nogal bijster te zijn, en zich erg alleen te voelen.

Andrea en zij zijn niet écht vriendinnen. Maar er werken weinig vrouwen in hun bedrijf en af en toe lunchen ze samen. Een nuttige informatiebron, denk ik.

13 december

Om voorbereidingen voor de kerst te treffen vliegt iedereen alle kanten op. Sophie vormt daarop geen uitzondering. Vanavond boodschappen doen in de Fnac. Een drukte vanjewelste! De mensen verdringen elkaar bij de kassa's, ze leggen hun plastic tasjes neer om te betalen, ze kibbelen met de klant die achter hen staat, af en toe trappen ze op iemands tenen. Bij thuiskomst vindt ze in haar tas Blood Money van Tom Waits in plaats van Real Gone van dezelfde singer-songwriter. Dat is belachelijk. Bovendien beseft ze dat ze *Middernachtskinderen* van S. Rushdie heeft gekocht. Ze vraagt zich af voor wie. En aangezien ze de kassabon kwijt is, kan ze niets nagaan... Ze neemt er genoegen mee om het op te schrijven in haar notitieboekje.

Sophie en Andrea praten over koetjes en kalfjes. Is mijn oogst aan inlichtingen over het stel het stroeve contact met die dikzak waard? Wat ik heb gehoord is uiteindelijk vrij magertjes. Vincent schijnt een grote slag te kunnen slaan op zijn werk, een vooruitzicht dat alle energie van het stel opeist. Sophie verveelt zich bij Percy's. Sinds de dood van haar moeder mist ze haar vader heel erg, die in Seine-et-Marne woont. Ze wil graag kinderen, maar niet nu. Vincent mag haar vriendin Valérie niet. Bovendien... Ik denk dat ik een einde moet maken aan mijn relatie met Andrea, dat vette varken. Ik schiet er te weinig mee op. Ik moet een andere informatiebron zoeken.

14 december

Sophie schrijft alles op, of bijna alles. Ze vraagt zich zelfs af of ze soms vergeet iets op te schrijven. Dan beseft ze dat ze twee keer dezelfde dingen opschrijft. Haar arrestatie wegens diefstal in de supermarkt afgelopen maand heeft haar erg geschokt. De bewakers brachten haar naar een vertrek zonder ramen en losten elkaar af om haar een bekentenis te laten tekenen dat ze schuldig was aan diefstal. Volgens haar e-mailtje aan Valérie waren het klootzakken, maar ze hadden wel ervaring. Ze bestookten haar met vragen. Ze begreep niet eens precies wat ze wilden. En toen arriveerde de politie. De politieagenten hadden haast. Ze benaderden haar minder voorzichtig. Ze had de keus tussen meegenomen worden naar het politiebureau en voor de rechter worden geleid omdat ze op heterdaad was betrapt, of de diefstal bekennen en een verklaring tekenen: ze tekende. Het is onmogelijk dat aan Vincent uit te leggen, onmogelijk... Het probleem is dat de gebeurtenis zich heeft herhaald. Deze keer zal het veel moeilijker te verbergen zijn. In haar tas zijn parfum en een etui met manicure-

spulletjes gevonden. Sophie heeft geluk. Ze is opgepakt en meegenomen naar het politiebureau – opschudding op straat – maar
twee uur later is ze vrijgelaten. Ze heeft een smoes moeten verzinnen voor haar man, die vol ongeduld op haar zat te wachten.

De volgende dag was ze opnieuw haar auto kwijt, net als veel
andere dingen.

Alles opschrijven is misschien een goede oplossing voor haar,
maar ze schrijft: 'Ik word achterdochtig, paranoïde... ik hou mezelf in de gaten, alsof ik de vijand ben.'

15 december

Mijn relatie met Andrea heeft een kritieke fase bereikt, waarin ik
geacht word haar voor te stellen de liefde te bedrijven. Aangezien
daar geen sprake van is, ben ik in verwarring. Ik heb haar
al vijf keer gezien. We zijn allerlei stomvervelende dingen gaan
doen, maar ik heb me aan mijn plan gehouden: niet over Sophie
praten, zo min mogelijk het enige onderwerp aansnijden dat me
interesseert: haar werk. Gelukkig is Andrea een kletskous, die
voortdurend, zonder enige terughoudendheid, zit te ratelen. Ze
vertelde me een heleboel verhalen over Percy's, waarbij ik net
deed of ze me boeiden. Ik lachte met haar mee. Ik kon niet verhinderen dat ze mijn hand in de hare nam. Ze raakte me op een
irritante manier aan.

Gisteren zijn we naar de bioscoop geweest. Daarna hebben we
iets gedronken in een kroeg die ze kende, dicht bij Montparnasse.
Ze begroette verscheidene kennissen. Ik schaamde me een beetje
omdat ik met zo'n meisje uit was. Ze kletste honderduit en stelde
me met een stralend gezicht voor. Ik besefte dat ze me opzettelijk
naar die kroeg had meegenomen, om met me te pronken. Ze was
apetrots op het veroveren van een man die, gezien zijn uiterlijk,
haar status verhoogde. Ik speelde het spel maar een beetje mee.
Dat was het beste. Andrea was in de wolken. We zijn aan een ta-

feltje gaan zitten. Ik had haar nog nooit zo enthousiast meegemaakt. Ze heeft de rest van de avond mijn hand vastgehouden. Na een poosje beweerde ik dat ik moe was. Ze zei dat ze het een verrukkelijke avond had gevonden. We namen een taxi en toen voelde ik onmiddellijk dat de dingen slecht gingen aflopen. Zodra we in de taxi zaten, drukte ze zich dicht tegen me aan, op een onfatsoenlijke manier. Ze had duidelijk een beetje te veel gedronken. Voldoende om me een ongemakkelijk gevoel te geven. Toen we bij haar huis aankwamen, moest ik zwichten voor haar uitnodiging om mee naar boven te gaan en een slaapmutsje te drinken. Ik zat in de knel. Ze glimlachte tegen me, alsof ze te maken had met een superverlegen man. En, natuurlijk, zodra we binnen waren, kuste ze me op de mond. Ik kan nauwelijks de afkeer beschrijven die ik voelde. Ik dacht heel sterk aan Sophie, dat hielp een beetje. Toen Andrea aandrong (ik had erop voorbereid moeten zijn, maar het lukte me nooit om mezelf in deze situatie voor te stellen) stamelde ik dat ik 'niet klaar' was. Dat zijn de woorden die ik gebruikte, de eerste die bij me opkwamen. De enige eerlijke opmerking die ik me ooit bij dat meisje heb gepermitteerd. Ze keek me bevreemd aan. Ik toverde een scheve glimlach tevoorschijn en voegde eraan toe: 'Het is moeilijk voor me… We moeten erover praten…' Ze dacht dat ik problemen van seksuele aard wilde bespreken. Ik voelde dat ze gerustgesteld was. Dat soort meisjes vindt het waarschijnlijk heerlijk om verpleegstertje te spelen bij mannen. Ze gaf een kneepje in mijn hand, zo van: 'Maak je geen zorgen'. Ik maakte gebruik van de verwarring van de situatie om me uit de voeten te maken. Het was duidelijk dat ik op de vlucht sloeg.

Ik koelde mijn woede door langs de kades van de Seine te lopen.

21 december

Eergisteren is Sophie thuisgekomen met een heel belangrijke opdracht van de directie. Ze moest twee avonden heel lang doorwerken om de klus te klaren. Vanaf mijn post volgde ik op mijn computer de voortgang van haar werk, tot in de vroege uurtjes. Ik zag haar verbeteren, schrijven, iets naslaan in een boek, schrijven en opnieuw corrigeren. Twee avonden lang. Volgens mij praktisch negen uur werk. Sophie is een werkezel, daar valt niets tegen in te brengen. En vanmorgen, pats, ze kan onmogelijk de cd-rom terugvinden die ze – zeker weten – in haar tas had gestopt voordat ze naar bed ging. Ze vloog naar de pc en zette hem aan. Ze was al aan de late kant! Het oorspronkelijke dossier was ook verdwenen! Meer dan een uur deed ze haar uiterste best om het op te sporen, ze kon wel huilen. Ten slotte moest ze naar de directievergadering gaan zonder het werk dat haar was toevertrouwd. Ik meen te begrijpen dat het niet goed is gegaan.

En het was er een slecht moment voor: het was de verjaardag van Vincents moeder. Gezien Vincents woede – die jongen is gek op zijn moeder – begreep ik dat Sophie weigerde erheen te gaan. Vincent ijsbeerde schreeuwend door de flat. Ik wil dolgraag de band afluisteren. Maar ze besluit toch mee te gaan. Vlak voor hun vertrek kan ze het verjaardagscadeau niet vinden. Dat is sinds de vorige dag bij mij, over een paar dagen leg ik het terug. Opnieuw was Vincent woedend. Toen vertrokken ze met een aanzienlijke vertraging. Wat een stemming! Meteen daarna ben ik naar hun woning gegaan om de doses van haar depressiepillen te verfijnen.

23 december

Ik maak me zorgen om Sophie. Deze keer is ze echt te ver gegaan. En hoe!

Toen ze donderdagavond terugkwamen van het verjaardagsfeestje, begreep ik dat het heel slecht was verlopen. Sophie heeft vanaf het begin een bloedhekel aan haar schoonmoeder gehad, en blijkbaar is er geen reden om dat nu te veranderen. Ze hebben behoorlijk ruzie zitten maken. Ik denk zelfs dat Sophie heeft geëist dat ze vroeg weer vertrokken. En dat op een verjaardagsfeestje. Als je een verjaardagscadeau hebt zoekgemaakt, maak je niet zo'n stampij!

Ik weet niet precies wat Sophie en Vincent naar elkaar hebben geroepen. Het belangrijkste hebben ze op de terugweg in de auto gezegd. Toen ze in de flat arriveerden, waren ze elkaar aan het uitschelden. Ik kon er niet veel uit opmaken, maar ik ben er zeker van dat de oude vrouw agressief en sarcastisch was geweest. Ik ben het met Sophie eens: het is een rotwijf. Ze insinueert en manipuleert en ze is hypocriet. Tenminste, dat is wat Sophie tegen Vincent schreeuwde, voordat die, uitgeput, alle deuren van de flat dichtsmeet, een voor een, en ziedend van woede op de bank ging slapen... Ik vind dat een beetje 'boulevardtoneel', maar het is een kwestie van stijl. Sophie zou toch niet kalm worden. Waarschijnlijk haakte ze toen af... De slaappillen hebben haar in een diepe slaap gedompeld, bijna in een coma. Gek genoeg liep ze 's morgens weer rond. Wankelend, maar toch. Vincent en Sophie hebben geen woord gewisseld. Ze hebben niet samen ontbeten. Voordat ze zich opnieuw aan de slaap overgaf, dronk Sophie thee, terwijl ze haar pc aanzette. Vincent sloeg de voordeur met een klap achter zich dicht. Sophie vond Valérie op MSN en vertelde haar droom van die nacht: ze gaf haar schoonmoeder een duw, boven aan de trap van de villa, de oude vrouw tuimelde naar beneden, stuiterde tegen de muur, tegen de trapleuning en landde met gebroken wervels op de grond. Op slag dood. Sophie werd wakker, zo realistisch was het beeld. 'Superrealistisch, je kunt het je niet voorstellen...' Sophie is niet onmiddellijk gaan werken. Ze zag het niet meer zitten. Valérie heeft haar een goed uur gezelschap gehouden. Daarna besloot Sophie naar buiten te gaan om boodschappen te doen, zodat Vincent vanavond niet ook nog eens de hond in de pot zou vinden... Dat zei ze tegen Valérie toen ze vertrok: even boodschappen doen, een kom sterke thee drinken, een douche nemen en dan zal het niet te laat zijn om op kantoor te verschijnen en te laten zien dat ik er nog ben. Ik heb ingegrepen bij fase 2. Ik ben erheen gegaan om me bezig te houden met de thee.

Sophie is niet naar haar werk gegaan. Ze heeft gedommeld en weet absoluut niet meer wat ze heeft gedaan. Maar aan het eind van de dag is Vincent gebeld door zijn vader, met het bericht dat Vincents moeder na een dodelijke val van de trap was overleden. Sophie is in totale verwarring door de gebeurtenis.

26 december

De begrafenis heeft vanmorgen plaatsgevonden: ik heb mijn liefdespaartje gisteravond met de koffers zien vertrekken. Aan hun gezicht te zien waren ze helemaal kapot. Ik denk dat ze de weduwnaar in de villa gezelschap gingen houden. Sophie is veranderd. Ze is afgemat, haar gezicht is ingevallen, ze loopt met robotachtige bewegingen, je hebt het idee dat ze elk moment in elkaar kan zakken.

Je kunt het haar niet kwalijk nemen: het moet vrij zwaar zijn om kerst te vieren terwijl het lijk van de oude vrouw op de eerste verdieping ligt. Ik ben het cadeau van wijlen de moeder van meneer op zijn plaats gaan leggen te midden van Sophies spulletjes. Ik denk dat het na hun terugkeer van de begrafenis een ontroerende ontdekking zal zijn.

6 januari 2001

Sophie is ontzettend terneergeslagen. Sinds de dood van haar schoonmoeder is ze heel bang voor de toekomst. Toen ik hoorde dat er een onderzoek van de politie was, maakte ik me zorgen. Gelukkig was het eigenlijk een formaliteit. Het dossier is vrijwel onmiddellijk opgeborgen als dood door ongeval. Maar Sophie en ik weten heel goed hoe het zit. Nu moet ik haar nog beter beschermen. Niets mag me ontgaan, anders bestaat de kans dat Sophie zélf aan mijn aandacht ontsnapt. Ik voel dat mijn waakzaamheid zo scherp is als een scheermes. Soms beef ik ervan.

Na de gebeurtenissen van de afgelopen dagen kan Sophie niet meer met Vincent over haar problemen praten. Ze is veroordeeld tot eenzaamheid.

15 januari

Vanmorgen zijn ze weer naar het platteland vertrokken. Ze zijn in tijden niet meer in het departement l'Oise geweest. Ik heb Parijs een halfuur na hen verlaten. Ik haalde ze in op de autosnelweg naar het noorden. Bij de afrit van Senlis wachtte ik ze rustig op. Deze keer was het niet zo moeilijk om hen te volgen. Ze zijn eerst een makelaarskantoor binnengestapt, maar ze kwamen er zonder verkoper weer uit. Ik herinnerde me dat ze een huis hadden bekeken in een dorp in de buurt van Crépy-en-Valois. Ze leken die kant op te rijden. Maar ze waren er niet. Ik dacht dat ik hun spoor kwijt was, maar een paar kilometer verder vond ik hun auto terug. Hij stond voor een hek.

Het is een vrij opvallend, groot huis. Heel anders dan wat je hier gewoonlijk ziet: een stenen gebouw met houten balkons, dat niet eenvoudig te bouwen moet zijn geweest, met veel hoeken en gaten. Er is een oude schuur die ongetwijfeld als garage gaat dienen, en een schuurtje waar de modelechtgenoot ongetwijfeld gaat knutselen… Het huis ligt in een tuin die ommuurd is, behalve in het noorden, waar de muur is ingestort. Daarlangs ben ik binnengekomen, na mijn motor aan de rand van het bos achter het huis te hebben neergezet. Ik ben listig te werk gegaan om dicht bij hen te komen. Ik heb ze door de verrekijker bespied. Twintig minuten later zag ik ze in de tuin lopen, met de armen om elkaar heen. Ze fluisterden tegen elkaar. Belachelijk. Alsof iemand hen kon horen in de verlaten voortuin van dat grote, lege huis, gelegen aan de rand van een dorp dat sinds lang vervlogen tijden leek te sluimeren… Nou ja, het zou de liefde wel zijn. Ondanks het verslagen gezicht van Vincent maakten ze de indruk dat ze zich gelukkig voelden. Vooral Sophie. Af en toe drukte ze Vincents arm stevig tegen zich aan, alsof ze zichzelf wilde verzekeren van zijn aanwezigheid, van zijn steun. Toch was het een beetje triest om hen zo in die grote wintertuin te zien rondlopen.

Toen ze het huis weer waren binnengegaan, wist ik niet zo goed wat ik moest doen. Ik werd bang dat er iemand langs zou komen. Op dit soort plekken heb je nooit echt rust. Het lijkt uitgestorven, maar zodra je alleen wilt zijn, word je geconfronteerd met een domme boer die op zijn tractor passeert, of met een jager die je aanstaart, of met een kind dat aan komt fietsen om een hut in het bos te bouwen… Maar toen ik hen niet naar buiten zag komen, heb ik toch maar de motor achter het muurtje laten staan en ben naar voren gelopen. Toen kreeg ik een ingeving. Ik rende naar de achterkant van het huis. Ik hijgde op het moment dat ik daar aankwam. Ik bleef een paar minuten staan om weer op adem te komen en om te luisteren of ik iets hoorde. Geen enkel geluid. Ik liep langs het huis, terwijl ik goed keek waar ik mijn voeten neerzette. Ik stopte bij een raam waarvan de houten luiken kapot waren. Ik zette mijn voet op een stenen vensterlijst en hees me omhoog tot ik bij het raam was en naar binnen keek. Het was de keuken. Erg ouderwets en er viel heel wat aan op te knappen. Maar daar dachten ze helemaal niet aan, mijn tortelduifjes! Sophie stond tegen het stenen aanrecht, met haar rok opgeschoven tot aan haar heupen, en Vincent, met zijn broek op zijn enkels, neukte haar vol toewijding. Je ziet dat de jongen niet helemaal de kluts kwijt is door het verdriet om de dood van zijn moeder. Vanuit mijn observatiepost kon ik alleen maar zijn rug zien en zijn billen, die zich spanden toen hij bij haar binnenging. Het was echt belachelijk. Maar wat mooi was, was Sophies gezicht. Ze had haar armen om de nek van haar man geslagen. Ze stond op haar tenen, met gesloten ogen, en ze genoot zo intens, dat ze er anders uitzag. Een mooi vrouwengezicht, heel bleek en gespannen, helemaal naar binnen gericht, als iemand die slaapt... De manier waarop ze zich overgaf had iets wanhopigs. Ik heb een paar vrij goede foto's kunnen maken. De pittoreske heen-en-weerbewegingen van de imbeciel versnelden, zijn witte billen spanden zich steeds meer en steeds sneller. Aan Sophies gezicht kon ik zien dat ze op het punt stond klaar te komen. Ze deed haar mond en haar ogen wijd open, en plotseling klonk er een luide kreet. Het was fantastisch, precies wat ik van haar wil horen op de dag waarop ik haar zal doden. Tijdens haar orgasme legde ze haar hoofd in haar nek en vervolgens op Vincents schouder. Trillend beet ze in zijn jasje.

Geniet maar lekker, schatje, geniet ervan...

Op dat moment besefte ik dat ik haar anticonceptiepillen niet meer in de badkamer zag. Ze hadden besloten te proberen een baby te krijgen. Daarvan raakte ik niet in de war. Integendeel, dat bracht me op ideeën.

Ik liet ze rustig naar Parijs terugkeren en wachtte tot het makelaarskantoor om twaalf uur zijn deuren sloot. In de etalage stond een foto van het huis, met de vermelding: verkocht. Oké. Dan krijgen we weekendjes op het platteland. Waarom niet?

17 januari

Het is merkwaardig bij ideeën. Je geest moet ervoor openstaan. Zo liep ik eergisteren rond in de flat, zonder duidelijk doel. En zonder te weten waarom ik belangstelling had voor de stapel boeken die Sophie naast het bureau op de grond had gelegd. Twee ervan, die bijna helemaal onderop lagen, waren afkomstig van het persdocumentatiecentrum: een monografie over Albert Londres en een *Frans-Engels woordenboek met pers- en communicatie-*

termen. Ze waren alle twee op dezelfde dag in het centrum geleend. Ik heb ze teruggebracht. Voor lezers die haast hebben is er een speciale balie waar je je boeken snel kunt afgeven. Dat voorkomt onnodig wachten. Ik vond dat praktisch.

18 januari

Dit moet ook in het boekje worden geschreven: Sophie heeft de twee aanmaningen van de telefoonrekening niet gezien. De telefoon is afgesneden. Vincent is niet blij. Sophie huilt. Het gaat slecht op dit moment, ze maken veel ruzie. Toch probeert Sophie aandacht te besteden aan zichzelf, aan hem, aan alles. Misschien probeert ze zelfs om niet te dromen. Hoe dan ook, ze belt om te weten of de therapeut haar eerder dan was afgesproken kan ontvangen... Ze heeft haar slaap niet onder controle. Ze slaapt, dan slaapt ze niet meer, dan slaapt ze weer, dan valt ze in een bijna comateuze slaap, dan zijn er nachten waarin ze werkelijk geen oog dichtdoet en urenlang voor het raam zit te roken... Ik ben bang dat ze kouvat.

19 januari

Trut! Ik weet niet wat ze uitspookt, ik weet zelfs niet of ze het expres heeft gedaan, maar ik word heel boos op haar, en op mezelf! Ik vraag me natuurlijk af of Sophie iets in de gaten heeft gekregen, of dat ze geprobeerd heeft me in de val te laten lopen... Met het oog op haar afspraak, ben ik naar hun flat gegaan om het notitieboekje uit de la van haar bureau te vissen. Daarin schrijft ze op wat ze doet of wat ze thuis moet doen, een boekje van zwart imitatieleer. Ik ken het goed, ik raadpleeg het vaak. En ik heb het niet onmiddellijk geverifieerd. Het boekje is ongebruikt! Het is precies hetzelfde boekje, maar alle bladzijden zijn maagdelijk wit! Dat betekent dat ze twee notitieboekjes heeft. Ik vraag me af of dit boekje een valstrik is die voor mij was bestemd. Vanavond heeft ze waarschijnlijk beseft dat het boekje verdwenen was...

Bij nader inzien denk ik niet dat het haar gelukt is mijn aanwezigheid te ontdekken. Misschien wil ik mezelf simpelweg geruststellen, maar als dat zo is, zou ik dat aan andere tekenen zien. Nou, de rest gaat goed, normaal.

Ik weet niet wat ik moet denken. Die kwestie van het notitieboekje maakt me echt ongerust.

20 januari

Er is een god voor eerlijke zaken! Ik geloof dat ik uit de problemen ben geholpen. Ik zal eerlijk zijn. Ik moet bekennen dat ik echt bang was: ik durfde niet meer naar Sophies flat te gaan. Ik had een vaag gevoel dat het gevaarlijk was, dat iets op me loerde, dat ik uiteindelijk zou worden gepakt... en ik had gelijk.

Toen ik in haar huis was aangekomen, legde ik het notitieboekje van zwart imitatieleer in de la van haar bureau. Ik moest het hele appartement doorzoeken om het andere boekje te vinden. Ik wist zeker dat ze het niet had meegenomen: haar eeuwige angst om dingen kwijt te raken heeft me gered. Ik had tijd nodig. En als ik in haar flat ben, hou ik er niet van om te blijven. Ik weet dat het niet verstandig is, dat ik de risico's tot het minimum moet beperken. Ik had ruim een uur nodig om het boekje terug te vinden! Ik zweette in mijn rubberhandschoenen. Ik bleef steeds staan om te luisteren naar de geluiden van de flat, ik werd er nerveus van. Ik wist niet wat ik ertegen moest doen en raakte in paniek. En plotseling vond ik het boekje: achter het waterreservoir van de wc. Dat is niet best, het is een teken dat ze argwaan koestert. Niet per se tegen mij, trouwens... De gedachte kwam bij me op dat ze misschien Vincent wantrouwde, wat een goed teken zou zijn. Ik had het boekje net gevonden toen ik hoorde dat de sleutel in het slot werd omgedraaid. Ik was in de wc, de deur stond op een kier. Ik had de tegenwoordigheid van geest om niet mijn hand uit te steken om de deur te sluiten: die deur bevindt zich aan het eind van de gang, precies tegenover de voordeur! Als het Sophie was, zou dat einde verhaal zijn. Meisjes stormen altijd naar de wc als ze thuiskomen. Het was Vincent, ik herkende een mannenstap. Mijn hart bonsde zo hard, dat ik niets meer hoorde. Ik kon niet eens meer nadenken. Ik was in paniek. Vincent liep langs de wc-deur, die hij met een klap dichtduwde. Het geluid maakte dat ik verstarde. Ik viel bijna flauw. Ik hield me vast aan de muur en voelde aandrang om over te geven. Vincent liep zijn werkkamer binnen. Hij zette onmiddellijk de stereo-installatie aan. Vreemd genoeg heeft mijn paniek me gered. Ik deed meteen de deur open en liep op mijn tenen door de gang, in een soort droomtoestand. Ik deed de voordeur open en sloot hem niet achter me, maar vloog de trap af, met vier treden tegelijk. Op dat moment dacht ik dat alles was verpest, dat ik het zou moeten opgeven. Ik voelde een ontzettende wanhoop.

Het beeld van mama drong zich aan me op. En toen begon ik te huilen. Alsof ze zojuist voor een tweede keer was gestorven. Onwillekeurig stak ik Sophies notitieboekje in mijn zak. De tranen stroomden over mijn gezicht, terwijl ik verderliep.

21 januari

Toen ik de opname hoorde, beleefde ik de hele scène opnieuw. Achteraf gezien, wat een afschuwelijke toestand! Ik hoorde dat de stereo-installatie begon te spelen (iets van Bach, volgens mij) en ik meen het geluid van mijn voetstappen in de gang te horen, maar dat blijft vaag. Duidelijk zijn de vastberaden voetstappen van Vincent, die naar de voordeur loopt en de deur na een vrij lange stilte dichtdoet. Ik denk dat hij zich afvraagt of er iemand binnen was gekomen. Misschien is hij een paar treden naar beneden gegaan, of naar boven, en heeft hij over de balustrade gekeken of iets dergelijks. De deur gaat heel zorgvuldig dicht. Ongetwijfeld denkt hij dat hij de deur niet goed achter zich heeft gesloten na zijn thuiskomst. Meer niet. 's Avonds heeft hij het voorval niet aan Sophie verteld, wat een ramp zou zijn geweest. Wat een angst!

23 januari

Een wanhopige e-mail aan Valérie. Op de ochtend van haar afspraak met de therapeut kon Sophie haar notitieboekje niet vinden… Ze heeft het in de wc verstopt, daar is ze zeker van, en vanmorgen is er geen boekje meer. Ze zou wel kunnen huilen. Ze voelt zich nerveus, prikkelbaar en vermoeid. Gedeprimeerd.

24 januari

Afspraak met de therapeut. Toen Sophie zei dat ze haar notitieboekje kwijt was, stelde hij haar gerust. Die dingen gebeuren nu eenmaal, zei hij, juist als je er te veel aandacht aan schenkt. Over het geheel genomen leek hij haar erg nuchter, niet snel van zijn stuk gebracht. Ze barstte in snikken uit toen ze de droom over haar schoonmoeder vertelde. Ze kon zich er niet van weerhouden om over het ongeluk te spreken dat in precies dezelfde omstandigheden was gebeurd als in haar droom. En ook zei ze dat ze zich absoluut niet kon herinneren wat ze die dag had gedaan. Hij luisterde rustig naar haar. Ook hij geloofde niet in voorspellende dromen. Hij legde haar een theorie uit die ze niet zo goed begreep, omdat haar geest daarvoor te traag was. Hij noemde dat 'kleine ongelukjes'. Maar aan het eind van het gesprek vroeg hij of ze niet zou overwegen een beetje 'uit te rusten'. Dat was heel angstaanjagend. Ik geloof dat ze dat heeft geïnterpreteerd als een voorstel om zich te laten opnemen. Ik weet dat ze daar als de dood voor is.

Valérie reageert erg snel op haar e-mails. Ze wil Sophie laten zien dat ze er voor haar is. Valérie voelt – en ik wéét – dat Sophie haar niet alles vertelt. Het is misschien een bezwerende houding. Waar ze niet over praat, bestaat niet, of loopt niet het risico te worden besmet...

30 januari

Ik begon te wanhopen over die kwestie van het horloge. Bijna vijf maanden geleden heeft ze het mooie horloge verloren dat ze van haar vader had gekregen. God weet dat ze destijds het hele huis overhoop heeft gehaald, in de hoop het horloge te vinden. Zonder resultaat. Het horloge moest worden afgeschreven. Heel verdrietig.

En kijk! Plotseling vindt Sophie het, tot haar grote verrassing. En raad eens waar? In het juwelenkistje van haar moeder! Onderin. Ze opent het kistje beslist niet elke dag, ze draagt de dingen die erin zitten niet. Maar toch heeft ze het vanaf eind augustus een keer of vijf, zes opengedaan. Ze heeft zelfs geprobeerd zich het exacte aantal keren te herinneren dat ze het heeft opengemaakt sinds de vakantie. Ze heeft er een lijstje van gemaakt voor Valérie, alsof ze haar iets wilde bewijzen, wat bespottelijk is. En toch heeft ze het horloge nooit in het kistje zien liggen. Het lag natuurlijk niet bovenin, maar het kistje is niet zo diep. Trouwens, zoveel zit er nou ook weer niet in...

Hoe dan ook, waarom zou ze het horloge op die plek verstoppen? Het is waanzin.

Sophie lijkt niet blij te zijn dat ze haar horloge heeft teruggevonden. Dat is het toppunt!

8 februari

Geld verliezen... dat gebeurt, maar er te veel van hebben is een zeldzaamheid. En het is vooral onverklaarbaar.

Mijn vrienden Sophie en Vincent hebben plannen. In haar e-mails aan Valérie uit Sophie zich heel terughoudend over dit onderwerp. Ze zegt dat 'het nog niet zeker is' en dat ze er spoedig met haar over zal praten, dat Valérie zelfs de eerste zal zijn. Wat wel zeker is, is dat Sophie heeft besloten afscheid te nemen van een schilderijtje dat ze vijf of zes jaar geleden heeft gekocht. Ze heeft het nieuws verspreid in de kringen waarin ze verkeert en ze heeft het schilderij eergisteren verkocht. Ze vroeg er drieduizend euro voor. Dat schijnt heel redelijk te zijn. Er is een meneer naar het kunstwerk komen kijken. Daarna een vrouw. Ten slotte heeft Sophie water bij de wijn gedaan en het schilderij voor 2700 verkocht, op voorwaarde dat er contant zou worden betaald. Ze leek tevreden te zijn. Ze heeft het geld in een envelop gestopt en die opgeborgen in de kleine secretaire. Maar ze houdt er niet van te veel contant geld in huis te hebben. Daarom is Vincent vanmorgen naar de bank gegaan om het geld te storten. En dat is het onverklaarbare. Vincent lijkt daar erg door te zijn geschokt. Sindsdien voeren ze eindeloze discussies, lijkt het wel. In de envelop zat 3000 euro. Sophie weet het zeker: 2700 euro. Vincent weet het ook zeker: 3000 euro. Ik heb te maken met een gedecideerd paar. Dat is leuk.

Dat neemt niet weg dat Vincent op een vreemde manier naar Sophie kijkt. Hij zegt al een tijdje dat ze zich eigenaardig gedraagt. Sophie dacht dat hij niets had opgemerkt. Ze heeft gehuild. Ze hebben gepraat. Vincent heeft gezegd dat ze een psycholoog moet raadplegen. Dat het er het goede moment voor is.

15 februari

Eergisteren heeft Sophie alles op z'n kop gezet. Haar bibliotheekkaart kan niet liegen: ze heeft twee boeken geleend. Ze kan het zich nog heel goed herinneren, omdat ze de boeken heeft doorgebladerd. Niet gelezen, alleen maar doorgebladerd. Ze had ze geleend uit nieuwsgierigheid, vanwege een artikel dat ze een paar weken eerder had gelezen. Ze kan zich de boeken heel goed voor de geest halen. Onmogelijk om er weer de hand op te leggen. Albert Londres, plus een professioneel woordenboek. Alles maakt je nu van streek, Sophie. Om het minste of geringste wordt ze nerveus. Ze heeft gebeld met het documentatiecentrum om te vragen of ze de uitleentermijn kan verlengen. Het blijkt dat zij de boeken heeft teruggebracht. De medewerkster van het documentatiecentrum heeft zelfs de datum genoemd: 8 januari. Sophie heeft in haar agenda gekeken. Op die datum heeft ze een klant in een buitenwijk bezocht. Ze zou langs het centrum hebben kunnen rijden... Maar ze kan zich absoluut niet herinneren de twee boeken die dag te hebben teruggebracht. Ze heeft het aan Vincent gevraagd, zonder aan te dringen: op dit moment is hij niet te genieten, schrijft ze aan Valérie. De boeken zijn nog steeds beschikbaar, ze zijn niet opnieuw uitgeleend. Het was sterker dan zij. Ze is erheen gegaan en heeft gevraagd op welke datum ze de boeken had teruggegeven. Het is bevestigd.

Ik zag haar weggaan. Het is te zien dat ze zich echt zorgen maakt.

18 februari

Een week geleden heeft Sophie een persconferentie georganiseerd voor een belangrijke veiling van antieke boeken. Tijdens de cocktailparty erna heeft ze digitale foto's gemaakt van de journalisten, de leden van de directie en van het buffet. Voor de bedrijfskrant, maar ook om de komst van persfotografen te voorkomen. Gedurende een hele dag en een gedeelte van het weekend heeft ze thuis op haar computer gewerkt. Ze heeft de foto's geretoucheerd, die ze aan de directie moet voorleggen en moet opsturen naar alle aanwezige journalisten en de journalisten die afwezig waren, met bericht van verhindering. Ze heeft alles verzameld in een dossier 'Pers-11-02', dat ze als bijlage van een e-mail heeft verzonden. Er staat wat op het spel, dus heeft ze ge-aarzeld, gecontroleerd, de beelden nog meer verbeterd, en op-nieuw gecontroleerd. Ik had het idee dat ze zich ongemakkelijk voelde. Haar professionaliteit, ongetwijfeld. En toen heeft ze ein-delijk een besluit genomen. Voordat ze haar e-mail verstuurde, heeft ze een back-up gemaakt. Ik maak nooit misbruik van de controle die ik via internet op haar computer heb. Ik ben altijd bang dat ze het zal merken. Maar deze keer kon ik geen weer-stand bieden. Tijdens de back-up heb ik twee foto's aan het dos-sier toegevoegd. Zelfde formaat, zelfde retouche, gegarandeerd met de hand gemaakt. Maar geen buffet, geen journalisten of prestigieuze klanten. Alleen de pr-functionaris die in het zonlicht van Griekenland haar echtgenoot aan het pijpen is. De vrouw is beter te herkennen dan de man, dat is waar.

19 februari

Het gaat natuurlijk heel slecht op Sophies kantoor. De foto's van het persdossier sloegen in als een bom. Zij was totaal overrom-peld. Maandagmorgen is ze thuis opgebeld door een directielid. Verscheidene journalisten hebben haar ook gebeld. Sophie is onthutst. Ze heeft er natuurlijk met niemand over gesproken, en vooral niet met Vincent. Ze zal zich vreselijk schamen. Ik ben er zelf achter gekomen door een e-mail van een 'bevriende' journa-list. Diep geschokt door het nieuws had ze hem waarschijnlijk ge-vraagd haar de foto's toe te sturen, ze geloofde het niet! Het moet gezegd dat ik een goede keus heb gemaakt: met volle mond kijkt ze Vincent wellustig aan. Als die burgervrouwen privé de hoer willen spelen, is het echter dan in de realiteit. De tweede foto is een beetje compromitterender, zogezegd. Het is aan het eind. Het laat zien dat ze van wanten weet en dat de jongeman op zijn beurt heel goed functioneert…

Kortom, het is een ramp. Ze is niet naar kantoor gegaan en

blijft de hele dag neerslachtig. Tot grote wanhoop van Vincent, aan wie ze niets wilde vertellen. Zelfs niet aan Valérie. Ze stelde zich tevreden met te zeggen dat haar iets verschrikkelijks was overkomen. Schaamte is vreselijk en werkt verlammend.

20 februari

Sophie heeft de hele tijd gehuild. Ze heeft een deel van de dag voor het raam doorgebracht en ontelbare sigaretten gerookt. Ik heb veel foto's van haar gemaakt. Ze heeft geen voet meer in het kantoor gezet. Ik neem aan dat het daarginds zoemt als in een bijenkorf. Ik durf te wedden dat er flink wordt geroddeld en dat bij de koffieautomaat kopieën van de foto's van Sophie worden uitgewisseld. Dat zal Sophie ook wel denken. Ik geloof niet dat ze er zal kunnen terugkeren. Ongetwijfeld leek ze daarom zo onverschillig bij het horen van het nieuws dat ze tijdelijk werd geschorst. Een week. Schijnbaar is het gelukt de schade te beperken, maar goed, volgens mij is het kwaad al geschied... En in een carrière zijn het dingen die je blijven achtervolgen. Sophie lijkt in elk geval net een zombie.

23 februari

De avond was al problematisch begonnen: ik moest Andrea thuis komen ophalen om uit eten te gaan. Ik had een tafeltje bij Julien gereserveerd, maar mijn onvermoeibare geliefde had andere plannen. Toen ik haar huis betrad, zag ik dat de tafel gedekt was voor twee. De imbeciel die, zoals haar parfum aangeeft, nooit terugdeinst voor slechte smaak, had zelfs een kandelaar op tafel gezet, een afgrijselijk ding dat beschouwd wordt als moderne kunst. Ik protesteerde luid, maar nu ik binnen was en de geur van een ovenschotel rook, was het moeilijk, onmogelijk zelfs, om de uitnodiging af te slaan. Ik stemde in, maar beloofde mezelf dit meisje nooit meer te zullen zien. Mijn besluit was genomen. Die gedachte gaf me moed. En aangezien de ronde tafel Andrea belette me aan te raken, zoals ze altijd doet zodra het maar even kan, voelde ik me enigszins veilig.

Ze woont in een piepklein appartement op de vierde verdieping van een oud, onaantrekkelijk flatgebouw. De zit- en eetkamer heeft slechts één raam, dat heel hoog is. Er komt weinig licht naar binnen, want het raam kijkt uit op de binnenplaats. Het is het soort huis waarin je voortdurend de lampen moet laten branden, als je niet depressief wilt worden.

Het gesprek was langdradig, net als de avond. Voor Andrea ben ik Lionel Chalvin, werkzaam bij een projectontwikkelaar. Ik heb geen ouders meer, wat me jeugdherinneringen bespaart, dank zij een smartelijke blik zodra het onderwerp wordt aangeroerd. Ik leef en woon alleen, en ik ben impotent, zoals die dikke taart gelooft. Tenminste, ik lijd aan impotentie. Het lukte me het onderwerp te vermijden of alleen over de tastbare effecten ervan te praten. Ik opereer op gevoel.

Het gesprek ging over de vakantie. De maand ervoor had Andrea een paar dagen bij haar ouders in Pau gelogeerd, en ik kreeg verhalen te horen over het karakter van haar vader, de angsten van haar moeder, de domheid van haar hond. Ik glimlachte. Meer kon ik echt niet doen.

Het was wat je noemt een 'eersteklas etentje'. Tenminste, zo zal zij het wel noemen. Alleen de wijn was de benaming 'eersteklas' waard, maar de wijn was hoogstwaarschijnlijk uitgekozen door haar wijnhandelaar. Zij had er geen verstand van. Ze had een cocktail gemaakt die ontzettend veel op haar parfum leek.

Na de maaltijd zette Andrea, zoals ik al vreesde, koffie neer op het salontafeltje voor de bank. Toen ze zich naast me had geïnstalleerd, zei het vette varken op zwoele toon, na een stilte waarvan ze hoopte dat hij diep en duidelijk was, dat ze begrip had voor mijn problemen. Ze klonk als een non. Ik durf te wedden dat ze zichzelf feliciteerde met het buitenkansje. Ze had duidelijk veel zin om te worden geneukt, omdat haar dat waarschijnlijk niet elke dag overkwam. En de ontmoeting met een ietwat impotente minnaar zou haar eindelijk het gevoel geven ergens nuttig voor te zijn. Ik deed net of ik in verwarring was gebracht. Er viel een stilte en ter afleiding begon ze te praten over haar werk, zoals iedereen die niets te zeggen heeft. Verhalen, altijd dezelfde. Maar op een gegeven moment bracht ze de pr-afdeling ter sprake. Onmiddellijk was ik een en al oor. Even later slaagde ik erin het gesprek naar Sophie te leiden. Eerst door te zeggen dat iedereen wellicht keihard moest werken bij grote veilingen. Nadat Andrea de helft van het personeel van het veilinghuis de revue had laten passeren, kwam ze eindelijk bij Sophie. Ze popelde van verlangen om me de stunt met de foto's te vertellen. Ze lag krom van het lachen en proestte het uit. Wat een vriendin…

'Ik zal haar vertrek betreuren,' zei ze. 'Ze is hoe dan ook vertrokken…'

Ik spitste mijn oren. En toen heb ik alles gehoord. Sophie verlaat Percy's, maar er is meer. Ze verlaat ook Parijs.

Ze zochten geen tweede woning op het platteland, maar ze wilden écht buiten Parijs gaan wónen. Haar man is onlangs benoemd tot hoofd van een nieuw onderzoeksteam in Senlis, en daar gaan ze zich vestigen.

'Maar wat gaat zíj dan doen?' vroeg ik aan Andrea.

'Hoezo?'

Ze was zeer verbaasd dat ik me voor zoiets interesseerde.

'Je zei dat ze zeer actief is, dus vraag ik me af… wat ze op het platteland gaat doen…'

Met een verlekkerde blik en op samenzweerderige toon vertelde Andrea dat Sophie een baby verwachtte. Het was geen nieuwtje, maar toch deed het me iets. Het lijkt me erg onverstandig in haar toestand.

'En hebben ze een woning gevonden?' vroeg ik.

Volgens haar hebben ze een mooi huis in het departement l'Oise gevonden, niet al te ver van de snelweg.

Een baby. En Sophie die haar baan en Parijs verlaat. Met de stunt met het persdossier had ik gehoopt te bereiken dat Sophie een tijdje ophield met werken, maar de zwangerschap plus het vertrek uit Parijs... Ik moest nadenken over dit nieuwe gegeven. Ik ging meteen staan en mompelde een paar woorden. Ik moest weg, het was laat.

'Maar je hebt niet eens je koffie opgedronken,' smeekte de trut.

Koffie, nota bene... Ik trok mijn jasje aan en liep naar de voordeur.

Hoe het gebeurd is, zou ik niet meer weten. Andrea volgde me tot aan de deur. Ze had iets heel anders verwacht van de avond met mij. Ze zei dat het jammer was, dat het toch nog niet zo laat was, vooral niet voor een vrijdag. Ik stamelde dat ik de volgende morgen moest werken. Andrea zal me nooit meer van nut kunnen zijn, maar om me niet te verraden zei ik een paar woorden waarvan ik wilde dat ze geruststellend waren. Toen wierp ze zich op me. Ze drukte me dicht tegen zich aan, ze kuste mijn hals. Ze heeft mijn weerstand moeten voelen. Ik weet niet meer wat ze fluisterde, ze stelde voor 'me onder handen te nemen', ze heeft veel geduld, ik hoefde nergens bang voor te zijn. Dat soort dingen... Er zou niets zijn gebeurd als ze niet haar hand op mijn buik had gelegd, om me aan te moedigen. De hand ging steeds lager. Ik kon me niet meer beheersen. Na die avond en het nieuws dat ik zojuist had gehoord, was het te veel. Ik leunde met mijn rug tegen de deur. Toen duwde ik haar hard weg. Ze verbaasde zich over die reactie, maar ze wilde doorgaan. Ze glimlachte, en die glimlach was zo afgrijselijk, zo wulps... Lelijke meisjes zijn zó wellustig... Ik kon me niet meer inhouden en sloeg haar. Heel hard. Ze legde meteen haar hand op haar wang, terwijl ze me een stomverbaasde blik toewierp. Ik besefte hoe afschuwelijk de situatie was, hoe nutteloos. Ik dacht aan alle dingen die ik met haar had moeten doen. En toen gaf ik haar nog een klap, op haar andere wang, en nog een, tot ze begon te huilen. Ik was niet meer bang. Ik keek om me heen, de kamer, de gedekte tafel met de restanten van de maaltijd, de bank met de kopjes koffie die we niet hadden aangeraakt. Ik vond het allemaal heel weerzinwekkend. Toen pakte ik haar bij de schouders en trok haar tegen me aan, als om haar gerust te stellen. Ze verzette zich niet. Daarna liep ik naar het raam, dat ik wijd openzette, alsof ik frisse lucht wilde inademen, en ik wachtte. Ik wist dat ze zou komen. Het duurde nog geen twee minuten. Ze snoof op een belachelijke manier. Ik hoorde haar naderen. Haar parfum omhulde me voor een laatste keer. Ik haalde diep adem, draaide me om en pakte haar bij de schouders. Toen ze huilend tegen me aangedrukt stond, draaide ik me zacht om, alsof ik haar wilde kussen, en ineens gaf ik haar een duw met mijn beide handen op haar schouders. Ik zag even haar verwilderde blik op het moment dat ze door het raam verdween. Ze schreeuwde niet eens. Twee of drie seconden later hoorde ik een walgelijk geluid. Ik begon te huilen. Ik trilde over mijn hele lichaam om te verhinderen dat het beeld van mama weer bij me boven zou komen. Maar ik moet toch helder zijn geweest, want een paar seconden later pakte ik mijn jasje en stormde de trap af.

24 februari

Natuurlijk, de val van Andrea was een beproeving voor me. Niet zozeer vanwege de dood van die trut, dat spreekt vanzelf, maar vanwege de manier waarop ze is doodgegaan. Achteraf gezien verbaast het me dat ik niets heb gevoeld na de dood van Vincents moeder. Een trap is toch heel wat anders. Vannacht was het natuurlijk niet Andrea die wegvloog, maar mama. Het was echter niet zo naar als in een groot aantal andere dromen van de afgelopen jaren. Alsof iets in me tot rust kwam. Ik denk dat ik dat aan

Sophie te danken heb. Het moet te maken hebben met het feit dat ik mijn fobieën op haar overdraag.

26 februari

Vanmorgen is Sophie naar de begrafenis van haar lieve collega gegaan. Toen ik haar zo zag vertrekken, helemaal in het zwart gekleed, vond ik haar knap, voor een toekomstige dode. Twee begrafenissen in zo weinig tijd, dat moet toch schokkend zijn. Eerlijk gezegd ben ik zelf erg geschokt. Andrea, en vooral die manier van doodgaan...! Ik vind het godslasterlijk. Een belediging voor mijn moeder. Zeer verdrietige beelden uit mijn jeugd kwamen bij me boven, ik heb ertegen gestreden, stukje bij beetje. Misschien zijn alle vrouwen die van me houden bestemd om door het raam te verdwijnen.

Ik heb heel goed over de situatie nagedacht. Natuurlijk is de toestand niet florissant, maar hij is ook niet rampzalig. Ik moet nóg voorzichtiger zijn. Ik denk dat alles goed zal gaan als ik niets doms doe. Bij Percy's heeft niemand me gezien. Ik heb me er niet meer vertoond na mijn ontmoeting met die tuthola.

Ik heb natuurlijk een boel sporen in haar huis achtergelaten, maar ik heb een blanco strafregister. Als ik niet in een ongeluk verzeild raak, is er weinig kans dat ik het onderwerp van juridisch onderzoek word. Dat neemt niet weg dat de grootste voorzichtigheid is geboden. Ik zou nooit meer zo blunderen zonder mijn hele plan in gevaar te brengen.

28 februari

Wat Sophie betreft, niets tragisch. Ze verlaat Parijs. Daar zullen we het mee moeten doen. Punt uit. Wat me zwaar valt, is mijn hele technische organisatie nutteloos te zien worden. Goed, het zij zo. Uiteraard is er geen kans dat ik een observatiepost zal vinden die net zo geschikt is als deze, maar ik vind heus wel iets.

De baby zal deze zomer ter wereld komen. Ik begin hem in mijn strategie van de komende maanden te integreren.

5 maart

Vanmorgen verscheen de verhuiswagen beneden op straat. Het was nog geen zeven uur, maar sinds vijf uur vanmorgen brandde er licht in de flat en onderscheidde ik de gestalten van Sophie en haar man, die druk in de weer waren. Tegen halfnegen is Vincent naar zijn werk gegaan. Zijn vrouwtje moest zich maar zien te redden. Die vent is echt afschuwelijk.

Ik zie er het voordeel niet van in om nog langer hier te blijven, in deze kamer die me voortdurend zal herinneren aan de heerlijke momenten waarop ik dicht bij Sophie woonde, waarop ik elk ogenblik naar haar ramen kon kijken, haar kon zien, haar kon fotograferen… Ik heb meer dan honderd foto's van haar. Sophie op straat, in de metro, achter het stuur van haar auto. Sophie die naakt langs haar raam loopt, Sophie geknield voor haar man. Sophie die haar teennagels lakt voor het raam van de zitkamer…

Op een dag zal ik Sophie voor altijd missen, dat is zeker. Maar zo ver is het nog niet.

7 maart

Technisch probleempje: ik heb maar twee van de drie microfoontjes kunnen terugvinden. Het derde is waarschijnlijk tijdens de verhuizing verdwenen. Die dingetjes zijn zo klein.

18 maart

Het is ijskoud hier op het platteland. God, wat is het hier triest! Wat is Sophie hier in vredesnaam komen doen… Ze volgt haar grote echtgenoot. Lief vrouwtje. Binnen drie maanden zal ze zich dood vervelen. Haar buik zal haar gezelschap houden, maar ze zal zoveel zorgen hebben... Zeker, haar Vincent heeft een mooie baan gekregen, maar ik vind hem erg egoïstisch.

Het feit dat Sophie zich in het departement l'Oise vestigt, zal me dwingen veel kilometers te maken, en hartje winter... Ik heb voor mezelf een kamer in een hotelletje in Compiègne gevonden. Ik ga er door voor een schrijver. Ik had meer tijd nodig om een observatiepost te vinden. Maar het is gelukt. Ik ga door het ingestorte deel van de tuinmuur naar de achterkant van het huis. Ik zet mijn motor neer onder wat er nog over is van het dak van een schuurtje. Het is erg ver van het huis en vanaf de weg is mijn motor niet te zien. Trouwens, er komt bijna niemand langs.

Afgezien van de kou gaat alles dus goed met me. Dat kan ik bepaald niet van Sophie zeggen. Ze heeft zich nauwelijks geïnstalleerd en ze heeft al een boel problemen. Allereerst, zelfs als je actief bent zijn de dagen lang in dit enorme huis. De eerste dagen vormden de arbeiders een afleiding, maar heel onverwacht is de vorst teruggekeerd en toen zijn de mannen gestopt met werken. Sophie weet niet wanneer ze hen zal terugzien. De binnenplaats voor het huis, verpest door de vrachtwagens, is nu helemaal bevroren. Sophie breekt bijna haar benen als ze naar buiten moet. Dat maakt haar nóg triester. Het hout voor de open haard leek dichtbij toen ze het nog niet nodig hadden, maar nu... En ze is alleen. Af en toe gaat ze buiten op de stoep staan, een kom thee in haar hand. Hoe enthousiast je ook bent, wanneer je de hele dag helemaal in je eentje werkt en je man elke avond op een onzalig tijdstip thuiskomt....

Vanmorgen ging de voordeur van het huis open. Daarna kwam er een kat naar buiten. Het is een goed idee, een kat. Hij bleef even op de drempel zitten om naar de tuin te kijken. Het is een zwart-witte kat, een mooie. Even later ging hij zijn behoeften doen, op een plek die niet ver van het huis was verwijderd. Waarschijnlijk was het een van de eerste keren dat de kat alleen buiten was. Sophie stond door het keukenraam naar hem te kijken. Ik maakte een hele omweg om ook bij de achterkant van het huis te komen. We stonden bijna recht tegenover elkaar, de kat en ik. Ik bleef abrupt staan. Het was geen wilde kat. Een lief beest. Ik bukte me en riep hem. Hij wachtte even en toen kwam hij dichterbij. Hij liet zich aaien terwijl hij een ronde rug opzette en zijn staart optilde, zoals ze allemaal doen. Toen nam ik hem in mijn armen. Hij begon te spinnen. Ik voelde me gespannen, nerveus... De kat liet zich al spinnend ronddragen. Ik heb hem meegenomen naar het schuurtje waar Vincent zijn gereedschap bewaart.

25 maart

Ik had een paar dagen verstek laten gaan. Ik was er niet meer geweest sinds de avond waarop Sophie haar lieve kat had ontdekt, vastgespijkerd aan de deur van het schuurtje van haar man. Wat een gemene streek, stel je eens voor dat het jou zou overkomen! Ik arriveerde tegen negenen. Sophie vertrok. Ik kon nog net een glimp van haar opvangen toen ze een reistas in de kofferbak van haar auto legde. Ik wachtte een halfuur, uit voorzorg, en toen forceerde ik een luik op de begane grond, aan de achterkant van het huis, en ging naar binnen. Sophie had niet stilgezeten. Ze had het grootste deel van de benedenverdieping al geschilderd, de keuken, de zitkamer en een ander vertrek waarvan ik niet wist waar het voor bestemd was. Een fraaie, lichtgele tint met friezen van een donkerder kleur geel. De balken van de zitkamer hadden een beetje pistachegroene kleur (voor zover ik dat kon beoordelen). Hoe dan ook, het zag er heel mooi uit. Monnikenwerk. Tientallen en tientallen uren werk. De arbeiders waren nog lang niet klaar met de badkamer, maar er was warm water. Ook de keuken werd opgeknapt. De arbeiders hadden de meubels zomaar ergens in de keuken neergezet. Ik had het idee dat het werk van de loodgieter eerst af moest zijn voordat ze de keuken écht gingen inrichten. Ik zette thee voor mezelf en dacht na. Ik liep door de vertrekken. Ik nam twee of drie snuisterijen voor mezelf mee, het soort dingetjes waarvan je nooit merkt dat ze verdwenen zijn, maar die je verrassen als je ze toevallig terugvindt. Toen ik mijn besluit had genomen, ging ik de potten verf en de kwasten zoeken. Ik deed er veel korter over dan Sophie om alles opnieuw te schilderen, van de grond tot aan het plafond, maar dan wel in een 'spontanere' stijl. De keukenmeubels heb ik gereduceerd tot hout voor de open haard. Ik heb de druipsporen van de verf met het tafelkleed weggeveegd. Ik heb van de gelegenheid gebruikgemaakt om een lik verf van een woeste kleur aan het meubilair toe te voegen. Ik heb de leidingen van de badkamer tot aan de keuken doorgeknipt en ben vertrokken, terwijl de kranen openstonden.

Ik heb geen behoefte om onmiddellijk terug te keren.

26 maart

Kort na haar aankomst heeft Sophie kennisgemaakt met Laure Dufresne, de onderwijzeres van de dorpsschool. Ze zijn ongeveer even oud en ze konden het meteen goed met elkaar vinden. Ik heb van het lesrooster geprofiteerd om een kijkje in Laures huis te nemen. Ik wil niet verrast worden. Geen bijzonderheden. Een rustig leventje. Een rustige jonge vrouw. Ze zien elkaar vrij vaak. Laure komt graag langs aan het eind van de dag, en dan drinken ze samen koffie. Sophie is haar een handje gaan helpen bij het plaatsen van nieuwe meubels in haar klaslokaal. Ik heb door de verrekijker gezien dat ze zich amuseerden. Ik heb de indruk dat het contact positief is voor Sophie. Ik ben gaan fantaseren. De vraag is hoe ik dat alles ga gebruiken. En ik denk dat ik het antwoord heb gevonden.

27 maart

Hoe Laure ook probeert Sophie gerust te stellen, Sophie blijft ontmoedigd. Na de dood van haar kat is haar huis vernield terwijl zij afwezig was, en dat heeft haar een zware slag toegebracht. Volgens haar gaat het om een kwaadwillige persoon uit de omgeving. Volgens Laure is dat onmogelijk: Sophie is heel goed ontvangen, de dorpelingen zijn heel aardig, verzekert ze. Sophie heeft grote twijfels. En de feiten die ze aanvoert spreken in haar voordeel. Experts laten komen, aangifte doen, arbeiders vinden, nieuwe meubels bestellen, dat is allemaal niet in één dag gebeurd. Dat duurt weken (maanden misschien, zie daar maar eens achter te komen). En alles opnieuw schilderen. Bovendien is er Vincent met zijn nieuwe baan... Hij werkt elke dag tot 's avonds laat. Hij zegt dat het normaal is, dat het in het begin altijd zo is. Ze voelt dat er iets niet goed is begonnen bij dit huis. Ze wil geen al te negatieve gedachten hebben (je hebt gelijk, Sophie: blijf rationeel). Vincent heeft een alarmsysteem laten aanbrengen om haar gerust te stellen, maar toch voelt ze zich niet op haar gemak. De wittebroodsweken met l'Oise zullen niet lang hebben geduurd. Haar zwangerschap? Die vordert. Drieënhalve maand. Maar Sophie ziet er werkelijk niet goed uit.

2 april

Dat ontbrak er nog maar aan: er zijn ratten in het huis! Er was geen enkele rat en ineens stikt het ervan. En als je er ééntje ziet, schijnen er tien te zijn. Het begint met een paartje en dan planten ze zich razendsnel voort. Overal wemelt het van de ratten. Je ziet ze wegrennen en in de hoeken verdwijnen. Echt angstaanjagend! 's Nachts hoor je ze krabben. Je zet vallen, perverse producten die hen lokken en doden. Werkelijk waar, je vraagt je af hoeveel er wel niet zijn. Ik rij heen en weer met rattenpaartjes die doldraaien in de zijtassen van mijn motor. Dat is het aller-onaangenaamste.

4 april

Bij Laure vindt Sophie de meeste troost. Ik ben naar het huis van de lerares teruggegaan om een paar kleine dingetjes te controleren. Ik vroeg me zelfs af of dat meisje niet een beetje lesbisch was, maar ik dacht van niet. Toch wordt dat beweerd in de anonieme brieven die in het dorp en in de omgeving zijn verspreid. Eerst hebben ze op het gemeentehuis zo'n brief ontvangen, en daarna bij de sociale dienst en bij de onderwijsinspectie. Er staan gruwelijke dingen over Laure in. Ze wordt omschreven als oneerlijk (in één brief staat dat ze fraudeert met de bankrekeningen van het schoolbestuur), als boosaardig (in een andere brief staat dat ze ondeugende kinderen superstreng aanpakt), als immoreel (er wordt beweerd dat ze stiekem een verhouding heeft met Sophie Duguet). Er hangt een onaangename sfeer in het dorp. Uiteraard baart zoiets veel opzien in een dorp waarin nooit iets gebeurt. In haar e-mails omschrijft Sophie Laure als een 'zeer moedig meisje'. Sophie heeft de gelegenheid aangegrepen om Laure een beetje te helpen, daardoor voelt ze zich nuttig.

15 april

Nou, daar is ze dan eindelijk, de beroemde Valérie! Ik vind dat ze op elkaar lijken, Sophie en Valérie. Ze kennen elkaar van de middelbare school. Valérie werkt bij een internationaal transportbedrijf in Lyon. Op internet is niets te vinden over 'Valérie Jourdain'. Maar bij 'Jourdain', dus alleen de achternaam, krijg je toegang tot de hele familie, van de grootvader, oorsprong van het familiefortuin, tot en met de kleinzoon, Henri, oudste broer van Valérie. Aan het eind van de negentiende eeuw had de familie al een vrij aanzienlijk fortuin vergaard, met weefgetouwen. Toen kreeg de grootvader, Alphonse Jourdain, een ongekend geniale inval. Hij vroeg een octrooi voor synthetisch katoen aan, wat de familie gedurende twee generaties verzekerde van voldoende geld om van te leven. Dat ging allemaal goed tot Alphonse, de vader van Valérie, het over een andere boeg gooide en door een reeks speculaties (voornamelijk in onroerend goed) de rustige tijd van twee tot acht generaties verlengde. Ten aanzien van zijn persoonlijke fortuin: alleen al van de verkoop van zijn appartement zou hij onbezorgd tot zijn 130ste kunnen leven.

Ik heb Sophie en Valérie in de tuin zien wandelen. Een somber kijkende Sophie liet haar alle planten zien die doodgingen. Zelfs een aantal bomen. Ze weten niet wat er gebeurt. Ze willen het liever niet weten.

Valérie toont zich vol goede wil (ze denkt even na, dan steekt ze een sigaret op, gaat op een kruk zitten en kletst erop los, tot ze beseft dat Sophie al meer dan een uur de enige is die werkt). Het probleem is dat ze bang is voor ratten, dat het angstzweet haar uitbreekt als het alarm – soms vier keer per nacht – afgaat. Voor mij is dat natuurlijk veel maar ook erg dankbaar werk. Valérie vindt dat het niet normaal is. Ik kan haar daar geen ongelijk in geven.

Sophie heeft Laure aan Valérie voorgesteld. Het lijkt allemaal goed te verlopen. Natuurlijk, Valérie heeft niet echt vakantie met Sophie, die al maanden chronisch depressief is, en Laure, die leeft in de angst voor de golven anonieme brieven die het dorp blijven overspoelen...

30 april

Als het zo doorgaat zal zelfs Valérie boos op Sophie worden. Vincent is ondoorgrondelijk, je weet nooit wat hij denkt... maar Valérie, dat is iets anders. Valérie is de spontaniteit zelve. Ze is absoluut niet berekenend.

Al een paar dagen zei Sophie tegen haar dat ze nog wat langer zou moeten blijven. Valérie legde uit dat dat niet kon, maar Sophie hield vol. Ze noemde Valérie 'lief schatje'. Valérie kon misschien haar vakantie verlengen, maar ze had het hier niet naar haar zin. Ik denk dat ze voor geen goud langer zou zijn gebleven. Maar op het moment van vertrek kon ze nergens haar treinkaartje vinden. Natuurlijk kwam het idee bij Valérie op dat Sophie alles zou doen om Valéries vertrek te vertragen. Sophie beweert bij hoog en bij laag dat het niet zo is. Valérie doet net of het niet belangrijk is. Vincent veinst dat hij het allemaal voor een incident houdt zonder gevolgen. Valérie heeft via internet een nieuw kaartje besteld. Ze was stiller dan gewoonlijk. Op het station kusten ze elkaar. Valérie streek over de rug van Sophie, die tranen met tuiten huilde. Ik geloof dat Valérie heel blij was te kunnen ontsnappen.

10 mei

Toen ik zag dat Laure autopech had gekregen, snapte ik meteen wat er ging gebeuren. Ik liep erop vooruit. Het is mislukt. De volgende dag vroeg Laure aan Sophie of ze haar auto mocht lenen om haar wekelijkse boodschappen te doen. Sophie vindt het altijd heerlijk als ze iemand een dienst kan bewijzen. Alles was klaar. Ik had het goed gedaan en, dat moet ook gezegd worden, ik had een beetje geluk. Laure zou dan ook niets hebben gezien, maar dat deed ze wél. Toen ze de kofferbak opendeed om haar boodschappen op te bergen, zag ze puntjes van tijdschriften uit plastic tasjes steken. In een periode waarin de komst van anonieme brieven een ritme aan haar leven gaf, kon ze niet anders dan geboeid zijn. Toen ze de tijdschriften ontdekte met de pagina's waar talloze letters waren uitgeknipt, legde ze onmiddellijk het verband. Ik wachtte op een woede-uitbarsting. Helemaal níets. Laure is een heel gestructureerd en rustig meisje, daarom vindt Sophie haar juist zo aantrekkelijk. Laure is naar haar huis gegaan om de kopieën op te halen van de anonieme brieven die ze de afgelopen weken heeft verzameld. En daarna is ze met het pakket tijdschriften rechtstreeks naar het politiebureau van de dichtstbijzijnde stad gegaan. Daar heeft ze aangifte gedaan. Sophie begon al ongerust te worden, omdat Laure maar niet terugkwam van het boodschappen doen. Ten slotte is ze gerustgesteld. Laure heeft vrijwel niets gezegd. Door de verrekijker zag ik hen tegenover elkaar staan. Sophie sperde haar ogen wijd open. In het kielzog van Laure arriveerde de politiewagen voor het onderzoek. Ze vonden natuurlijk al gauw de andere tijdschriften die ik hier en daar had opgeborgen. Het proces wegens laster zal enkele weken voor onrust in het dorp zorgen. Sophie is wanhopig. Ook dát nog! Ze zal er met Vincent over moeten praten. Ik denk dat Sophie soms verlangt naar de dood. En ze is zwanger.

13 mei

De stemming is tot onder het nulpunt gezakt. Verscheidene dagen heeft Sophie zich letterlijk voortgesleept. Ze heeft in het huis gewerkt, maar niet veel. Ze is verstrooid. Het lijkt bijna of ze weigert naar buiten te gaan.

Ik weet niet wat er aan de hand is met de arbeiders, maar je ziet ze niet meer. Ik vrees dat de verzekeringsmaatschappij problemen maakt. Misschien hadden ze eerder een alarmsysteem moeten hebben, ik weet het niet. Die mensen voeren om het minste of geringste een proces. Kortom, alles stagneert. Sophie kijkt bezorgd en moedeloos. Ze zit urenlang buiten te roken. In haar toestand is dat toch niet raadzaam...

23 mei

Aan het eind van de dag hingen er dikke, donkere wolken in de lucht. Tegen zeven uur begon het te regenen. Toen Vincent

Duguet me om kwart over negen passeerde, onweerde het hevig.

Vincent is een voorzichtige, toegewijde man. Hij rijdt redelijk snel en geeft keurig richting aan, naar links of naar rechts. Toen hij op de rijksweg reed, meerderde hij vaart. De weg is kaarsrecht, een paar kilometer lang, en dan maakt hij, vreemd genoeg, ineens een bocht naar links. Ondanks de verkeersborden zijn veel chauffeurs erdoor overvallen, temeer daar op die plek vrij grote bomen langs de weg staan, die de bocht aan het oog onttrekken: je jaagt een motor vrij snel over de toeren. Dat geldt natuurlijk niet voor Vincent. Hij legt dat traject al weken af. Als je de weg kent, voel je je altijd veilig, je denkt er zelfs niet meer aan. Vincent is de bocht ingegaan met het zelfvertrouwen van iemand die ermee bekend is. Het was harder gaan regenen. Ik reed vlak achter hem. Ik heb hem precies op het goede moment ingehaald en voegde heel plotseling in, zo onverhoeds, dat de achterkant van mijn motor zijn voorbumper raakte. Vlak voor het eind van mijn inhaalmanoeuvre maakte ik een gecontroleerde slip. Daarna remde ik krachtig om de motor weer recht op de weg te brengen. De uitwerking van de verrassing, de regen, de motor die ineens verschijnt en zo scherp invoegt dat hij Vincents auto raakt en voor Vincents ogen begint te slippen... Vincent Duguet was compleet in verwarring. Een te harde trap op de rem. Hij probeerde de auto weer onder controle te krijgen. Ik liet de motor bijna steigeren en toen bevond ik me weer vóór hem. Hij zag dat hij tegen me aan vloog, een ongecontroleerde ruk aan het stuur en... het pleit was beslecht. Zijn auto draaide om zijn as, zijn banden kregen vat op de berm, dat was al het begin van het einde. De auto leek naar rechts te draaien en daarna naar links. De motor brulde. Met een enorme klap boorde de auto zich in de boom: de auto zat klem en steigerde op zijn achterwielen, de voorkant hing een centimeter of vijftig boven de grond.

Ik stapte van de motor af en rende naar de auto. Ondanks de overvloed aan regen was ik bang voor brand. Ik wilde voortmaken, ik vloog naar het portier aan de kant van de chauffeur. Vincents borst lag verbrijzeld tegen het dashboard. Ik had de indruk dat de airbag was ontploft, ik wist niet dat dat mogelijk was. Ik weet niet waarom ik het deed, ik wilde me er ongetwijfeld van verzekeren dat hij dood was. Ik deed het vizier van mijn integraalhelm omhoog, ik greep zijn haren vast en draaide zijn hoofd naar me toe. Het gezicht droop van het bloed, niemand zou zich iets dergelijks kunnen voorstellen: zijn ogen waren wijd open en hij keek me strak aan! Ik verstijfde onder die blik… De slagregen beukte tegen de binnenkant van de auto. Vincents gezicht zat onder het bloed en zijn ogen keken me aan met een angstaanjagende intensiteit. We keken elkaar lang aan. Ik liet zijn hoofd los, dat opzij viel, en ik zweer het: zijn ogen waren nog steeds open. Deze keer was het staren anders. Alsof hij eindelijk dood was. Ik rende naar mijn motor en stoof weg. Even later zag ik in mijn achteruitkijkspiegel een auto met zwaailichten.

Vincents blik die zich in de mijne boorde hield me uit mijn slaap. Is hij dood? Zo niet: zal hij zich mij herinneren? Zal hij een verband leggen met de motorrijder die hij onlangs heeft aangereden?

25 mei

Ik houd me op de hoogte door middel van de e-mails die Sophie naar haar vader stuurt. Hij heeft met klem voorgesteld naar haar toe te komen, maar ze weigert nog steeds. Ze zegt dat ze er behoefte aan heeft om alleen te zijn. Ze heeft haar handen vol aan zichzelf… Vincent is erg snel naar Garches overgebracht. Ik verlang naar nieuws. Ik weet helemaal niet hoe de zaken er nu voor staan. Maar toch ben ik een beetje gerustgesteld: het gaat slecht met Vincent. Erg slecht, zou je zelfs kunnen zeggen.

30 mei

Er moesten maatregelen worden genomen, anders liep ik de kans om haar te verliezen. Nu weet ik altijd waar Sophie zich bevindt. Dat is veiliger.

Ik kijk naar haar: je zou niet zeggen dat ze zwanger is. Er zijn vrouwen bij wie je pas aan het eind ziet dat ze een kind verwachten.

5 juni

Natuurlijk, dat moest gewoon gebeuren. Ongetwijfeld de opeenstapeling: al die maanden van spanning en beproevingen, de versnelling van de afgelopen weken, Laures aanklacht wegens laster, het ongeluk van Vincent… Gisteren is Sophie midden in de nacht opgehaald en weggebracht, wat niet gebruikelijk is. Senlis. Ik vroeg me af wat voor verband dat met Vincent kon hebben. Geen enkel. Sophie heeft een miskraam gehad. Vast en zeker het gevolg van te veel emoties.

7 juni

Afgelopen nacht voelde ik me bepaald niet lekker. Een onverklaarbare angst hield me uit de slaap. Ik herkende de symptomen onmiddellijk. Dat gebeurt er met me wanneer het over moederschap gaat. Niet altijd, maar wel vaak. Als ik droom over mijn eigen geboorte en me het stralende gezicht van mama voorstel, doet haar afwezigheid mij verschrikkelijk pijn.

8 juni

Vincent is zojuist naar de Sainte Hilaire-kliniek overgebracht om te revalideren. Het nieuws is nog onrustbarender dan ik dacht. Over ongeveer een maand zal hij worden ontslagen.

22 juli

Ik heb Sophie een tijdje niet gezien. Ze heeft bij haar vader gelogeerd. Ze is er maar vier dagen gebleven. Daarvandaan is ze dadelijk naar Garches gegaan om Vincent te bezoeken.

Eerlijk gezegd is het nieuws niet goed... Ik kan niet wachten tot ik het met eigen ogen zie.

13 september

Mijn god! Ik ben er nog steeds ondersteboven van.

Ik verwachtte wel zoiets, maar zo erg... Door een e-mail van haar vader wist ik dat Vincent vanmorgen de kliniek zou verlaten. Aan het begin van de ochtend ging ik in het park van de kliniek zitten, helemaal in het noorden, waar ik alle gebouwen in de gaten kon houden. Ik was er twintig minuten toen ik hen op de stoep van het hoofdgebouw zag verschijnen. Sophie duwde de rolstoel van haar man. Ik kon ze niet zo goed zien. Ik ging staan en maakte gebruik van een parallel pad om dichterbij te komen. Wat vreselijk om te zien! De man die ze in zijn rolstoel voortduwt is niet meer dan een schaduw van zichzelf. De wervels zijn waarschijnlijk ernstig getroffen, maar er is meer. Je kunt beter een optelsom maken van wat het nog wél doet. Ik denk dat hij nu vijfenveertig kilo weegt. Hij zit in elkaar gezakt. Zijn hoofd, dat heen en weer slingert, wordt min of meer recht gehouden door een gipskraag. Zijn blik is glazig, zijn gelaatskleur zo geel als een citroen. Als je bedenkt dat die vent nog geen dertig jaar is, ben je geschokt.

Sophie duwt de rolstoel met een bewonderenswaardige zelfverloochening. Ze is kalm, ze kijkt recht voor zich uit. Ik vind dat ze zich een beetje mechanisch beweegt, maar je moet goed begrijpen dat het meisje grote zorgen heeft. Ik waardeer het dat ze, zelfs onder deze omstandigheden, niet tot vulgair gedrag vervalt.

Geen houding van een non of van een zichzelf wegcijferende verpleegster. Ze duwt de rolstoel, punt uit. Toch moet ze wel nadenken en zich afvragen wat ze met dit kasplantje moet doen. Trouwens, dat vraag ik me ook af.

18 oktober

Het is erg triest. Deze streek heeft er nooit echt vrolijk uitgezien
– zacht uitgedrukt – maar nu zijn we op de bodem van de put be-
land. Het enorme huis en de eenzame jonge vrouw die bij de geringste zonnestraal de rolstoel naar buiten duwt van de gehandi-
capte die al haar tijd, al haar energie opslokt… het is aangrijpend.
Ze bedekt hem met een plaid, gaat op een stoel naast zijn rolstoel
zitten en praat met hem, terwijl ze talloze sigaretten rookt. Het is
moeilijk te zeggen of hij begrijpt wat ze tegen hem zegt. Hij zit
voortdurend te knikkebollen, of ze praat of niet. Door de verrekijker zie ik dat hij onophoudelijk kwijlt, wat vrij onaangenaam
is. Hij probeert zich te uiten, maar hij kan niet meer praten. Ik
bedoel, hij kan niet meer articuleren. Hij slaakt kreten en hij
gromt wat. Ze proberen beiden te communiceren. Sophie is ontzettend geduldig. Dat zou ik niet kunnen.

Verder houd ik me gedeisd. Je moet nooit te veel doen. Ik kom
's nachts terug, tussen één uur en vier uur 's morgens klepper ik
heel hard met een luik. Een halfuur later breng ik de buitenlamp
tot ontploffing. Ik wacht tot het licht aangaat in Sophies kamer,
en daarna het licht van de overloop. Dan ga ik rustig naar huis.
Het is belangrijk om druk op de ketel te houden.

26 oktober

De winter is net begonnen, een beetje te vroeg.

Ik heb gehoord dat Laure haar aanklacht tegen Sophie heeft in-
getrokken. Ze is zelfs bij haar op bezoek geweest. De twee vrou-

wen hebben de strijdbijl niet begraven, maar de kleine Laure heeft een goede inborst en ze is duidelijk niet rancuneus. Sophie is zo goed als doorschijnend geworden.

Ik bezoek haar twee keer per week (ik doseer de medicijnen en ik geef haar de post van de voorbije dagen, na alles te hebben gelezen). De rest van de tijd houd ik me op de hoogte via haar e-mails. Ik ben niet blij met de manier waarop de dingen zich ontwikkelen. We zouden in deze deprimerende apathie kunnen blijven hangen, maanden- of zelfs jarenlang. Dat moet veranderen. Sophie probeert het tij te keren. Ze heeft om een hulp in de huishouding gevraagd, maar het is moeilijk om die hier te vinden, afgezien van het feit dat ik er niets voor voel. Ik heb de post onderschept. Ik heb ervoor gekozen de zaak op de spits te drijven. Ik reken erop dat Sophie op haar leeftijd, ondanks al haar liefde, er genoeg van zal krijgen, dat ze zich gaat afvragen wat ze hier doet, hoe lang ze dit nog zal kunnen volhouden. Ik besef dat ze oplossingen probeert te vinden: ze heeft een ander huis gezocht, ze overweegt zich weer in Parijs te vestigen. Mij maakt het niet uit. Wat ik niet wil, is te lang last hebben van het kasplantje.

16 november

Sophie heeft geen minuut rust. In het begin is Vincent rustig in zijn rolstoel blijven zitten. Ze kon ergens anders iets gaan doen en dan terugkomen om te kijken of alles goed met hem was... Maar het is steeds moeilijker geworden. Sinds een tijdje is het zelfs heel moeilijk. Als ze hem op de stoep achterlaat, is zijn rolstoel een paar minuten later al naar voren gereden en bijna omgekieperd, de leegte in. Sophie heeft een arbeider laten komen om een balustrade te plaatsen, met spijlen om hem te beschermen, waar hij ook heen zou willen gaan. Ze weet niet hoe hij het doet, maar hij slaagt erin tot in de keuken te komen. Af en toe lukt het hem om voorwerpen vast te pakken, wat heel gevaarlijk kan zijn. Of hij begint te brullen. Ze stormt naar hem toe, en dan blijkt dat ze niet begrijpt waarom hij plotseling zo handelt. Vincent kent me nu goed. Telkens wanneer hij me ziet aankomen, spert hij zijn ogen wijd open en begint geluiden te maken. Kennelijk is hij bang, hij voelt zich erg kwetsbaar.

Sophie vertelt haar tegenspoed aan Valérie, die steeds belooft bij haar op bezoek te komen, maar nooit een besluit neemt en een datum afspreekt. Sophie heeft moeite haar angsten te bedwingen. Ze propt zich vol met medicijnen, ze weet geen oplossing meer. Ze vraagt advies aan haar vader, aan Valérie. Ze zit urenlang op internet naar huizen te zoeken, een appartement, ze weet zich werkelijk geen raad meer... Valérie, haar vader, iedereen raadt haar aan Vincent in een verpleeghuis onder te brengen, maar ze kunnen haar niet overhalen.

19 december

De tweede huishoudelijke hulp wilde niet blijven. Ze wilde niet zeggen wat daar de reden van was. Sophie vraagt zich af wat ze nu moet doen. Ze krijgt van de thuiszorg te horen dat het moeilijk zal zijn anderen te vinden.

Ik wist niet of haar man nog seksuele driften had, of hij nog normaal functioneerde en zo ja, hoe ze dat aanpakte. In feite is het heel stom. Vincent is natuurlijk geen stoere veroveraar meer, zoals vorig jaar tijdens de (te) beroemde vakantie in Griekenland. Sophie bewijst hem gewoon de kleine dienst. Ze doet haar best, maar je voelt toch dat ze een beetje afwezig is. In elk geval huilt ze niet op het moment zelf. Alleen daarna.

23 december

Kerstmis is een beetje triest, temeer daar het de sterfdag van Vincents moeder is.

25 december

Het is kerst! De open haard in de zitkamer brandt. Vincent ziet er kalm uit, hij zit te dommelen. Binnen een paar minuten vat de kerstboom vlam. De vlammen zijn indrukwekkend. Sophie heeft alleen nog maar tijd om Vincent (die schreeuwt als een gek) achteruit te trekken in zijn stoel en water op het vuur te gooien, terwijl ze de brandweer belt. Ze is doodsbang. Zelfs de brandweerlieden, die Sophie koffie heeft aangeboden in de vochtige atmosfeer van wat er nog over is van de zitkamer, raden haar vriendelijk aan Vincent in een verpleeghuis onder te brengen.

9 januari

Het was voldoende om een besluit te nemen. Ik neem de post door. Sophie heeft in een buitenwijk van Parijs een verpleeghuis gevonden waar fatsoenlijk voor Vincent zal worden gezorgd. Hij is goed verzekerd. Sophie heeft hem erheen gebracht. Ze knielt naast zijn stoel, houdt zijn handen vast en praat heel zacht tegen hem als ze uitlegt wat de voordelen van de situatie zijn. Hij bromt iets onverstaanbaars. Ze huilt zodra ze alleen is.

2 februari

Ik heb de druk op Sophie een beetje lichter gemaakt, nu ze bezig is alles op orde te krijgen. Ik neem er genoegen mee om voorwerpen van haar kwijt te maken, om haar agenda een beetje om te gooien. Maar voor haar is dat zo gewoon, dat het zelfs niet meer verontrustend is. Ze doet het ermee. En plotseling komt ze er weer bovenop. In het begin kwam ze Vincent natuurlijk elke dag opzoeken, maar op den duur houden zulke voornemens geen stand. Vaak wordt ze overspoeld door een verschrikkelijk schuldgevoel. Daar durft ze zelfs niet met haar vader over te praten.

Nu Vincent niet meer thuis is, heeft ze het huis te koop gezet. Ze doet alles onder de kostprijs weg. Ze laat rare types komen: sjacheraars, antiquairs, vrijwilligers van een liefdadigheidsorganisatie. De voertuigen volgen elkaar snel op. Sophie staat kaarsrecht op de stoep om hen te verwelkomen. Maar ze is nooit te zien als ze weer vertrekken. Intussen laden ze talloze dozen en meubels in, een ongelooflijk ratjetoe. Vreemd, maar toen ik al die meubels en al die spullen in haar huis zag, vond ik ze leuk, maar nu ik zie dat ze worden ingeladen en meegenomen, lijkt alles plotseling lelijk en sinister. Zo is het leven.

9 februari

Eergisteravond, tegen negen uur, stapte Sophie haastig in een taxi.

Vincents kamer bevindt zich op de tweede verdieping. Het is hem gelukt om de deur die toegang geeft tot de oude, monumentale trap te ontgrendelen. Hij is met zijn rolstoel naar beneden gestort. De verpleegkundigen weten niet hoe hij dat voor elkaar heeft gekregen, maar de man had nog verdomd veel energie. Hij had geprofiteerd van het rommelige uur na de maaltijd, waarin er groepjes worden gevormd voor gezamenlijke spelletjes en de andere bewoners voor de televisie worden neergezet. Hij heeft zelfmoord gepleegd. Frappant, trouwens, het is dezelfde dood als die van zijn moeder. Over noodlot gesproken…

12 februari

Sophie heeft ervoor gekozen Vincent te laten cremeren. Er waren weinig mensen die de crematie bijwoonden: Sophies vader, Vincents vader, oud-collega's en een paar leden van beide families, die ze slechts nu en dan ziet. In die omstandigheden kun je inschatten hoezeer ze zichzelf heeft geïsoleerd. Valérie is wel gekomen.

17 februari

Ik hoopte dat ze een beetje opgelucht zou zijn door de dood van Vincent. Waarschijnlijk had ze zich al wekenlang voorgesteld dat ze Vincent jaar in jaar uit zou moeten bezoeken... Maar ze reageert niet opgelucht. Ze wordt gekweld door haar geweten. Als ze hem niet in een verpleeghuis had ondergebracht, als ze de moed had gehad om zich tot aan het eind met hem bezig te houden, zou hij nog in leven zijn. Ook al schreef Valérie dat het zo geen leven voor haar was, toch heeft Sophie ontzettend veel verdriet. Maar ik denk dat de rede zal zegevieren. Vroeg of laat.

19 februari

Sophie is voor een paar dagen naar haar vader gegaan. Ik vond het niet nodig haar te vergezellen. Ze heeft in elk geval haar medicijnen meegenomen.

25 februari

Werkelijk waar, de wijk is oké. Niet dat ik hem zou hebben uitgekozen, maar hij is wel oké. Sophie heeft haar intrek genomen in een appartement op de derde etage. Ik zal een manier moeten zien te vinden om er op een dag rond te snuffelen. Ik kan natuurlijk niet verwachten dat ik een observatiepost vind die net zo geschikt is als de plek waar ik vroeger woonde, in de tijd dat Sophie een stralende jonge vrouw was... Maar ik doe mijn best.

Ze heeft vrijwel niets meegenomen naar haar nieuwe woning. Waarschijnlijk waren er weinig spullen achtergebleven na de grote uitverkoop van het departement l'Oise. De afmeting van de bestelwagen was heel anders dan die van de verhuiswagen van maanden terug. Ik ben bepaald niet gevoelig voor symboliek, maar ik zie er toch iets van een beeld in. Vrij bemoedigend, trouwens. Maanden geleden heeft Sophie Parijs verlaten met een echt-genoot en een enorme hoeveelheid meubels, boeken en schilde-rijen. En een baby in haar buik. Nu keert ze terug naar Parijs, met alleen een bestelwagen. Ze is niet meer de jonge vrouw van vroe-ger, fonkelend van liefde en energie. Bij lange na niet. Soms kijk ik naar foto's uit die tijd, vakantiekiekjes.

7 maart

Sophie heeft besloten werk te gaan zoeken. Niet in haar vakge-bied, ze heeft geen enkel contact meer met de pers, en ze heeft ook geen fut meer voor zoiets. Afgezien van de manier waarop ze gestopt is met haar laatste job… Ik volg het van verre. Ik vind alles best. Ze gaat weer kantoorgebouwen binnen, maakt afspra-ken. Klaarblijkelijk kan het haar niet schelen wat voor baan ze krijgt. Het lijkt of ze werk zoekt om met iets bezig te zijn. Ze praat er vrijwel niet over in haar e-mails. Het is gewoon functioneel.

13 maart

Dat had ik nooit verwacht: babysitter! In de advertentie staat: kindermeisje. Sophie is in de smaak gevallen van de manager van het uitzendbureau. En toen duurde het niet lang. Diezelfde avond nog is ze in dienst genomen door meneer en mevrouw Gervais. Ik zal eens inlichtingen over hen inwinnen. Ik heb Sophie gezien met een jongetje van een jaar of vijf. Sinds maanden zag ik haar voor het eerst weer glimlachen. Ik begrijp niet zo goed hoe het met haar werktijden zit.

24 maart

De werkster arriveert tegen twaalf uur 's middags. Meestal doet Sophie de deur voor haar open. Maar ze komt ook binnen op dagen waarop Sophie er niet is, en daaruit heb ik afgeleid dat ze haar eigen sleutel van het appartement heeft. Het is een dikke vrouw van een moeilijk te schatten leeftijd, die altijd een bruine, plastic boodschappentas bij zich heeft. In het weekend komt ze niet werken. Ik heb haar een aantal dagen geobserveerd. Ik weet wat voor route ze volgt en wat haar gewoonten zijn. Ik ben een expert. Voordat ze aan het werk gaat, stopt ze bij de Triangle, het café op de hoek van de straat, om haar laatste sigaret te roken. Waarschijnlijk mag ze in het huis van de familie Gervais niet roken. Ze is dol op gokken, de paardentoto. Ik ben aan een tafeltje naast het hare gaan zitten, terwijl zij in de rij stond om in te zetten. Ik stak mijn hand in haar boodschappentas. Het duurde niet lang of ik vond haar sleutelbos. Zaterdagmorgen ben ik naar Villeparisis gereden. (Wat moet die vrouw een enorme afstand afleggen. Belachelijk!) Terwijl ze zich met haar zaken bezighield, stopte ik haar sleutelbos terug in haar tas. Ze zal met de schrik vrijkomen... Nu heb ik toegang tot het huis van meneer en mevrouw Gervais.

2 april

Niets verandert écht. Na twee weken raakt Sophie haar papieren kwijt en begint haar wekker dienst te weigeren (ze is vanaf de eerste week te laat gekomen)... Ik voer de druk op en wacht op een goede gelegenheid. Tot nu toe ben ik geduldig geweest, maar nu zou ik graag overgaan tot plan B.

3 mei

Sinds twee maanden, en ondanks het feit dat ze van haar nieuwe baan houdt, heeft ze weer precies dezelfde psychologische problemen als een jaar terug. Maar er is iets heel nieuws: haar woedeaanvallen. Ik heb soms een beetje moeite om haar te volgen. Haar onderbewustzijn zal wel in opstand komen en in woede ontsteken. Dat is nog nooit zo geweest. Sophie heeft zich neergelegd bij haar gekte. Sindsdien is er ongetwijfeld iets losgebarsten, ik weet het niet. Ik zie dat ze nerveus wordt en zich met moeite kan beheersen. Ze spreekt kwaad over mensen, het lijkt of ze voortdurend boos op hen is, of ze van niemand meer houdt. Toch is het niet de schuld van de anderen dat ze zo is! Ik vind haar agressief. In de wijk heeft ze al snel een slechte naam gekregen. Geen geduld. En dat voor een kindermeisje! Haar privéproblemen (ik geef toe dat het er heel wat zijn op dit moment) beïnvloeden haar omgeving. Soms zou je denken dat ze zin heeft om een moord te plegen. Als ik de ouders was, zou ik een kind van zes niet aan een meisje als Sophie toevertrouwen.

28 mei

Het heeft gewerkt… Ik heb Sophie en het kind op het Dantremontplein gezien. Alles zag er rustig uit. Sophie leek te dagdromen op haar bankje. Ik weet niet wat er is gebeurd: een paar minuten later liep ze woedend, met grote stappen, over het trottoir. Een eindje achter haar liep de jongen te mokken. Toen Sophie zich omdraaide en zich op de jongen stortte, besefte ik dat het erg slecht ging aflopen. Een klap! Een klap vol haat, eentje die wil corrigeren, straffen. Het joch was verbijsterd. Zij ook. Alsof ze wakker werd uit een nachtmerrie. Ze stonden elkaar zwijgend aan te kijken. Zodra het licht op groen sprong, reed ik kalm weg. Sophie keek om zich heen, alsof ze bang was dat iemand haar had gezien en haar rekenschap zou vragen. Ik denk dat ze een hekel aan dat kind heeft.

Afgelopen nacht is ze in de flat van de familie Gervais blijven slapen. Dat gebeurt heel zelden. In het algemeen geeft ze er de voorkeur aan om naar haar eigen huis te gaan, hoe laat het ook is. Ik ken het appartement van de familie Gervais. Als Sophie daar de nacht doorbrengt, zijn er twee mogelijkheden, want er zijn twee logeerkamers. Ik heb naar de verlichte ramen staan kijken. Sophie las de jongen een verhaaltje voor. Daarna zag ik haar voor het raam haar laatste sigaret roken en het licht van de badkamer aandoen. En toen werd het donker in de flat. De kamer. Om in de kinderkamer te komen, moet je door de kamer lopen waar Sophie slaapt. Ik ben er zeker van dat de ouders op zo'n avond niet naar hun slapende kind gaan kijken, uit angst dat ze Sophie wakker zullen maken.

Tegen twintig over één kwamen de ouders thuis, en tegen twee uur was het licht in hun slaapkamer uit. Om vier uur ben ik naar boven gegaan. Ik ben door de andere gang gelopen om Sophies wandelschoenen te zoeken. Ik heb er een veter uitgehaald. Ik heb lang naar de slapende Sophie geluisterd, voordat ik heel langzaam en heel stil door haar kamer liep. De kleine jongen was diep in slaap, zijn ademhaling piepte een beetje. Ik denk dat hij niet lang heeft geleden. Ik legde de veter om zijn hals en klemde zijn hoofd onder het kussen tegen mijn schouder. En toen ging alles heel snel. Het was afschuwelijk. Hij begon zich wild te bewegen. Ik voelde dat ik ging overgeven, er sprongen tranen in mijn ogen. Ik had de plotselinge zekerheid dat die seconden iemand anders van me maakten. Het is het zwaarste wat ik tot nu toe heb moeten doen. Het is me gelukt, maar ik zal nooit meer de oude zijn. Iets in mij is doodgegaan, samen met dat kind. Iets in mij, het kind, waarvan ik niet wist dat het nog leefde.

's Morgens was ik ongerust, toen ik Sophie niet uit het flatgebouw zag komen. Dat is niks voor haar. Ik had geen flauw idee van wat er in het appartement gebeurde. Ik heb twee keer getelefoneerd. En een paar minuten later, een paar eindeloze minuten later, zag ik haar eindelijk naar buiten komen. Radeloos. Ze stapte in de metro en vloog naar huis om kleren in te pakken. Vlak voor sluitingstijd ging ze een bank binnen.

Sophie was op de vlucht.

De volgende morgen kopte *Le Matin*: 'Zesjarig kind in zijn slaap gewurgd. Politie zoekt kindermeisje.'

Vorig jaar februari kopte *Le Matin*: 'Waar is Sophie Duguet gebleven?'

Ze hadden juist ontdekt dat Sophie na de kleine Leo Gervais ook een zekere Véronique Fabre had omgebracht. Ze was ontkomen met behulp van de identiteitspapieren van de vrouw. Ze wisten nog lang niet dat in juni de manager van een fastfoodrestaurant, waar ze zwartwerkte, aan de beurt was.

Sophie heeft een energie die niemand zich kan voorstellen. Zelfs ik niet, die haar toch het beste kent. 'Overlevingsdrang' is geen leeg begrip. Om Sophie zich erdoorheen te laten slaan was het nodig dat ik haar van een afstandje een beetje hielp, maar het zou best wel eens zo kunnen zijn dat ze zich zonder mij ook zou hebben gered. Hoe dan ook, het feit is er: Sophie is nog steeds vrij. Ze is een aantal keren veranderd van stad, kapsel, uiterlijk, gewoontes, beroep en relaties.

Ondanks de problemen die haar vlucht met zich meebracht en de noodzaak om zonder identiteit te leven, om nooit ergens te blijven, is het me gelukt veel druk op haar te blijven uitoefenen, want mijn methodes zijn doeltreffend. Afgelopen maanden waren wij, zij en ik, als twee blinde acteurs van dezelfde tragedie: we zijn bestemd om elkaar terug te vinden. En dat moment nadert.

Het schijnt dat het succes van de napoleontische oorlogen te danken was aan het veranderen van strategie. Daarom was Sophie ook succesvol. Ze is honderdmaal van richting veranderd. Ze verandert nog steeds van plan. Ze maakt zich opnieuw klaar om van naam te veranderen. Het is vrij recent. Dankzij een prostituee die ze heeft ontmoet is ze erin geslaagd echte valse papieren te kopen. Valse papieren, maar met een echte naam, bijna verifieerbaar. In elk geval een naam zonder smet, zonder blaam. Daarna is ze onmiddellijk in een andere stad gaan wonen. Ik moet zeggen dat ik in eerste instantie een beetje moeite had om te begrijpen wat voor nut het kon hebben om voor zo'n waanzinnig hoog bedrag een uittreksel uit het geboorteregister te kopen dat slechts drie maanden geldig is. Ik snapte het zodra ik zag dat ze een huwelijksbureau binnenstapte.

Het is een zeer slimme oplossing. Al gaat Sophie door met onbeschrijfelijke nachtmerries dromen, van 's ochtends vroeg tot 's avonds laat beven als een rietje, met het geobsedeerd bewaken van haar doen en laten, ik moet toegeven dat ze een heel bijzonder reactievermogen heeft. En dat heeft me gedwongen om me heel snel aan te passen.

Ik zou liegen als ik zei dat het moeilijk was. Ik ken haar zo goed... Ik wist precies hoe ze zou reageren, wat haar zou interesseren. Omdat ik precies wist wat ze zocht en ik, denk ik, de enige was die haar wens volmaakt gestalte kon geven. Om absoluut geloofwaardig te zijn moest ik niet de perfecte kandidaat zijn, maar het goed doseren. Aanvankelijk wees Sophie me af. Toen heeft de tijd zijn werk gedaan. Ze aarzelde en kwam terug. Ik heb me onhandig genoeg weten te tonen om geloofwaardig te zijn, slim genoeg om niet ontmoedigend te zijn. Sergeant eersteklas bij de verbindingsdienst, ik ga door voor een aanvaardbare domkop. Aangezien ze slechts drie maanden de tijd had, heeft Sophie een paar weken geleden besloten vaart te maken. We hebben een paar nachten samen doorgebracht. En ik geloof dat ik toen ook mijn partij heb meegeblazen, met de nodige fijngevoeligheid.

In ruil daarvoor heeft Sophie me eergisteren ten huwelijk gevraagd.

Ik heb ja gezegd.

FRANTZ EN SOPHIE

Het appartement is niet groot, maar erg praktisch. Heel geschikt voor een echtpaar. Dat zei Frantz toen ze de flat betrokken. Sophie was het helemaal met hem eens. Drie kamers, waarvan twee met openslaande deuren die uitkijken op het parkje van het flatgebouw. Ze wonen op de bovenste etage. Het is er rustig. Kort nadat ze hun intrek in het appartement hadden genomen, nam Frantz haar mee om de militaire basis te bekijken, slechts twaalf kilometer bij hen vandaan. Maar ze gingen niet naar binnen. Hij stelde zich tevreden met een gebaar naar de wacht, die een beetje afwezig reageerde. Frantz heeft een vast werkrooster. Hij vertrekt vrij laat naar zijn werk en komt vroeg thuis.

Het huwelijk is voltrokken op het gemeentehuis van Château-Luc. Frantz had voor de twee getuigen gezorgd. Sophie verwachtte dat hij twee collega's van de basis aan haar zou voorstellen, maar hij zei dat hij liever wilde dat het privé bleef (hij moet gewiekst zijn: hij heeft tóch acht dagen verlof gekregen...). Twee mannen van een jaar of vijftig die elkaar leken te kennen stonden op het bordes van het gemeentehuis op hen te wachten. Ze gaven Sophie onhandig een hand, en Frantz gaven ze slechts een knikje. De vrouwelijke locoburgemeester nodigde hen uit de trouwzaal binnen te gaan. Toen ze zag dat ze slechts met z'n vieren waren, zei ze: 'Is dat alles?' Daarna beet ze op haar lippen. Ze wekte de indruk de ceremonie snel te willen afmaken.

'Wat telt is dat ze de klus heeft geklaard,' zei Frantz.

Hij had in uniform kunnen trouwen, maar hij had de voorkeur gegeven aan burgerkleren, waardoor Sophie hem nooit in uniform heeft gezien, zelfs niet op een foto. Zij had een jurk van bedrukte stof gekocht die haar heupen goed deed uitkomen. Een paar dagen daarvoor had Frantz haar blozend de trouwjurk van zijn moeder laten zien. De jurk was een beetje versleten, maar Sophie vond hem fascinerend: een luxe gewaad bedekt met mousseline, smeltend als sneeuw. Die jurk moest veel hebben meegemaakt. Op sommige plekken was de stof donkerder, alsof er vlekken in hadden gezeten. Frantz had natuurlijk een geheime bedoeling gehad, maar toen hij de feitelijke staat van de jurk zag, zette hij het idee meteen uit zijn hoofd. Het verraste Sophie dat hij de jurk als een relikwie bewaarde.

'Ja,' antwoordde hij verbaasd. 'Ik weet niet waarom… Ik zou hem moeten weggooien, het is een oud vod.' Maar hij legde hem toch in een gangkast. Sophie glimlachte. Toen ze uit het gemeentehuis kwamen, gaf Frantz zijn digitale fototoestel aan een van de getuigen. Hij legde kort uit hoe het werkte. 'Je hoeft alleen maar hierop te drukken…' Tegen haar zin poseerde Sophie met hem, zij aan zij, op het bordes van het gemeentehuis. Daarna verwijderde Frantz zich met de twee getuigen. Sophie draaide zich om. Ze wilde niet zien dat er bankbiljetten van eigenaar werden verwisseld. 'Het is toch maar een huwelijk…' zei ze een beetje dom tegen zichzelf.

Nu Frantz getrouwd is, beantwoordt hij niet helemaal aan het beeld dat Sophie zich van hem had gemaakt toen hij haar verloofde was. Hij is verfijnder, minder grof in de mond. Aangezien hij regelmatig omgaat met eenvoudige types, zegt Frantz soms zelfs erg scherpzinnige dingen. Hij is ook zwijgzamer sinds hij niet meer het gevoel heeft verplicht te zijn het gesprek gaande te houden. Hij kijkt nog steeds naar Sophie als naar een van de zeven wereldwonderen, als een vleesgeworden droom. Hij zegt: 'Marianne...', uiterst vriendelijk. Sophie is uiteindelijk gewend geraakt aan die voornaam. Hij is wat je noemt een 'attente man'. Sophie is verbaasd bij de ontdekking dat hij deugden heeft. Als eerste, en ze zou nooit aan die deugd hebben gedacht, is hij een sterke man. Het mannelijke spierstelsel heeft haar nog nooit in vervoering gebracht. Toen ze voor het eerst samen sliepen vond ze het fijn om sterke armen te voelen, een harde buik en ontwikkelde borstspieren. Ze was stomverbaasd geweest op het moment dat hij haar op een avond glimlachend op het dak van een auto zette, zonder zijn benen te buigen. Haar verlangen naar bescherming is weer opgewekt. Iets wat heel moe was, diep in haar, is zich geleidelijk gaan ontspannen. De gebeurtenissen van haar leven hebben haar beroofd van alle hoop op echt geluk, en nu voelt ze zich lekker. Er zijn echtparen die dat tientallen jaren volhouden. Er was een beetje minachting omdat ze hem had gekozen, omdat hij zo eenvoudig was. Nu is er opluchting bij het voelen van een beetje respect. Zonder het helemaal te beseffen heeft zij zich in bed tegen hem aan genesteld, ze heeft zich in zijn armen laten nemen, ze heeft zich laten kussen, ze heeft zich laten penetreren. Zo zijn de eerste weken voorbijgegaan, zwart-wit, in nieuwe proporties. Wat de zwarte kant betreft: de gezichten van de doden vervaagden niet, maar ze kwamen met langere tussenpozen terug, alsof ze afstand namen. Wat de witte kant betreft: ze sliep beter, ze voelde zich niet herboren, maar in elk geval werden er dingen wakker. Ze schepte er een kinderlijk genoegen in om de huishouding te doen, om te koken – alsof ze kinderen waren en 'dineetje' speelden – om werk te zoeken, niet echt fanatiek omdat Frantz haar verzekerde dat zijn soldij voldoende was om hen tegen elk risico op korte termijn te beschermen.

Aanvankelijk vertrok Frantz om kwart voor acht naar de basis, en tussen vier en vijf uur keerde hij terug. 's Avonds gingen ze naar de bios, of ze gingen eten in brasserie de Templier, een paar minuutjes lopen van hun huis. Bij hen was de volgorde omgekeerd vergeleken met andere mensen. Ze waren eerst getrouwd en nu leerden ze elkaar kennen. Ondanks alles praatten ze vrij weinig. Ze zou niet kunnen zeggen hoe het kwam dat zoveel avonden zo ongedwongen waren. Eén onderwerp kwam vaak terug. Zoals bij alle net gevormde paartjes interesseerde Frantz zich buitengewoon voor het leven dat Sophie hiervóór had gehad, haar ouders, haar jeugd, haar opleiding. Heeft ze veel minnaars gehad? Hoe oud was ze toen ze werd ontmaagd? Allemaal dingen waarvan mannen zeggen er geen waarde aan te hechten, terwijl ze er toch naar blijven vragen. Sophie vertelde over geloofwaardige ouders, over hun echtscheiding, grotendeels een kopie van de echte scheiding. Ze verzon een nieuwe moeder, die weinig overeenkomsten had met haar echte moeder. En ze zei natuurlijk geen woord over haar huwelijk met Vincent. Voor de minnaars en de maagdelijkheid putte ze uit clichés, waar Frantz genoegen mee nam. Voor hem is Sophies leven vijf of zes jaar terug gestopt en heeft ze nu, na haar huwelijk, de draad weer opgepakt. Daartussenin is nog een groot gat. Ze denkt dat ze zich vroeg of laat zal moeten concentreren op een acceptabel verhaal dat die periode dekt. Ze heeft de tijd. Frantz is nieuwsgierig, zoals alle verliefden, maar hij is geen speurneus.

Aangezien Sophie haar rust heeft teruggevonden, is ze weer gaan lezen. Frantz brengt regelmatig pocketboeken uit de boekhandel voor haar mee. Ze is sinds lange tijd niet meer op de hoogte van de nieuw verschenen boeken en geeft zich over aan het toeval, dat wil zeggen aan Frantz. Hij heeft een goede smaak. Natuurlijk heeft hij een aantal waardeloze boeken meegebracht, maar ook *Portret van een vrouw* van Citati en, alsof hij voelde dat ze van Russische schrijvers hield, *Leven en Lot* van Vassili Grossman en *Laatste nieuws uit de modderpoel* van Ikonnikov. Ze kijken ook naar televisiefilms, en hij huurt wel eens een film in de videotheek. Zo heeft ze *De kersentuin* met Piccoli gezien, die ze een paar jaar terug in Parijs in het theater had gemist. In de loop van de weken heeft Sophie een soort bijna wellustige traagheid in zich voelen opkomen, een buitengewone luiheid die zich soms van werkeloze echtgenotes meester maakt.

Dat heeft haar misleid. Ze heeft het aangezien voor een teken van hervonden rust, terwijl het de voorbode was van een nieuwe fase van haar depressie.

Op een nacht is ze gaan woelen in bed, ze kronkelde alle kanten op. En plotseling verscheen Vincents gezicht.

In haar droom is Vincent een enorm, vervormd gezicht, als in een lachspiegel. Het is niet het gezicht van de Vincent van wie ze hield, maar van de Vincent na het ongeluk, met betraande ogen, met een hoofd dat hij voortdurend schuin houdt, met een half-open mond. Hij brabbelt niet meer. Hij praat. Terwijl Sophie ligt te worstelen in haar slaap om te proberen aan hem te ontsnappen, kijkt hij haar strak aan en praat met een kalme, lage stem tegen haar. Het is niet echt zijn stem, zoals het ook niet echt zijn gezicht is, maar hij is het wel, omdat hij dingen zegt die hij alleen weet. Zijn gezicht beweegt vrijwel niet. Zijn pupillen worden groter, totdat ze sombere, hypnotische schoteltjes zijn.

Ik ben hier, Sophie, mijn lief, ik praat met je vanuit de dood waar jij me in hebt gejaagd. Ik kom je vertellen hoeveel ik van je heb gehouden en ik kom je laten zien hoeveel ik nog steeds van je hou. Sophie verzet zich, maar Vincents blik pint haar vast aan het bed. Ze zwaait wild met haar armen, maar het helpt niets. *Waarom heb je me de dood in gestuurd, liefste? Tweemaal, kun je je dat nog herinneren?* In de droom is het nacht. De eerste keer was het gewoon het lot. Vincent rijdt voorzichtig door de regen over het kletsnatte wegdek. In de voorruit ziet ze dat de slaap zich geleidelijk aan meester van hem maakt. Hij zit te knikkebollen en tilt dan zijn hoofd weer op. Ze ziet zijn ogen knipperen. Hij knijpt ze dicht, in een poging weerstand aan de slaap te bieden. Het gaat nog harder regenen. De weg stroomt over en de wervelwind plakt zware plataanbladeren op de ruitenwissers. *Ik was alleen maar moe, Sophie mijn slaap, ik was toen nog niet dood. Waarom wilde je dat ik doodging?* Sophie doet haar uiterste best om hem antwoord te geven, maar haar tong is zwaar, dik, en vult haar hele mond. *Je zegt niets, hè?* Sophie zou tegen hem willen zeggen: ik mis je zo, lieverd. Sinds jouw dood is mijn leven niet leuk meer. Ik ben lusteloos sinds jij er niet meer bent. Maar niets helpt. *Weet je nog hoe ik was? Ik weet dat jij het je herinnert. Sinds ik dood ben, spreek ik niet en ik beweeg ook niet. De woorden blijven nu in mij. Ik kwijl alleen maar. Weet je nog hoe ik kwijlde? Mijn hoofd is zwaar, mijn ziel is zwaar. En mijn hart is loodzwaar om hoe je die avond naar me keek! Ik zie jou ook weer voor me. Op de dag van mijn tweede dood. Je draagt die blauwe jurk waar ik altijd een hekel aan heb gehad. Je staat vlak bij de dennenboom, Sophie mijn cadeau, met je armen over elkaar, zwijgend.* Kom in actie, Sophie, word wakker, blijf geen gevangene van de herinnering, je zult pijn hebben… accepteer dat niet. *Je kijkt naar me, ik kwijl, ik kan niets zeggen, zoals altijd, maar ik kijk met liefde naar mijn Sophie. En jij kijkt me strak aan met een verschrikkelijke strengheid, een rancune, een afkeer, ik voel dat mijn liefde niets meer kan: je bent me gaan haten, ik ben het dode gewicht van je leven. Tot in de eeuwigheid.* Accepteer dat niet, Sophie, draai je om in je bed, laat de nachtmerrie je niet overweldigen, de leugen zal je doden, word wakker, wat de prijs ook is, span je in om wakker te worden. *En je draait je rustig om, je grijpt een tak van de boom vast, je kijkt me strak aan, je blik lijkt onverschillig, terwijl je een lucifer afstrijkt en een van die kleine kaarsjes aansteekt.* Laat hem dat niet zeggen, Sophie. Vincent vergist zich, dat zou je nooit hebben gedaan. Hij heeft heel veel verdriet, omdat hij dood is, maar blijf leven, Sophie. Word wakker! *De boom vat meteen vlam en aan het andere eind van de kamer zie ik je achter de muur van vlammen verdwijnen, terwijl het vuur de gordijnen bereikt en ik ontzet ben, gekluisterd aan mijn rolstoel. Ik span vergeefs al mijn spieren, en dan ben je vertrokken, Sophie mijn vlam.* Als je je niet kunt bewegen, Sophie, schreeuw dan! *Sophie, mijn fata morgana, nu ben je boven aan de trap, op de grote overloop waar je mijn rolstoel voortduwt. Je komt afrekenen. Zo is het... Wat is je gezicht vastberaden en wilskrachtig.* Bied weerstand, Sophie, laat je niet overweldigen door de dood van Vincent. *Vóór mij de afgrond van de stenen trap, breed als een pad van een kerkhof, diep als een put, en jij, Sophie, mijn dood, jij legt zacht je hand op mijn wang. Je laatste afscheid, je hand op mijn wang, je lippen zijn op elkaar gedrukt, je kaken zijn gespannen en je handen, in mijn rug, houden de handvatten van mijn rolstoel vast.* Bied weerstand, Sophie, vecht, schreeuw harder. *Mijn rolstoel vliegt weg na een abrupte duw, en ik vlieg ook weg, Sophie mijn moordenares, ik ben in de hemel voor jou, en daar wacht ik op je, Sophie, want ik wil dat je dicht bij me bent, weldra zul je dicht bij me zijn.* Schreeuw, schreeuw! *Schreeuw maar, liever, ik weet dat je naar me op weg bent. Vandaag bied je weerstand, maar morgen zul je me opgelucht terugvinden. En dan zullen we tot in eeuwigheid samen zijn...*

Hijgend, badend in het zweet gaat Sophie rechtop zitten. Haar angstkreet weergalmt nog in de kamer... Frantz, die naast haar zit, kijkt haar heel bang en geschrokken aan. Hij pakt haar hand.

'Wat is er?' vraagt hij.

Haar kreet is gesmoord in haar keel. Ze snakt naar adem, haar handen zijn tot vuisten gebald, haar nagels priemen diep in haar handpalmen. Frantz neemt haar handen in de zijne en maakt ze open, vinger voor vinger, terwijl hij zachtjes praat. Maar voor haar zijn op dit moment alle stemmen gelijk. Zelfs die van Frantz lijkt op de stem van Vincent. De stem van haar droom. De Stem.

Vanaf vandaag is het gedaan met de genoegens van een meisje. Sophie concentreert zich, zoals in de ergste periodes, om niet ten onder te gaan aan haar depressiviteit. Ze probeert overdag niet te slapen. Uit angst voor dromen. Maar soms valt ze gewoon in slaap. 's Nachts en overdag bezoeken de doden haar. Nu is het Véronique Fabre, met een bebloed gezicht, glimlachend, dodelijk gewond maar levend. Ze praat tegen Sophie en vertelt over haar dood. Maar het is niet haar eigen stem. Het is de Stem die met haar praat, altijd de Stem, die alles weet, die van alles de details kent, die haar hele leven kent. *Ik wacht op je, Sophie,* zegt Véronique Fabre. *Sinds je me hebt vermoord, weet ik dat je je bij me zult voegen. God, wat heb je me pijn gedaan... Ongelofelijk veel! Ik zal je alles vertellen wanneer je bij me bent. Ik weet dat je zult komen... Je zult binnenkort zin hebben je bij me te voegen, je bij ons allemaal te voegen. Vincent, Leo, ik... We zullen er allemaal zijn om je te verwelkomen...*

Overdag is Sophie passief, ze staart moedeloos voor zich uit. Frantz is wanhopig, hij wil er een dokter bij halen, maar zij weigert pertinent. Ze herstelt zich en probeert hem gerust te stellen. Maar ze ziet aan zijn gezicht dat hij het niet snapt, dat het voor hem onbegrijpelijk is om in deze situatie geen dokter te roepen.

Hij komt steeds vroeger thuis. Maar hij is te bezorgd. Al heel snel zegt hij:

'Ik heb verlof gevraagd. Ik had nog vrije dagen over...'

Nu is hij de hele dag bij haar. Hij kijkt tv terwijl de slaap haar overmant. Midden op de dag. Steeds dezelfde woorden, dezelfde doden. In haar dromen spreekt de kleine Leo tot haar met de mannenstem die hij nooit zal hebben. Leo praat met de Stem. Hij vertelt haar tot in de details hoeveel pijn de veter om zijn hals deed, hoe hij zich inspande om door te ademen, hoe hard hij zich verzette, hoe hij probeerde te schreeuwen... En alle doden komen terug, dag na dag, nacht na nacht. Frantz maakt kruidenthee en bouillon voor haar, en hij blijft zeggen dat ze de dokter moeten bellen. Maar Sophie wil niemand zien. Het is haar gelukt om te verdwijnen, ze wil geen onderzoek riskeren, ze wil niet gek zijn en worden opgesloten. Ze komt er vast en zeker wel weer bovenop. Ze heeft ijskoude handen door de aanvallen, haar hart klopt angstwekkend onregelmatig. Haar lichaam is verstijfd van de kou, maar haar kleren zijn nat van het zweet. Ze slaapt dag en nacht. 'Het zijn angstaanvallen. Ze komen en gaan,' waagt ze te zeggen om hem gerust te stellen. Frantz glimlacht, maar hij is sceptisch.

Op een keer gaat ze weg voor een paar uurtjes.

'Vier uur!' zegt Frantz, alsof hij een sportrecord aankondigt. 'Ik was wanhopig. Waar was je?'

Hij pakt haar handen vast. Hij is écht ongerust.

'Ik ben teruggekomen,' zegt Sophie, alsof dat het antwoord is waarop hij wacht.

Frantz wil het begrijpen, maar haar verdwijning heeft hem nerveus gemaakt. Hij is een eenvoudig maar logisch denkend mens. Wat hij niet snapt, maakt hem gek.

'Wat moet ik doen als jij begint met zomaar te vertrekken! Ik bedoel… om je terug te vinden?'

Ze zegt dat ze het zich niet kan herinneren. Hij houdt vol:

'Vier uur, het is onmogelijk dat je je die niet herinnert!'

Sophie rolt met de ogen, die vreemd en koortsig glanzen.

'In een café.' Het is alsof ze tegen zichzelf praat.

'Een café? Was je in een café? Welk café?' vraagt Frantz.

Ze kijkt hem aan, ze is verloren.

'Ik weet het niet precies.'

Sophie begint te huilen. Frantz drukt haar tegen zich aan. Ze kronkelt in zijn armen. Het is april. Wat wil ze? Er een einde aan maken? Toch is ze teruggekomen. Herinnert ze zich iets van wat ze in die vier uur heeft gedaan? Wat kun je allemaal doen in vier uur…?

Een maand later, begin mei, neemt Sophie werkelijk de benen. Ze is compleet uitgeput.

Frantz gaat naar beneden en zegt: 'Ik ben zo terug. Maak je

geen zorgen.' Sophie wacht tot ze zijn voetstappen op de trap hoort. Dan trekt ze een jasje aan, verzamelt een paar spullen, pakt haar portefeuille en slaat op de vlucht. Ze verlaat het flatgebouw via de achterdeur, die uitkomt op de andere straat. Ze rent. Haar hoofd bonst, net als haar hart. Het gedreun weerklinkt van haar buik tot aan haar slapen. Ze rent. Ze heeft het bloedheet. Ze trekt haar jasje uit, gooit het – al rennend – op het trottoir en kijkt achterom. Is ze bang dat de doden zich bij haar voegen? 6.7.5.3. Dat moet ze onthouden. 6.7.5.3. Ze raakt buiten adem, haar borst staat in brand, ze rent. Ten slotte bereikt ze de bussen. Ze springt in de bus in plaats van erin te stappen. Ze heeft geen geld bij zich. Ze voelt in haar zakken, tevergeefs. De chauffeur kijkt haar aan alsof ze gek is, wat klopt. Ze diept twee euro op uit een zak van haar spijkerbroek. De chauffeur stelt haar een vraag die ze niet verstaat maar waarop ze antwoordt met: 'Alles gaat goed', het soort zin dat het altijd goed doet als je de omgeving wilt kalmeren. Alles gaat goed. 6.7.5.3. Niet vergeten. In de bus zitten slechts drie of vier mensen, die stiekem naar haar kijken. Ze probeert haar kleren te fatsoeneren. Ze is achterin gaan zitten en kijkt aandachtig door de achterruit naar het verkeer. Ze zou willen roken, maar het is verboden. Hoe dan ook, ze heeft haar sigaretten thuis laten liggen. De bus rijdt naar het station. Hij blijft lang voor rode stoplichten staan en trekt puffend weer op. Sophie komt een beetje op adem, maar bij het naderen van het station wordt ze opnieuw bang. Ze is bang voor de wereld, bang voor de mensen, bang voor de treinen. Bang voor alles. Ze denkt dat ze niet zomaar, zo makkelijk, zal kunnen vluchten. Ze kijkt steeds achterom. Dragen de gezichten achter haar het masker van de naderende dood? Ze begint steeds harder te trillen. Na al die uitputtende dagen en nachten is ze doodop van de simpele inspanning om naar de bus te rennen en naar de andere kant van het station te lopen. 'Melun', zegt ze. 6.7.5.3. Nee, ze heeft geen korting. Ja, ze reist via Parijs. Ze laat haar bankpasje zien. Ze wil dat de lokettist het onmiddellijk vastpakt. Ze wil zich bevrijden van haar boodschap voordat ze hem vergeet: 6.7.5.3. Ze wil dat de lokettist haar haar kaartje geeft en haar laat instappen, en ze wil dat ze de stations al ziet voorbijtrekken en ze wil ten slotte uit de trein stappen… Ja, ze moet lang wachten. Ten slotte drukt de lokettist op een paar toetsen en legt het treinkaartje voor haar neer. De lokettist zegt: 'U mag uw code intoetsen.' 6.7.5.3. Een overwinning! Op wie? Sophie draait zich om en vertrekt. Ze heeft haar bankpasje in het pinapparaat laten zitten. Een vrouw wijst Sophie daarop, met een zelfgenoegzame glimlach. Sophie trekt het pasje uit het pinapparaat. Dat alles is niets nieuws. Sophie blijft dezelfde scènes, dezelfde vluchten, dezelfde doden opnieuw beleven, sinds… wanneer? Dat moet ophouden. Ze zoekt in haar zakken naar haar sigaretten. Dan voelt ze de bankpas die ze er zojuist in heeft laten glijden. En als ze opkijkt, staat Frantz wanhopig voor haar en zegt: 'Waar ga je in vredesnaam naartoe?' Hij heeft het jasje in zijn hand dat ze op straat heeft gegooid. Hij schudt zijn hoofd. 'We moeten naar huis. Deze keer moeten we een dokter bellen… Je zult zien dat…' Even aarzelt ze om ja te zeggen. Heel even. Maar ze herstelt zich. 'Nee, geen dokter… Ik ga naar huis.' Hij glimlacht tegen haar. Sophie voelt zich misselijk en vouwt een beetje dubbel. Frantz houdt haar arm vast. 'We gaan naar huis…' zegt hij. 'Daar staat mijn auto.' Sophie kijkt naar het station, dat verdwijnt. Ze sluit haar ogen, alsof ze een besluit moet nemen. Daarna wendt ze zich tot Frantz en omhelst hem. Ze drukt zich tegen hem aan en zegt: 'O, Frantz…' Ze huilt. En terwijl hij haar draagt – meer dan dat hij haar steunt – naar de uitgang, naar de auto, naar hun huis, laat ze haar verfrommelde treinkaartje op de grond vallen en begraaft snikkend haar hoofd in de holte van zijn schouder.

Frantz is altijd bij haar. Zodra ze weer tot zichzelf is gekomen, verontschuldigt ze zich voor het leven dat ze hem laat leiden. Bedeesd vraagt hij om een verklaring. Ze belooft hem alles te zullen vertellen. Ze zegt dat ze eerst moet rusten. Rusten, dat woord sluit voor een aantal uren alle deuren, laat haar een beetje tijd om op adem te komen. Tijd die nodig is om haar krachten te verzamelen, om zich voor te bereiden op de komende strijd, de dromen, de doden, onverzadigbare bezoekers. Frantz doet boodschappen. 'Ik wil niet achter je aan rennen door de hele stad,' zegt hij met een glimlach, als hij de deur op slot doet wanneer hij vertrekt. Sophie beantwoordt zijn glimlach, vol dankbaarheid. Frantz doet de huishouding. Hij stofzuigt, hij zorgt voor het eten, hij neemt gebraden kippetjes mee naar huis, Indische maaltijden, Chinese maaltijden. In de videotheek huurt hij films, die hij ook meeneemt naar huis. Sophie vindt hem een goede huisman. Ze vindt de maaltijden erg lekker. Ze verzekert hem ervan dat de films heel goed zijn. Maar een paar minuten na het begin valt ze voor de tv in slaap. Haar zware hoofd duikt al gauw weer in de dood. Frantz houdt haar in zijn armen wanneer ze wakker wordt, liggend op de grond, zonder stem, zonder lucht, bijna zonder leven.

Toen gebeurde wat er móést gebeuren. Het is zondag. Sophie heeft al een paar dagen niet geslapen. Ze heeft geen stem meer over door al haar geschreeuw. Frantz, die er altijd is, vertroetelt haar. Hij voert haar, omdat ze niets wil doorslikken. Het is verbazingwekkend hoe die man de gekte van de vrouw met wie hij pas is getrouwd heeft geaccepteerd. Hij lijkt wel een heilige. Hij is heel toegewijd en bereid zich op te offeren. 'Ik wacht tot jij eindelijk een dokter wilt bellen. Dan zal alles beter gaan...' zegt hij. Zij antwoordt dat alles spoedig beter zal gaan. Hij houdt vol. Hij probeert een logische verklaring voor haar weigering te vinden. Hij is bang het gebied van haar leven te betreden waarin hij nog niet is toegelaten. Wat spookt er door haar hoofd? Ze wil hem geruststellen, ze voelt dat ze iets normaals moet doen om zijn bezorgdheid weg te nemen. Dus gaat ze af en toe met hem naar bed en vrijt tot ze zijn erectie voelt. Dan opent ze zich voor hem en probeert hem te behagen. Tot slot slaakt ze een paar kreetjes, sluit haar ogen en wacht tot hij klaarkomt.

Het is dus zondag. Rustig, saai. 's Morgens hebben er stemmen in het flatgebouw geklonken van bewoners die van de markt terugkeerden of hun auto wasten op het parkeerterrein. Sophie heeft de hele ochtend, al rokend, toegekeken door de openslaande deur. Ze heeft het zo koud, dat ze haar handen in de mouwen van haar trui heeft gestopt. Vermoeidheid. 'Ik heb het koud,' zegt ze. In de afgelopen nacht is ze wakker geworden omdat ze moest overgeven. Ze heeft er nog steeds buikpijn van. Ze voelt zich vies. De douche was niet voldoende, ze wil een bad nemen. Frantz laat de badkuip vollopen met water. Te warm, zoals meestal. Hij voegt er badzout aan toe, waar hij dol op is, maar waar zij heimelijk een hekel aan heeft. Het stinkt een beetje… maar ze wil hem niet boos maken. Dat of iets anders… Wat ze wil is heel warm water, iets wat haar verkleumde botten zou kunnen verwarmen. Hij helpt haar met uitkleden. Sophie bekijkt zichzelf in de spiegel, haar bonkige schouders en heupen, haar broodmagere lijf. Het zou om te huilen zijn als het niet om te huiveren was… Hoeveel weegt ze? Plotseling zegt ze met luide stem: 'Ik denk dat ik aan het sterven ben.' Ze is stomverbaasd over die verklaring. Ze zei het zoals ze een paar weken eerder had gezegd: 'Ik voel me goed.' Ook dat was waar. Sophie begint langzaam weg te kwijnen. Dag en nacht, de ene nachtmerrie na de andere… dat maakt haar steeds zwakker en mergelt haar uit. Ze smelt weg. Spoedig zal ze doorschijnend zijn. Ze kijkt nogmaals naar haar gezicht en haar vooruitstekende jukbeenderen, haar ogen met de blauwe kringen eronder. Frantz drukt haar onmiddellijk tegen zich aan. Hij zegt lieve, domme dingen. Hij doet net of hij moet lachen om de stomme opmerking die ze zojuist heeft gemaakt. Hij doet iets té uitbundig. Hij geeft een harde klap op haar rug, zoals je doet als iemand voor langere tijd weggaat. Hij zegt dat het water warm is. Sophie steekt er rillend een hand in. Ze trilt over haar hele lichaam. Frantz doet er koud water bij. Ze buigt zich voorover en zegt dat het oké is. Hij vertrekt. Hij glimlacht vol vertrouwen zodra hij zich verwijdert, maar hij laat altijd de deuren open. Als Sophie de eerste geluiden van de televisie hoort, gaat ze languit in het bad liggen en pakt de schaar van het plankje naast het bad. Dan bekijkt ze aandachtig haar polsen, waarvan de aderen nauwelijks blauwachtig zijn. Ze legt de scherpe kant van de schaar op de binnenkant van haar pols en kiest dan voor een schuinere hoek. Daarna werpt ze een blik op de nek van Frantz. Ze lijkt daar een laatste overtuiging uit te putten. Ze haalt diep adem en snijdt met één snelle haal. Dan ontspant ze al haar spieren en gaat zachtjes achterover liggen in de badkuip.

Wat ze als eerste ziet is Frantz, die naast haar bed zit. Daarna haar linkerarm, bedekt met dik verband. En dan de kamer. Door het raam ziet ze schemerlicht, het zou de schemering aan het begin of het eind van de dag kunnen zijn. Frantz werpt haar een begripvolle blik toe. Hij houdt rustig de toppen van haar vingers vast, dat is alles wat er onder het verband uitkomt. Hij streelt ze, maar hij zegt niets. Sophie heeft een ontzettend zwaar hoofd. Naast hen staat het tafeltje op wielen met de maaltijd.

'Je moet eten. Daar staat het...' zegt hij.

Dat zijn zijn eerste woorden. Geen vraag, geen verwijt, zelfs geen angst. Nee, Sophie wil niets eten. Hij schudt zijn hoofd, alsof hij zich de weigering persoonlijk aantrekt. Sophie sluit haar ogen. Ze kan zich alles nog heel goed herinneren. Zondag, de sigaretten bij het raam, de kou in haar botten, en haar uitgebluste gezicht in de spiegel van de badkamer. Haar besluit. Vertrekken. Definitief. Als ze het geluid hoort van de deur die opengaat, doet ze haar ogen weer open. Er komt een verpleegster binnen. Ze lacht vriendelijk, loopt om het bed en controleert het infuus, dat Sophie nog niet was opgevallen. Ze legt een ervaren duim onder Sophies kaak. Een paar seconden zijn voor haar voldoende om opnieuw te glimlachen.

'U moet rusten,' zegt ze terwijl ze weggaat, 'de dokter komt ook nog langs.'

Frantz blijft bij haar. Hij kijkt naar buiten, hij weet zich geen houding te geven. Sophie zegt: 'Het spijt me...' Hij weet niets terug te zeggen. Hij blijft door het raam naar buiten kijken terwijl hij aan haar vingertoppen friemelt. Hij lijkt zich compleet te hebben overgegeven aan de situatie. Sophie voelt dat hij er voor altijd is.

De dokter is een dik mannetje met een verrassende levendigheid. Een jaar of vijftig, zelfverzekerd. Zijn kaalheid is geruststellend. Hij hoeft Frantz maar één blik en een kort glimlachje toe te werpen en Frantz voelt zich verplicht weg te gaan. De dokter neemt zijn plaats in.

'Ik ga niet vragen hoe het met u gaat – daar heb ik wel een vermoeden van – u moet met iemand praten, dat is alles.'

Hij heeft alles achter elkaar gezegd, een dokter die meteen ter zake komt.

'We hebben hier uitstekende mensen. U zult uw hart kunnen uitstorten.'

Sophie kijkt hem aan. Hij voelt waarschijnlijk dat haar geest ergens anders is, dus windt hij er geen doekjes om.

'Wat de rest betreft, het was spectaculair maar het was niet...'

Hij herstelt zich meteen.

'Als uw man niet thuis was geweest, zou u dood zijn.'

Hij heeft het krachtigste, het heftigste woord gekozen om haar reactievermogen te testen. Ze besluit hem te hulp te schieten, want ze weet heel goed hoe het met haar staat.

'Het komt wel goed.'

Dat is wat ze vindt. Maar het is de waarheid. Ze denkt écht dat het wel goed zal komen. De dokter slaat met beide handen op zijn knieën en komt overeind. Voordat hij vertrekt, wijst hij naar de deur en vraagt:

'Wilt u dat ik met hem praat?'

Sophie schudt haar hoofd. Dat antwoord is niet duidelijk genoeg. Ze zegt:

'Nee, dat doe ík.'

'Ik ben bang geweest, weet je...'

Frantz glimlacht onbeholpen. Het is het moment van de verklaringen. Sophie heeft er geen. Wat zou ze tegen hem kunnen zeggen? Ze tovert een glimlachje tevoorschijn en zegt:

'Als ik weer thuis ben, zal ik het je uitleggen. Maar niet hier...'

Frantz doet net of hij het begrijpt.

'Het is het deel van mijn leven waarover ik nooit met je heb gepraat. Ik zal je alles uitleggen.'

'Zijn er dan zoveel dingen?'

'Er zijn wel wat dingen, ja. Daarna moet je maar zien...'

Hij maakt een hoofdgebaar dat moeilijk te interpreteren is. Sophie sluit haar ogen. Ze is niet moe, ze wil graag alleen zijn. Ze heeft informatie nodig.

'Heb ik lang geslapen?'

'Bijna zesendertig uur.'

'Waar zijn we?'

'In les Anciennes Ursulines, de beste kliniek van de regio.'

'Hoe laat is het? Is het bezoekuur?'

'Het is tussen de middag, bijna twaalf uur. In principe is er bezoekuur vanaf twee uur, maar ze hebben me toestemming gegeven om te blijven.'

Normaal gesproken zou hij er iets als 'gezien de omstandigheden' aan hebben toegevoegd, maar deze keer houdt hij zich aan korte zinnen. Ze voelt dat hij een aanloop neemt. Ze laat hem zijn gang gaan.

'Dat allemaal…' (hij wijst naar het verband om haar arm) '… is dat omdat het niet zo goed gaat tussen ons?'

Als ze kon, zou ze glimlachen. Maar ze kan het niet, en ze wil het niet. Ze moet zich aan haar richtlijn houden. Ze schuift drie vingertoppen onder de zijne.

'Het heeft niets met jou te maken, dat verzeker ik je. Je bent erg aardig.'

Het woord staat hem niet aan, maar hij doet het ermee. Hij is een aardige echtgenoot. Wat zou hij anders kunnen zijn? Sophie zou willen vragen waar haar spulletjes zijn, maar ze stelt zich tevreden met het sluiten van haar ogen. Ze heeft niets meer nodig.

De klok in de gang geeft aan dat het kwart voor acht is. Sinds meer dan een halfuur is het bezoekuur voorbij, maar de kliniek houdt zich niet strikt aan de regels. In een aantal kamers hoor je nog stemmen van bezoekers. In de lucht hangt nog de geur van de avondmaaltijd: heldere soep en kool. Hoe komt het toch dat alle ziekenhuizen en klinieken precies hetzelfde ruiken? Aan het eind van de gang laat een groot raam grijs licht binnen. Een paar minuten eerder is Sophie verdwaald in de kliniek. Een verpleegster van de begane grond heeft haar geholpen haar kamer terug te vinden. Nu weet ze de weg. Ze heeft de deur gezien die uitkomt op het parkeerterrein. Nu moet ze alleen maar ongezien voorbij het kantoor van de verpleegkundigen van haar etage zien te komen en dan is ze buiten. In de kast heeft ze de kleren gevonden die Frantz waarschijnlijk heeft meegebracht, voor het geval ze de kliniek mag verlaten. Kleren die niet bij elkaar passen. Ze wacht, haar ogen strak gericht op de deur, die op een kier staat. De dienstdoende verpleegster heet Jenny. Het is een slanke vrouw met golvend, geblondeerd haar. Ze ruikt naar kamfer. Ze heeft een kalme, stevige tred. Ze heeft net haar kantoortje verlaten. Ze steekt haar handen diep in de zakken van haar uniform, zoals altijd als ze bij de ingang van de kliniek gaat roken. De verpleegster duwt tegen de klapdeur die toegang geeft tot de liften. Sophie telt tot vijf. Dan opent ze de deur van haar kamer en maakt op haar beurt gebruik van de gang. Ze passeert het kantoor van de verpleegsters, maar vlak voor de klapdeur slaat ze rechtsaf en loopt de trap af. Over een paar minuten zal ze op het parkeerterrein zijn. Ze drukt haar tas tegen zich aan. En begint te herhalen: 6.7.5.3.

Agent Jondrette, gelige gelaatskleur, grijze snor. Hij wordt vergezeld door een andere agent, die niets zegt, die geconcentreerd en bezorgd naar zijn voeten kijkt. Frantz biedt hun koffie aan. Ze zeggen: 'Ja, waarom niet?' maar ze blijven wel staan. Jondrette is een meevoelende agent. Als hij over Sophie praat zegt hij 'uw dame'. Wat hij zegt weet Frantz allemaal al. Hij kijkt de twee agenten aan en speelt zijn rol. Zijn rol is 'ongerust zijn', en dat is niet moeilijk omdat hij ongerust ís. Hij zit voor de tv. Hij houdt van spelletjes over algemene ontwikkeling, omdat hij ze vrij makkelijk wint, ook al speelt hij steeds een beetje vals. Applaus, enthousiasme van de presentator, lullige grapjes, opgenomen gelach, protesten tegen de uitslag. Televisie maakt een hoop herrie. Hoe dan ook, Sophie heeft het in stilte gedaan. Ook al hield hij zich op dat moment met iets anders bezig... Vragen: categorie sport. Hij en sport... Toch waagde hij het erop. Vragen over de Olympische Spelen, dingen die niemand weet, behalve een paar zeer gespecialiseerde neurotici. Hij draaide zich om. Sophies hoofd lag achterover op de rand van de badkuip. Ze had haar ogen gesloten. Het badschuim stond tot aan haar kin. Ze had een knap gezicht. Ze was mager geworden, maar ze was nog steeds knap. Heel knap. Terwijl hij zich weer op de tv concentreerde, zei hij tegen zichzelf dat hij haar toch in de gaten moest houden: de laatste keer dat ze in bad in slaap was gevallen had hij haar er half bevroren uitgehaald. Hij had haar een tijdje met eau de cologne moeten inwrijven voordat ze weer een beetje kleur had gekregen.

Het is geen manier om dood te gaan. Gek genoeg vond hij een antwoord, de naam van een Bulgaarse polsstokhoogspringer en… plotseling hoorde hij inwendig een alarmbelletje rinkelen. Hij draaide zich om. Sophies hoofd was verdwenen. Hij vloog naar het bad. Het schuim was rood en Sophies lichaam lag op de bodem van de badkuip. Hij slaakte een kreet. 'Sophie!' Hij stak zijn armen in het water en trok haar aan haar schouders omhoog. Ze hoestte niet, ze haalde wel adem. Haar hele lichaam was lijkbleek en ze bloedde uit haar pols. Het bloed kwam met kleine golfjes naar buiten, op het ritme van haar hartslag. De wond, die kletsnat was geworden in het water, was opgezwollen. Hij raakte heel even de kluts kwijt. Hij wilde niet dat ze doodging. 'Niet zo,' mompelde hij. Hij wilde niet dat Sophie hem ontglipte. De dood pakte haar van hem af en bepaalde waar, wanneer en hoe. Het leek hem een absolute ontkenning van alles wat hij had gedaan, de zelfmoord leek hem een belediging van zijn intelligentie. Als Sophie zo zou sterven, zou hij nooit de dood van zijn moeder kunnen wreken. Dus trok hij haar uit bad, legde haar op de grond en bond haar pols af met handdoeken. Hij bleef tegen haar praten. Hij rende naar de telefoon en belde 112. Ze waren er binnen drie minuten, de ambulancepost was vlakbij. Terwijl hij op hulp wachtte, maakt hij zich zorgen over veel dingen. Hoever ze met hun administratieve rompslomp zouden kunnen gaan om Sophies identiteit te onderzoeken. Erger nog: aan Sophie onthullen wie in werkelijkheid sergeant eersteklas Berg was, die nooit soldaat was geweest…

Toen hij haar opzocht in het ziekenhuis, had hij alles weer onder controle en speelde perfect zijn rol. Hij wist precies wat hij moest zeggen, wat hij moest doen, wat hij moest antwoorden en hoe hij zich moest gedragen.

Hij vond zelfs zijn woede terug: Sophie was uit het ziekenhuis gevlucht en dat was pas na zes uur door het personeel ontdekt. De verpleegster die hem belde had niet zo goed geweten hoe ze het moest aanpakken. 'Meneer Berg, is uw vrouw thuis?' Na het ontkennende antwoord van Frantz had ze hem onmiddellijk doorverbonden met de dokter.

Sinds het bericht van de vlucht heeft hij tijd gehad om na te denken. De agenten kunnen rustig hun koffie opdrinken. Als íemand Sophie kan vinden, is het Frantz. Hij heeft drie jaar de moordenares gevolgd die de politie niet kon vinden. Hij heeft die vrouw helemaal opnieuw gemaakt met zijn handen, niets van Sophies leven is een geheim voor hem. Toch kan hij niet zeggen waar Sophie zich op dit moment bevindt, dus... Frantz heeft haast. Hij heeft zin om tegen de agenten te zeggen dat ze moeten oprotten. Maar hij zegt op gespannen toon:

'Denken jullie dat jullie haar snel zullen vinden?'

Dat is wat een echtgenoot vraagt, nietwaar? Jondrette trekt een wenkbrauw op. Hij is niet zo'n sufferd als hij lijkt.

'We zullen haar vinden, meneer, absoluut,' zegt hij.

Boven het kopje koffie dat hij met kleine slokjes leegdrinkt, werpt de agent een onderzoekende blik op Frantz. Hij zet het kopje neer.

'Ze is naar iemand toe gegaan. Ze zal u vanavond of morgen bellen. Het beste is: geduld hebben...'

En zonder het antwoord af te wachten:

'Heeft ze dat al eens eerder gedaan? Is ze er ooit zomaar vandoor gegaan?'

Frantz antwoordt ontkennend. Hij zegt dat ze min of meer last heeft van een depressie.

'Min of meer...' herhaalt Jondrette. 'Hebt u familie, meneer? Ik bedoel, heeft uw dame familie? Hebt u hen gebeld?'

Frantz krijgt niet de tijd om daarover na te denken. Plotseling gaat alles heel snel. Marianne Berg, geboren Leblanc, wat voor familie heeft ze? Toen hij haar in de afgelopen maanden vragen over haar leven stelde, heeft Sophie een familie bedacht die de politie nooit zou kunnen vinden. Glad ijs. Frantz schenkt nogmaals koffie in. Dan heeft hij tijd om na te denken. Hij kiest voor een andere strategie. Hij trekt een ontevreden gezicht.

'Bedoelt u dat jullie niets zullen doen?' vraagt hij nerveus. Jondrette geeft geen antwoord. Hij staart in zijn lege kopje.

'Als ze binnen drie of vier dagen niet terug is, zullen we een onderzoek starten. Weet u, meneer, in het algemeen komen de mensen in dit soort situaties uit zichzelf terug na een paar dagen. En in de tussentijd zoeken ze vrijwel altijd hun toevlucht bij familie of vrienden. Soms zijn een paar telefoontjes voldoende.'

Frantz zegt dat hij het begrijpt. Als hij nieuws heeft, zal hij dat meteen doorgeven. Jondrette zegt dat dat het beste is. Hij bedankt voor de koffie. Zijn maat stemt in, met neergeslagen ogen.

Frantz heeft zichzelf drie uur uitstel toegestaan. Dat leek hem redelijk.

In die tijd kijkt hij op het scherm van zijn laptop nog een laatste keer naar de kaart van de streek. Een roze vierkantje knippert om de locatie van Sophies mobiel aan te geven. Die locatie is: hun flatgebouw. Hij heeft de mobiel van Sophie gezocht en heel makkelijk gevonden in de la van de secretaire. Het is voor het eerst sinds vier jaar dat hij niet kan zeggen waar Sophie zich precies bevindt. Ze moeten haar snel terugvinden. Hij denkt even aan het probleem van de medicijnen, maar dan stelt hij zichzelf gerust: hij heeft een depressie geschapen die niet zo snel minder zal worden. Toch moet dat gebeuren. Dat is absoluut noodzakelijk. Er een einde aan maken. Er welt een woede in hem op, die hij door ademhalingsoefeningen weet te bedwingen. Hij heeft de zaak van alle kanten bekeken. Allereerst Lyon.

Hij kijkt op zijn horloge en toetst het nummer van het politiebureau in.

Hij wordt doorverbonden met agent Jondrette.

'Mijn vrouw is bij een vriendin,' zegt Frantz haastig, alsof hij ook blij en opgelucht is. 'Vlak bij Besançon.'

Hij wacht de reactie af. Alles of niets. Als de agent de naam en het adres van de vriendin vraagt...

'Mooi zo,' zegt Jondrette tevreden. 'Is ze ongedeerd?'

'Ja. Blijkbaar wel. Ze was een beetje verdwaald, geloof ik.'

'Mooi zo,' zegt Jondrette nogmaals. 'Wil ze naar huis komen? Heeft ze tegen u gezegd dat ze naar huis wil komen?'

'Ja, dat zei ze. Ze wil naar huis komen.'

Korte stilte aan de andere kant van de lijn.

'Wanneer?'

Frantz denkt razendsnel na.

'Ik denk dat ze beter wat kan uitrusten. Ik zal haar over een paar dagen ophalen. Dat is volgens mij het beste.'

'Oké. Als ze terug is, moet ze naar het politiebureau komen om de papieren te tekenen. Zeg tegen haar dat het geen haast heeft. Laat haar eerst maar eens uitrusten...'

Vlak voordat hij ophangt, zegt Jondrette:

'Er is nog één ding dat ik wil weten. Jullie zijn nog niet zo lang getrouwd...'

'Bijna een halfjaar.'

Jondrette zwijgt. Waarschijnlijk zit hij nu met een onderzoekende blik achter zijn bureau.

'En haar... haar daad? Denkt u dat het iets met uw huwelijk te maken heeft?'

Frantz antwoordt intuïtief.

'Ze was vóór ons huwelijk al een beetje depressief. Ja, natuurlijk, dat is niet onmogelijk. Ik zal er met haar over praten.'

'Dat is het beste, meneer Berg. Geloof me, dat is het beste. Bedankt dat u ons zo snel hebt ingelicht. Praat er met haar over als u uw dame gaat ophalen...'

De Rue Courfeyrac ligt vlak bij het Bellecourplein. Chique buurt. Frantz heeft opnieuw een rondje op internet gemaakt, maar hij is niet veel wijzer geworden dan twee jaar terug.

Hij heeft moeite gehad om een observatiepost te vinden. Gisteren was hij gedwongen zeer regelmatig van café te wisselen. Vanmorgen heeft hij een auto gehuurd. Dan kan hij de flat makkelijker in de gaten houden en Valérie volgen, als het moet. In de tijd dat ze met Sophie omging was ze in dienst van een transportbedrijf. Nu werkt ze in het bedrijf van een jongen die net zo nutteloos en rijk is als zij, die zichzelf heeft wijsgemaakt dat hij een roeping heeft als stilist. Het soort bedrijf waarin je twee jaar lang onafgebroken kunt werken voordat je beseft dat het helemaal niets oplevert. Wat niet van belang is voor Valérie, en ook niet voor haar vriend. 's Morgens verlaat ze haar huis met kwieke, vastberaden tred en neemt op het Bellecourplein een taxi naar haar werk. Zodra Frantz haar op straat ziet verschijnen, weet hij dat Sophie er niet is. Valérie is 'een open boek'. Je kunt zo zien hoe ze zich voelt. Aan haar manier van lopen en haar hele houding is te zien dat ze geen zorgen heeft. Haar houding straalt veiligheid uit en absolute zorgeloosheid. Het is vrijwel zeker dat Sophie niet naar Valérie is gevlucht. Trouwens, Valérie Jourdain is te egoïstisch om onderdak te verlenen aan Sophie Duguet, meervoudige moordenares, door de politie gezocht. Ze is weliswaar Valéries jeugdvriendin, maar Valérie heeft haar grenzen. Scherp afgebakende.

En als het tóch het geval is? Toen Valérie weg was is hij naar de flat gegaan waarin ze woont. Geblindeerde deur, veiligheidsslot. Hij heeft zijn oor heel lang te luisteren gelegd op de deur. Telkens wanneer een bewoner het flatgebouw binnenging of verliet, deed Frantz net of hij naar een van de verdiepingen ging of er vandaan kwam. Daarna keerde hij terug naar zijn post. Geen geluid, niets te horen. Hij heeft dat vier keer per dag gedaan. In totaal heeft hij meer dan drie uur met zijn oor tegen de deur staan luisteren. Door het lawaai in de appartementen, de televisies, de radio's, de gesprekken, ook al waren ze gedempt, kon hij vanaf zes uur niet meer horen of geheime geluiden erop duidden dat er iemand aanwezig was in Valéries flat, die geacht werd leeg te zijn.

Als Valérie tegen acht uur thuiskomt, staat Frantz halverwege de trap naar de vierde verdieping. Valérie maakt zwijgend haar deur open. Even later legt hij zijn oor tegen de deur. Een paar minuten hoort hij de dagelijkse geluiden (keuken, wc, laden open en dicht...). Daarna hoort hij muziek en tot slot de stem van Valérie aan de telefoon, niet ver van het halletje bij de voordeur. Een heldere stem. Ze maakt grapjes, maar ze zegt nee, ze gaat vanavond niet weg, ze heeft achterstallig werk. Ze hangt op, keukengeluiden, de radio...

Hij kan natuurlijk niet zeker weten dat hij het bij het rechte eind heeft, maar hij besluit op zijn intuïtie af te gaan. Hij verlaat haastig het flatgebouw. La Seine-et-Marne is minstens vier uur rijden.

Neuville-Sainte-Marie. Tweeëndertig kilometer van Melun. Frantz heeft eerst een paar rondjes gereden om te zien of de politie het huis niet bewaakt. In het begin hebben ze dat ongetwijfeld gedaan. Maar ze hebben onvoldoende middelen om ermee door te gaan. En zolang de publieke opinie zich niet druk maakt om een nieuwe moord...

Hij heeft de huurauto op het parkeerterrein van een supermarkt laten staan, aan de rand van de stad. Binnen een minuut of veertig bereikt hij te voet een klein bos. Erachter is een steengroeve die niet meer wordt gebruikt. Hij kruipt onder de afrastering door, en dan heeft hij een vrij goed uitzicht op het huis. Er zullen weinig mensen langskomen. 's Avonds een paar stelletjes misschien. En dan komen ze waarschijnlijk met de auto. Geen enkel risico om te worden verrast: de koplampen zullen hem waarschuwen.

Meneer Auverney is maar drie keer naar buiten gegaan. De eerste twee keren om de was op te halen – het washok staat in een vleugel die niet met het huis verbonden lijkt te zijn – en om de post op te halen – de brievenbus staat zo'n vijftig meter verderop aan het begin van de weg. De derde keer is hij met zijn auto vertrokken. Frantz heeft even in tweestrijd gestaan. Zal hij hem volgen? Of blijven? Hij is gebleven. Het zou toch onmogelijk zijn geweest om hem in zo'n klein dorp te voet te volgen.

Patrick Auverney blijft één uur en zevenentwintig minuten weg. In die tijd kijkt Frantz voortdurend door zijn verrekijker naar het huis, en neemt alle details in zich op. Zo zeker als hij ervan was, zodra hij Valérie Jourdain op straat zag lopen, dat Sophie niet bij haar was ondergedoken, zo onzeker voelt hij zich nu. Misschien brengt de tijd die met een onrustbarende snelheid verstrijkt hem ertoe op een snelle oplossing te hopen. Een andere zorg spoort hem ook aan om te wachten: als ze hier niet is, waar zou ze dan heen zijn gegaan? Sophie is zwaar depressief, ze heeft een zelfmoordpoging gedaan. Ze is uiterst kwetsbaar. Sinds hij van haar verdwijning uit het ziekenhuis hoorde, is zijn woede gebleven. Hij wil haar terug hebben. 'Er moet een einde aan komen,' herhaalt hij constant tegen zichzelf. Hij verwijt zichzelf dat hij zo lang heeft gewacht. Kon hij het niet eerder afsluiten? Hij heeft toch al alles gekregen wat hij wenste? Haar terugvinden en er dan een eind aan maken?

Frantz vraagt zich af wat er op dit moment in Sophies hoofd gebeurt. En of ze voor de tweede keer had gewild dat ze doodging... Nee, dan was ze niet gevlucht. In een kliniek zijn genoeg manieren om zelfmoord te plegen. Het is de plek waar het het makkelijkst is om dood te gaan. Ze had opnieuw haar aderen kunnen opensnijden, de verpleegsters komen niet om de vijf minuten langs... Waarom wegvluchten? vraagt hij zich af. Sophie is absoluut verdwaald. Toen ze de eerste keer vertrok, is ze bijna drie uur in een café blijven zitten, en daarna is ze teruggekeerd zonder zich te kunnen herinneren wat ze had gedaan. Hij ziet dus geen andere mogelijkheid: Sophie is uit de kliniek ontsnapt zonder te weten waar ze heen ging. Ze is niet vertrokken, ze is gevlucht. Ze probeert haar gekte te ontvluchten. Ze zal uiteindelijk een schuilplaats zoeken. Hij heeft heel diep nagedacht en alle mogelijkheden bekeken, maar voor een gezochte moordenares als Sophie Duguet kan hij geen ander toevluchtsoord bedenken dan de troostrijke armen van haar vader. Sophie heeft al haar relaties moeten opgeven om Marianne Leblanc te worden, tenzij ze heeft gekozen voor een volstrekt willekeurige bestemming (en in dat geval zal ze waarschijnlijk heel gauw naar huis terugkeren). Alleen hier, bij haar vader, zal ze haar toevlucht willen zoeken. Het is alleen een kwestie van geduld.

Door zijn verrekijker ziet Frantz dat meneer Auverney in de schuur naast zijn huis parkeert.

Ze heeft nog werk genoeg. Maar de dag is erg lang geweest en ze heeft haast om thuis te komen. Aangezien ze vrij laat begint, vertrekt ze 's avonds niet voor halfnegen, soms negen uur. Als ze vertrekt zegt ze dat ze de volgende dag vroeger op haar werk zal verschijnen, terwijl ze natuurlijk weet dat daar geen sprake van is. In de taxi herhaalt ze voortdurend wat ze al dan niet kan doen, wat ze al dan niet móét doen. Dat is heel moeilijk als je nooit enige discipline hebt gekend. Ze bladert ongeïnteresseerd in een tijdschrift. Als ze is uitgestapt, kijkt ze niet om zich heen, maar toetst haar code in en duwt enthousiast de toegangsdeur van de hal open. Ze neemt nooit de lift, altijd de trap. Op haar overloop haalt ze haar huissleutel tevoorschijn. Dan doet ze haar voordeur open en weer dicht en draait zich om. Sophie staat voor haar. Ze draagt dezelfde kleren als de vorige avond, toen ze aankwam. Sophie maakt ongeduldige gebaren, als een nerveuze politieagent die het verkeer regelt. Doorgaan met leven zoals je anders doet! Valérie geeft haar een teken dat alles oké is. Ze loopt naar voren en probeert zich te herinneren wat ze in normale omstandigheden deed. Maar dan raakt ze geblokkeerd. Ineens kan ze zich niets meer herinneren. Sophie heeft haar diverse keren laten herhalen wat haar normale handelingen zijn, maar nu... weet ze niets meer. Valérie, die zo wit ziet als een doek, kijkt Sophie strak aan. Ze kan niet meer bewegen. Sophie legt haar handen op Valéries schouders en dwingt haar met een autoritaire duw op de stoel bij de voordeur te gaan zitten. Daarop legt Valérie gewoonlijk haar tas wanneer ze binnenkomt. Sophie knielt neer. Ze trekt Valéries schoenen uit, bergt ze op en loopt door het appartement naar de keuken. Ze doet de koelkastdeur open en sluit hem weer. Dan gaat ze naar de wc, waarvan ze de deur laat openstaan, trekt door, en loopt de kamer in… Intussen is Valérie weer tot zichzelf gekomen. Nu neemt ze het zichzelf kwalijk. Ze is niet tegen de situatie opgewassen. Sophie verschijnt in de deuropening. Ze glimlacht nerveus tegen Valérie. Valérie sluit haar ogen, alsof ze opgelucht is. Als ze haar ogen weer opendoet, reikt Sophie haar de telefoon aan. Ze werpt Valérie een vragende, bezorgde blik toe. Valérie beschouwt het als een tweede kans. Ze toetst een nummer in en begint daarna door de flat te ijsberen. Pas op, heeft Sophie tegen haar gezegd, niets laten merken, dat zou een ramp zijn. Dus zegt Valérie met gematigd enthousiasme dat ze vanavond thuisblijft, dat ze moet werken. Ze lacht een beetje, luistert langer dan gewoonlijk. Aan het eind van het gesprek geeft ze kusjes: ja,ja, ik ook, dikke zoenen. Ze gaat naar de badkamer, waar ze haar contactlenzen uitdoet na haar handen te hebben gewassen. Als ze weer in de gang is, staat Sophie met haar oor tegen de voordeur gedrukt, met neergeslagen ogen en een geconcentreerd gezicht, alsof ze bidt.

Zoals door Sophie geëist, hebben ze geen woord met elkaar gewisseld.

Bij binnenkomst heeft Valérie vaag een urinegeur geroken, die nu sterker wordt. Toen Valérie haar lenzen opborg, zag ze dat Sophie in de badkuip had geplast. Ze kijkt haar vragend aan terwijl ze naar de badkamer wijst. Sophie verandert even van houding. Ze glimlacht een beetje triest. Ze spreidt haar handen, ten teken van onmacht. Ze heeft de hele dag geen enkel geluid, hoe klein ook, mogen maken, en er was geen andere oplossing geweest dan deze. Valérie glimlacht op haar beurt en doet net of ze een douche neemt...

Tijdens de avondmaaltijd, die in alle stilte wordt genuttigd, leest Valérie het lange verhaal dat Sophie in de loop van de dag heeft opgeschreven. Af en toe, tijdens het lezen, geeft ze Sophie een bladzijde met een twijfelachtige blik. Sophie pakt dan weer de pen en schrijft ijverig een aantal woorden op. Valérie leest heel langzaam, voortdurend haar hoofd schuddend. Het lijkt allemaal zo gek. Sophie heeft de televisie aangezet. Dankzij het geluid kunnen ze weer zachtjes met elkaar praten. Valérie vindt die overdreven voorzichtigheid een beetje belachelijk. Sophie pakt zwijgend haar arm vast en kijkt haar recht aan. Valérie slikt haar woorden in. Sophie fluistert: 'Wil je een laptop voor me kopen, een heel kleine?' Valérie rolt met haar ogen. Wat een vraag!

Ze heeft Sophie alles gegeven wat nodig was om haar verband te verschonen. Sophie doet dat met veel toewijding. Ze lijkt diep na te denken. Ineens tilt ze haar hoofd op en vraagt:

'Heb je nog steeds verkering met je kleine apothekeres?'

Valérie knikt. Sophie glimlacht en vervolgt:

'Kan ze je nog steeds niets weigeren?'

Even later geeuwt Sophie. Haar ogen beginnen te tranen van moeheid. Ze glimlacht, bij wijze van verontschuldiging. Ze wilde gisteren niet alleen slapen, en ook nu niet. Voordat ze in slaap valt neemt ze Valérie in haar armen. Ze wil iets zeggen, maar ze weet niet wat. Valérie zegt ook niets. Ze slaat simpelweg haar armen om Sophie heen.

Sophie is als een blok in slaap gevallen. Valérie drukt haar tegen zich aan. Telkens wanneer ze het verband ziet, wordt ze misselijk en gaat er een rilling door haar hele lichaam. Vreemd. De afgelopen tien jaar zou Valérie alles hebben gegeven om Sophie zo dicht bij zich te voelen, in haar bed. 'Dat het nú moest gebeuren... en onder deze omstandigheden,' zegt ze tegen zichzelf. Ze kan wel huilen. Ze weet hoe voelbaar haar verlangen was geweest toen Sophie opdook en ze haar omhelsde.

Het was bijna twee uur in de morgen toen Valérie door de deurbel werd gewekt: Sophie had bijna twee uur lang lopen controleren of het flatgebouw niet door de politie in de gaten werd gehouden. Toen Valérie de deur opendeed, zag ze onmiddellijk dat het Sophie was die voor haar stond, met slap neerhangende armen, gekleed in een zwart jack. Een gezicht van een drugsverslaafde, dacht Valérie meteen. Omdat Sophie tien jaar ouder leek dan ze was, omdat ze afzakkende schouders had en kringen onder haar ogen. Uit haar blik sprak wanhoop. Valérie barstte bijna in huilen uit en nam Sophie in haar armen.

Nu luistert ze naar haar langzame ademhaling. Zonder te bewegen probeert ze Sophies gezicht te zien, maar ze ziet slechts haar voorhoofd. Ze heeft zin om haar om te draaien en te kussen. Ze voelt de tranen in haar ogen opwellen. Ze spert ze wijd open om niet voor die te gemakkelijke verleiding te bezwijken.

Het grootste deel van de dag heeft ze diep nagedacht over de verklaringen en de veronderstellingen waarmee Sophie haar 's nachts, na hun weerzien, had overstelpt. Ze heeft gedacht aan de talloze telefoontjes en de angstige e-mails die Sophie maandenlang naar haar had gestuurd. Al die maanden waarin ze geloofde dat Sophie gek aan het worden was. Op het nachtkastje aan de andere kant van het bed ligt Sophies pasfotootje, haar kostbaarste bezit, haar schat. Het stelt in wezen niet veel voor: een automatisch en onhandig genomen foto met een vage achtergrond. De foto die lelijk is, zelfs als hij nieuw is. De foto die je triest maakt als je hem voor het eerst ziet. De foto waarvan je tegen jezelf zegt dat het niet belangrijk is voor een vervoerskaart, maar die je het hele jaar door het gevoel geeft dat je aartslelijk bent. Op de foto, die Sophie geduldig heeft beschermd met veel lagen doorzichtig plakband, heeft ze een beetje een raar gezicht, een geforceerde glimlach. Door de flits van het fototoestel heeft ze een lijkbleke gelaatskleur gekregen. Ondanks al die gebreken is het fotootje ongetwijfeld het kostbaarste dat Sophie heeft. Voor die foto zou ze haar leven geven, als dat niet al was gebeurd...

Valérie stelt zich Sophie voor op de dag waarop ze de foto vindt, ze voelt de verbijstering die Sophie gevoeld zal hebben. Ze ziet voor zich hoe Sophie – met stomheid geslagen – de foto van alle kanten bekijkt. Op dat moment is Sophie te verward om de volle omvang van haar ontdekking te begrijpen: ze heeft tien uur achter elkaar geslapen. Ze voelt zich slapper dan ooit, ze heeft een gigantische hoofdpijn. Ze sjokt naar de badkamer, kleedt zich uit en stapt in bad. Dan staart ze naar de douchekop boven haar hoofd. Na een lichte aarzeling zet ze abrupt de koudwaterkraan open, op volle sterkte. De schok is zo hevig, dat haar kreet smoort in haar keel. Ze valt bijna flauw. Maar ze houdt zich vast aan de betegelde wand. Haar pupillen verwijden zich, maar ze blijft onder de waterstraal staan, met wijd open ogen. Een paar minuten later zit ze, gehuld in de ochtendjas van Frantz, aan de keukentafel. Ze houdt een kom gloeiend hete thee vast en kijkt naar de foto die ze vóór zich op de tafel heeft gelegd. Ze heeft hevige hoofdpijn. Hoe ze de zaak ook bekijkt, er dringt zich een waarheid op die onmogelijk maar onvermijdelijk lijkt. Ze voelt de aandrang om over te geven. Op een vel papier heeft ze data gevonden. Ze heeft ze in de juiste volgorde gerangschikt en feiten nagetrokken. Ze heeft de foto bestudeerd en gekeken naar het kapsel van die periode en de kleren die ze die dag droeg... De conclusie is steeds dezelfde: die foto is de foto die in 2000 op haar vervoerskaart stond, de kaart die ze in haar tas bewaarde, de tas die een motorrijder had gestolen door plotseling het portier van haar auto open te trekken toen ze in de Rue du Commerce voor een rood stoplicht stond.

Vraag: hoe kan ze hem hebben teruggevonden in de voering van een reistas van Frantz? Frantz kan hem niet hebben gevonden in de spullen van Marianne Leblanc, want deze foto was al meer dan drie jaar verdwenen!

Toen ze oude gymschoenen in de gangkast zocht, had ze toevallig haar hand in de voering van een oude tas van Frantz gestoken en er deze foto van drie vierkante centimeter uitgehaald… Ze kijkt op de keukenklok aan de muur. Het is te laat om te beginnen. Morgen. Morgen.

Vanaf de volgende dag haalt Sophie het appartement helemaal overhoop, maar zonder dat het zichtbaar is. Ze is voortdurend misselijk: door zichzelf vanaf die dag te dwingen de medicijnen die Frantz aan haar geeft weer uit te braken (medicijnen tegen de hoofdpijnaanvallen, medicijnen om de slaap te bevorderen, medicijnen tegen de angst, 'niets aan de hand, het is een natuurproduct'), moet Sophie steeds spugen en heeft ze amper tijd om naar de badkamer of de wc te rennen. In haar buik is alles ontregeld. Desondanks doorzoekt ze de flat heel grondig: niets. Niets anders dan wat ze heeft, maar dat is al aanzienlijk…

Dat voert haar terug naar andere vragen, die veel ouder zijn. Uur na uur en dag na dag tracht ze andere antwoorden te krijgen. Tevergeefs. Soms wordt ze er letterlijk door in vlam gezet, alsof de waarheid een warmtebron is waaraan ze steeds haar handen brandt, zonder dat het haar lukt hem te zien.

En dan is het raak. Het is geen onthulling, het is intuïtie, plotseling, als bij donderslag. Ze staart naar haar mobieltje dat op de salontafel ligt. Kalm pakt ze hem op, doet hem open en haalt de batterij eruit. Met de punt van een keukenmes schroeft ze een tweede plaatje los en ontdekt een oranje, piepkleine, elektronische chip die is vastgemaakt met een zelfklevend dubbelvlak dat ze geduldig met een pincet verwijdert. Met behulp van de loep kan ze een code zien, een woord, cijfers: SERV. 0879, en verder AH68- (REV 2.4).

Een paar minuten later ziet ze via Google op een Amerikaanse site van elektronische benodigdheden, de bladzijde van een catalogus en de codering 'GPS Signal' onder de referentie AH 68.

'Waar was je?' vroeg Frantz. Vier uur, nota bene, bleef hij herhalen, alsof hij het niet kon geloven.

Vier uur…

Het is twee dagen eerder. Sophie heeft nog net tijd om het huis te verlaten, in de auto te stappen om de achttien kilometer naar Villefranche te rijden, een drankje in een café te bestellen en haar gsm in de wc te verbergen, voordat ze naar het panoramarestaurant gaat dat aan het marktplein ligt. Het biedt zo'n mooi uitzicht op de stad, de straat en het café waar Frantz nog geen uur later, voorzichtig en duidelijk bezorgd, twee keer achter elkaar op zijn motor langsrijdt om te kijken of hij Sophie ziet…

Van alles wat Sophie de vorige nacht aan Valérie heeft verteld, is dit de hoofdzaak: de man met wie ze is getrouwd om beter te kunnen vluchten is haar kwelgeest. De man met wie ze elke nacht het bed deelt, die met haar vrijt… Deze keer laat Valérie haar tranen stromen, ze vallen zacht in Sophies haren.

Meneer Auverney heeft zijn blauwe overall aangetrokken en draagt werkhandschoenen om zijn handen te beschermen. Hij is bezig de oude verflaag op het toegangshek van de tuin te verwijderen met een afbijtmiddel. Sinds twee dagen houdt Frantz het doen en laten van meneer Auverney in de gaten, de autoritjes die hij maakt. Maar aangezien Frantz niets heeft om de situatie mee te vergelijken, weet hij werkelijk niet of er enige verandering in Auverneys gewoonten is. Hij heeft het huis heel aandachtig geobserveerd om te zien of er tijdens de afwezigheid van meneer Auverney enig teken van leven was. Geen enkele beweging. Op het eerste gezicht is de man alleen. Frantz is hem gevolgd op zijn motor. Meneer Auverney rijdt in een vrij nieuwe, ruime VW, grijs metallic. Gisteren heeft hij boodschappen gedaan in de supermarkt. Hij is benzine gaan tanken. Vanmorgen is hij naar het postkantoor gegaan. Daarna is hij bijna een uur in het politiebureau gebleven. Vervolgens is hij naar huis gegaan na een omweg langs het tuincentrum te hebben gemaakt. Daar heeft hij zakken tuinaarde gekocht, die trouwens nog steeds niet zijn uitgeladen. De auto staat nu voor de schuur die dienstdoet als garage. Er zijn twee grote deuren, waarvan er één voldoende is om de auto door te laten. Frantz moet vechten tegen de twijfel: na twee dagen lijkt wachten nutteloos, en hij is vaak geneigd van strategie te veranderen. Maar hoe dan ook, hij moet hier, op deze plek, op Sophie wachten, en nergens anders. Aan het eind van de middag, rond een uur of zes, sluit Auverney het blik met afbijtmiddel weer. En dan gaat hij zijn handen wassen onder de buitenkraan. Hij maakt de kofferbak van zijn auto open om de zakken tuinaarde uit te laden, maar hij bedenkt zich, gezien hun gewicht. Hij geeft er de voorkeur aan om de auto de schuur in te rijden en de zakken daar uit te laden.

Frantz kijkt naar de lucht. Voorlopig is het helder en staat hij hier goed.

Als de auto in de schuur staat maakt Patrick Auverney de kofferbak voor de tweede keer open en kijkt naar zijn dochter, die al meer dan vijf uur met opgetrokken knieën in de kofferbak heeft gelegen. Het scheelt niet veel of hij begint hardop te praten. Maar Sophie kijkt hem dwingend aan en dan zwijgt hij. Zodra ze uit de kofferbak is geklommen, maakt ze een paar bewegingen om de stijfheid te verdrijven. Dan kijkt ze aandachtig om zich heen. Vervolgens keert ze zich om naar haar vader. Ze vindt hem nog steeds mooi. Hij wil en kan het niet tegen haar zeggen, maar hij vindt haar onherkenbaar. Broodmager geworden, uitgeput. Ze heeft blauwe kringen onder haar ogen, die glanzen alsof ze koorts heeft. Haar teint is perkamentachtig. Hij is onthutst, zij begrijpt het. Ze drukt zich tegen hem aan, met gesloten ogen, en begint zachtjes te huilen. Zo blijven ze een paar minuten staan. Ten slotte maakt Sophie zich van hem los, zoekt een zakdoek en glimlacht door haar tranen heen. Hij geeft haar zijn zakdoek. Ze heeft hem altijd al sterk gevonden. Ze haalt een vel papier uit de achterzak van haar spijkerbroek. Haar vader haalt zijn bril uit zijn borstzakje en begint aandachtig te lezen. Af en toe werpt hij een verwilderde blik op haar. Hij kijkt ook naar het verband om haar pols: hij wordt er beroerd van. Hij schudt zijn hoofd, als om te zeggen: het is onmogelijk. Als hij klaar is met lezen, steekt hij zijn duim op, zoals in het document wordt geëist. Ze glimlachen tegen elkaar. Dan stopt hij zijn bril terug in het borstzakje, trekt zijn kleren recht, haalt diep adem en verlaat de schuur om in de tuin te gaan zitten.

Na het verlaten van de schuur gaat Auverney het tuinmeubilair neerzetten op een schaduwrijke plek een paar meter verderop. Daarna loopt hij het huis in. Met behulp van zijn verrekijker ziet Frantz hem door de keuken naar de zitkamer lopen. Even later verlaat Auverney de kamer weer. Met zijn laptop en twee kartonnen dossiermappen. Hij gaat aan de tuintafel zitten werken. Hij raadpleegt zijn aantekeningen, niet vaak, en typt snel op het toetsenbord. Vanaf de plek waar hij zich bevindt ziet Frantz bijna zijn hele rug. Af en toe pakt Auverney een dossier en opent het. Hij verifieert een nummer en maakt snelle berekeningen op de omslag van het dossier. Patrick Auverney is een serieus man.

Het tafereel is verschrikkelijk statisch. Er verandert niets. De waakzaamheid van ieder ander zou verslappen, maar niet die van Frantz. Hoe laat het ook is, hij zal zijn observatiepost pas verlaten nadat het laatste licht in het huis is gedoofd.

p.auverney@neuville.fr – u hebt verbinding.

'Ben je daar???'

Sophie heeft er bijna twintig minuten over gedaan om een aangename werkplek te creëren zonder geluid te maken. Ze heeft kartonnen dozen opgestapeld in een dode hoek. Ze heeft een werktafel met een oude deken bedekt. Daarna heeft ze de laptop geopend en zich aangesloten op het WiFi-systeem van haar vaders huis.

groenemuis@msn.fr – u hebt verbinding.

'Papa? Hier ben ik.'

'Gelukkig!'

'Vergeet alsjeblieft niet je gebaren af te wisselen, je aantekeningen te raadplegen en je als een "prof" te gedragen...'

'Dat ben ik ook!'

'Je bent een papa-prof.'

'Je gezondheid?????'

'Geen zorgen.'

'Maak je een grapje?'

'Ik bedoel: geen zorgen meer. Ik zal weer opknappen.'

'Je maakt me bang.'

'Ik ben ook bang geweest. Maar hou op je zorgen te maken, alles zal goedkomen. Mijn e-mail gelezen?'

'Ik ben ermee bezig. Ik heb het geopend in een ander venster. Maar vóór alles: ik hou van je. Ik mis je ontzettend. Ik hou van je.'

'Ik hou ook van jou. Het was zo fijn om je terug te zien, maar maak me nu niet aan het huilen, alsjeblieft!'

'Goed. Ik bewaar het allemaal voor later... Vertel eens, ben je er zeker van dat wat we doen enig nut heeft? Zo niet, dan lijken we een stelletje mafketels!'

'Je moet mijn e-mail goed lezen: ik kan je verzekeren dat hij, als hij er is, je staat te beloeren.'

'Ik heb het gevoel dat ik in een leeg theater speel.'

'Nou, wees gerust: je hebt één toeschouwer! Eentje die heel aandachtig is, zelfs!'

'Als hij er is...'

'Ik weet dat hij hier is.'

'En jij denkt dat hem niets ontgaat?'

'Daar ben ik het levende bewijs van.'

'Dat stemt tot nadenken…'

'Wat?'

'Niets…'

Korte stilte.

'Papa, ben je daar?'

'Ja.'

'Ben je uitgedacht?'

'Niet echt…'

'Wat doe je?'

'Nu maak ik gebaren. Ik ga opnieuw je e-mail lezen.'

'Oké.'

'Het is allemaal zo krankzinnig, maar tegelijkertijd doet het me waanzinnig goed!'

'Wat?'

'Alles. Je zien, weten dat je er bent. Levend.'

'… en ook weten dat ik al die dingen niet heb gedaan, dat moet je toegeven!'

'Ja, dat ook.'

'Je hebt twijfels gehad, hè?'

'Inderdaad.'

'Ik neem het je niet kwalijk, ik geloofde het zelf ook. Dus jij…'

'Ik ben het eind van je e-mail aan het lezen…'

Korte stilte.

'Oké, ik ben klaar. Ben met stomheid geslagen.'

'Vragen?'

'Een massa.'

'Twijfels?'

'Luister, het is moeilijk zo…'

'Twijfels????'

'Ja, verdomme!'

'Zo hou ik van je. Begin met de vragen.'

'De kwestie van de sleutels…'

'Je hebt gelijk: daar begint het allemaal. Begin juli 2000 griste een vent op een motor mijn tas uit mijn auto. De politie gaf de tas twee dagen later aan me terug: de dader had ruimschoots de tijd gehad om alles te dupliceren. Onze flat, de auto… Hij kon in ons huis. Hij kon dingen meenemen, ze verplaatsen, onze mailtjes bekijken. Kortom: alles, echt álles!'

'Zijn je… je stoornissen in die periode ontstaan?'

'Het stemt met elkaar overeen. Destijds slikte ik pillen om te slapen, een product op plantenbasis. Ik weet niet wat hij erin heeft gestopt, maar ik denk dat het iets is wat hij me sindsdien geeft. Na Vincents dood kreeg ik een baantje bij de familie Gervais. Toen ik daar een paar dagen werkte, verloor de werkster haar sleutelbos. Ze zocht hem overal. Ze was in paniek en durfde het niet tegen haar werkgevers te zeggen. Wonderlijk genoeg vond ze hem in het weekend terug. Hetzelfde patroon… Ik denk dat hij dat spel heeft gespeeld om de kleine te komen wurgen. Daarom dacht ik dat de deur van binnenuit was gesloten.'

'Zou kunnen… En die motorrijder?'

'Het stikt van de motorrijders, maar ik weet dat het steeds dezelfde is! Degene die mijn sleutels steelt, degene die de sleutelbos van de werkster steelt, degene die Vincent en mij volgt, die door Vincent wordt aangereden en die zich uit de voeten maakt, degene die ik in de val laat lopen door mijn mobiel in de wc van een café in Villefranche te verstoppen….'

'Oké, het klinkt allemaal steekhoudend. Wat weerhoudt je om de politie te waarschuwen?'

'…'

'Je hebt toch voldoende gegevens?'

'Ik ben niet van plan de politie in te schakelen.'

'??? Wat wil je dan nog meer?'

'Het is niet voldoende…'

'??'

'Laten we zeggen dat het voor mij niet voldoende is.'

'Wat een onzin!'

'Het is mijn leven.'

'Dan ga ík het doen!'

'Papa! Ik ben Sophie Duguet! Ik word gezocht voor minstens drie moorden!! Als de politie me nu vindt, krijg ik levenslang. Denk je dat de politie mijn hersenspinsels serieus zal nemen als ik geen bewijzen heb?'

'Maar... die heb je wél!'

'Nee! Wat ik heb is een reeks omstandigheden. Alles berust slechts op een veronderstelling, die niet zwaar zal wegen tegenover drie moorden, waarvan eentje op een zesjarig kind!'

'Oké, laten we er voor nu maar over ophouden. Iets anders: hoe kun je er zeker van zijn dat die vent werkelijk jouw Frantz is?'

'Hij heeft me leren kennen via een huwelijksbureau, waar ik me had ingeschreven onder de naam Marianne Leblanc. De naam die op het uittreksel uit het geboorteregister stond dat ik had gekocht. Hij heeft me altijd onder die naam gekend.'

'Nou en?'

'Leg mij dan eens uit waarom hij mij Sophie noemde, toen ik mijn pols had doorgesneden en hij begon te schreeuwen!'

'Maar... waarom je pols doorsnijden?'

'Papa! Het is me één keer gelukt om te ontsnappen: hij heeft me op het station opgepakt. Vanaf die dag is hij steeds bij me gebleven. Als hij naar buiten ging, deed hij de deur op slot. Ik slaagde erin om gedurende een paar dagen niets te slikken van wat hij me gaf: mijn hoofdpijnaanvallen en mijn angsten werden minder... Trouwens, ik had geen andere oplossing. Ik moest een uitweg vinden: in een ziekenhuis kon hij me niet dag en nacht bewaken...'

'Het had slecht kunnen aflopen...'

'Niet waar! Wat ik deed was spectaculair, maar niet dodelijk. Op die manier ga je niet dood... hij had me nooit laten doodgaan. Hij wil me zélf om het leven brengen. Dát is wat hij wil.'

'…'

'Ben je er nog?'

'Ja, ja. In feite probeer ik na te denken, maar ik ben woedend, liefje! Ik voel een verschrikkelijke woede in me opkomen.'

'Ik ook, maar bij hem werkt woede niet. Bij hem is er iets anders nodig.'

'Wat dan???'

'…'

'!!! Wát??'

'Hij is intelligent. Er is sluwheid nodig. We moeten een list bedenken...'

'??? Wat ga je nu doen?'

'Dat weet ik nog niet, maar in elk geval ga ik terug.'

'Wacht even! Dat is waanzin! Ik laat je niet teruggaan, geen sprake van!'

'Ik wist wel dat je dat ging zeggen...'

'Ik laat je niet naar hem teruggaan, punt uit!'

'Sta ik er dan opnieuw helemaal alleen voor?'

'Wat?'

'Ik vraag je of ik er opnieuw helemaal alleen voor zal staan. Houdt je hulp hier op? Alles wat je me aanbiedt is je medelijden en je woede. Je weet toch wat ik heb doorgemaakt ? Besef je dat wel??? Vincent is dood, papa! Hij heeft Vincent gedood! Hij heeft mijn leven vernietigd, hij heeft alles verwoest! Sta ik er opnieuw helemaal alleen voor?'

'Luister, groen muisje...'

'Hou op met je groen-muisje-gedoe ! Ik ben hier. Help je me, ja of nee?'

'…'

'…'

'Ik hou van je. Ik help je.'

'O, papa, ik ben zo moe...'

'Blijf een tijdje hier, rust lekker uit.'

'Ik moet weer vertrekken. En daarbij ga je me helpen. Oké?'

'Natuurlijk... maar er blijft nog één belangrijke vraag over...'

'??'

'Waarom heeft hij al die dingen gedaan? Ken je hem? Heb je hem gekend?'

'Nee.'

'Hij heeft geld, tijd en een duidelijk pathologische hardnekkigheid... Maar waarom richt hij zich op jóu?'

'Dat is de reden waarom ik hier ben, papa. Heb jij de dossiers van mama?'

'???'

'Ik denk dat we die moeten checken. Is hij een patiënt van mama geweest? Hij of een familielid van hem? Ik zou het niet weten.'

'Ik heb twee of drie mappen, geloof ik. In een doos... Ik heb ze nooit opengemaakt.'

'Nou, daar is dan nú het moment voor, denk ik.'

Frantz heeft in zijn huurauto geslapen. De eerste nacht vier uur op het parkeerterrein van de supermarkt, de tweede nacht vier uur op het parkeerterrein van het busstation. Hij heeft duizendmaal spijt gehad van zijn strategiekeuze, duizendmaal heeft hij besloten rechtsomkeert te maken, maar elke keer heeft hij standgehouden. Je hebt zelfbeheersing nodig, niets anders. Sophie kan nergens heen. Ze zal komen. Absoluut. Ze is een gezochte crimineel, ze zal niet naar de politie gaan, ze zal terugkeren naar huis of hierheen komen. Ze heeft geen andere keus. Hier urenlang door een verrekijker zitten kijken naar een huis waar niets gebeurt, is deprimerend. Uiteindelijk steekt de twijfel de kop op. Er zijn vier jaar werk en een vaste overtuiging nodig om hem een halt toe te roepen.

Aan het eind van de derde dag rijdt Frantz naar zijn huis. Hij neemt een douche, trekt schone kleren aan en slaapt vier uur. Hij maakt van de gelegenheid gebruik om mee te nemen wat hij nog nodig heeft: thermosfles, fototoestel, zakmes enzovoort. Bij het krieken van de dag is hij weer op zijn post.

Het huis van Patrick Auverney is een lang gebouw met één verdieping, zoals er zoveel zijn in deze streek. Helemaal rechts het washok en een schuurtje om 's winters het tuinmeubilair in op te bergen. Helemaal links, pal tegenover Frantz, de schuur waarin Auverney zijn auto stalt en zijn indrukwekkende gereedschap bewaart. Het is een grote schuur, waarin nóg twee auto's zouden kunnen staan. Als hij in de schuur is en van plan is de auto naar buiten te rijden, laat hij de rechterdeur altijd open.

Vanmorgen is hij vertrokken, keurig in het pak. Hij zal wel een afspraak hebben. Hij heeft de deur van de schuur wijd opengezet. En hij heeft zijn jasje uitgetrokken om een kleine maaimachine in de tuin te zetten, het soort waarmee het gras op golfbanen wordt gemaaid. De machine is waarschijnlijk kapot, want hij heeft moeten duwen en trekken. Het ding leek tonnen te wegen.

Hij heeft er een envelop op gelegd. Ongetwijfeld zal iemand de maaimachine in de loop van de dag komen ophalen. Toen de beide deuren openstonden, heeft Frantz daarvan geprofiteerd om de binnenkant van de schuur te bekijken en een paar foto's te nemen. De helft van de schuur wordt in beslag genomen door stapels dozen, zakken tuinaarde en koffers die dichtgeplakt zijn met plakband. Auverney heeft het huis tegen negenen verlaten. Sindsdien heeft hij zich niet meer laten zien. Het is bijna twee uur. Geen beweging.

Medisch dossier
Sarah Berg, geboren Weiss, op 22 juli 1944
Ouders gedeporteerd en gestorven in Dachau, datum onbekend
Getrouwd met Jonas Berg op 4 december 1964
Geboorte van een zoon, Frantz, op 13 augustus 1974

1982 – Diagnose: manisch-depressieve psychose (derde vorm: angstige depressie) – L. Pasteur Ziekenhuis

1985 – ziekenhuisopname Parkziekenhuis (dokter Jean-Paul Roudier)

1987-1988 – ziekenhuisopname in Kliniek des Rosiers (dokter Catherine Auverney)

1989 – ziekenhuisopname kliniek Arman-Brussières (dokter Catherine Auverney)

4 juni 1989 – Na een gesprek met dokter Auverney trekt Sarah Berg haar trouwjurk aan en stort zich uit het raam van een kamer op de vijfde etage. Op slag dood.

Ook al ben je uit steen gehouwen, wachten zou iederéén uitputten. Het is nu drie dagen geleden dat Sophie is verdwenen... Auverney keert om halfvijf terug. Hij werpt een blik op de maaimachine en pakt met een fatalistisch gebaar de envelop op die hij voor zijn vertrek heeft neergelegd.

Juist op dat moment gaat de telefoon van Frantz over.

Eerst is er een lange stilte. 'Marianne...?' zegt hij. Dan hoort hij gesnik.

'Marianne, ben jíj het?' vraagt hij.

Er is geen twijfel meer. Door haar snikken heen zegt ze:

'Frantz... waar ben je? Kom gauw!'

Daarna begint ze zich constant te herhalen: 'Waar ben je?' alsof ze geen antwoord verwacht.

'Ik ben hier,' is Frantz geneigd te zeggen.

'Ik ben teruggekomen. Ik ben weer thuis...' zegt ze met een schorre, vermoeide stem.

'Verroer je niet... Maak je geen zorgen, ik ben er zo!'

'Frantz... Ik smeek je, kom snel...'

'Ik zal er over iets meer dan twee uur zijn. Ik laat mijn telefoon aanstaan. Ik ben er zo, Marianne, je hoeft niet langer bang te zijn. Als je dat wél bent, bel je me, afgesproken?'

Omdat ze geen antwoord geeft, herhaalt hij:
'Afgesproken?'
Na een korte stilte zegt ze:
'Kom gauw...'
En daarna begint ze weer te huilen.

Hij doet zijn gsm dicht. Hij voelt een enorme opluchting. Ze heeft al meer dan drie dagen haar medicijnen niet geslikt. Ze klinkt zwak en is duidelijk van streek. Gelukkig lijkt die vlucht haar geen nieuwe kracht te hebben gegeven en lijkt zijn werk intact. Toch goed blijven opletten. Weten waar ze naartoe is gegaan. Frantz is al bij de afrastering. Hij kruipt eronder door en begint te rennen. Hij moet heel snel naar huis. Hij kan nergens zeker van zijn. En als ze weer vertrekt? Hij zal haar om het kwartier bellen tot hij is gearriveerd. Hij blijft een beetje ongerust, maar wat overheerst is opluchting.

Frantz rent naar zijn auto. Alles komt nu los. Terwijl hij start, begint hij als een kind te huilen.

SOPHIE EN FRANTZ

Als hij de deur opent, zit Sophie aan de keukentafel. Het lijkt of ze daar eeuwen geleden is gaan zitten en zich niet meer heeft bewogen. De tafel is leeg, op de overvolle asbak na. Haar samengevouwen handen liggen op het tafelkleed. Ze draagt kleren die hij niet kent, gekreukt, slecht bij elkaar passend. Gekocht op een rommelmarkt, zo te zien. Haar haren zijn vies, haar ogen rood. Ze is ontzettend mager. Ze draait langzaam haar hoofd naar hem toe, alsof de beweging een enorme krachtsinspanning van haar vraagt. Hij loopt naar voren. Ze wil gaan staan, maar dat lukt haar niet. Ze houdt haar hoofd schuin en zegt: 'Frantz.'

Hij drukt haar tegen zich aan. Ze stinkt heel erg naar sigarettenrook.

'Je hebt toch wel gegeten?'

Ze blijft tegen hem aanleunen en schudt van nee. Hij heeft zich voorgenomen haar nu niets te vragen, maar hij kan het toch niet laten:

'Waar ben je geweest?'

Sophie wendt haar hoofd af, met een verloren blik.

'Ik weet het niet,' zegt ze, 'ik heb gelift.'

'Is er iets met je gebeurd?'
Ze schudt haar hoofd.

Frantz houdt haar lang tegen zich aan. Ze huilt niet meer. Ze ligt als een angstig diertje in zijn armen.

Ze leunt met haar volle gewicht, maar ze blijft ongelooflijk licht. Ze is zo mager... Hij vraagt zich natuurlijk af waar ze heen is gegaan, wat ze al die tijd heeft gedaan. Uiteindelijk zal ze het hem vertellen. In het leven van Sophie is geen enkel geheim meer voor hem. Maar wat in deze momenten van stilte overheerst, is dat hij merkt hoe bang hij is geweest.

Na de erfenis van zijn vader te hebben ontvangen, was Frantz ervan overtuigd geweest dat hij zich helemaal aan dokter Catherine Auverney zou kunnen wijden. Hij voelde zich verraden toen hij een paar maanden later ontdekte dat ze dood was. Het leven bleek volstrekt oneerlijk te zijn. Maar vandaag voelt hij zich opgelucht. Het is dezelfde opluchting als toen hij het bestaan van Sophie ontdekte en besefte dat ze dokter Auverney zou vervangen. Dat zij in de plaats van de dokter zou sterven. Deze schat heeft hij bijna verloren in de afgelopen drie dagen. Hij drukt haar tegen zich aan, met een krachtig gevoel van welbehagen. Hij buigt zijn hoofd een beetje en ademt de geur van haar haar in. Ze leunt achterover en kijkt hem aan. Gezwollen oogleden, vuil gezicht. Maar ze is mooi. Onmiskenbaar. Hij buigt zich voorover. Plotseling ziet hij de naakte waarheid: hij houdt van haar. In feite is dat niet wat hem diep raakt, hij houdt al een tijd van haar. Nee, wat ontzettend ontroerend is, is dat Sophie, door haar met toewijding te verzorgen, door haar te vormen, door haar te sturen, te leiden en te kneden, nu hetzelfde gezicht heeft als Sarah. Aan het eind van haar leven had Sarah ook zulke holle wangen, grauwe lippen, lege ogen, knokige schouders, en die magerte. Net zoals Sophie vandaag keek Sarah hem met liefde aan, alsof hij de enige oplossing was voor al het onheil van de wereld, de enige belofte om ooit een schijnbare kalmte terug te zullen vinden. Die overeenkomst tussen de twee vrouwen brengt hem van streek. Sophie is volmaakt. Sophie is een duivelbezweerder, ze zal prachtig sterven. Frantz zal veel huilen. Hij zal haar missen. Heel erg. En hij zal doodongelukkig zijn omdat hij zonder haar is genezen...

Sophie kan Frantz nog zien door de waas van tranen heen, maar ze weet dat het traanvocht slechts korte tijd effect heeft. Het is moeilijk te begrijpen wat er in hem omgaat. Dus, blijven zitten, niet bewegen, zich niet verzetten... Wachten. Hij pakt haar schouders vast en drukt haar dicht tegen zich aan. Op dat moment voelt ze dat iets in hem zwakker wordt, afneemt en smelt, ze weet niet wat het is. Hij houdt haar stevig vast. Ze begint bang te worden van zijn vreemde, strakke blik. Er spoken duidelijk allerlei gedachten door zijn hoofd. Ze blijft hem aankijken, alsof ze hem bewegingloos wil maken. 'Frantz,' zegt ze. Ze biedt hem haar lippen, die hij onmiddellijk kust. Het is een terughoudende, gespannen kus, een beetje bedachtzaam. Toch heeft zijn mond iets gretigs, iets dwingends. En onder aan zijn buik is iets hards. Sophie concentreert zich. Ze zou een berekening willen maken waarbij haar angst geen rol speelde, maar dat is onmogelijk. Ze voelt zich klein, gevangen. Hij is fysiek sterk. Ze is bang om dood te gaan. Dus drukt ze zich opnieuw tegen hem aan en duwt zijn bekken tegen haar buik. Ze voelt hem nóg harder worden. Dat stelt haar gerust. Ze legt haar wang tegen zijn borst en kijkt naar de grond. Ze kan ademhalen. Ze ontspant al haar spieren, een voor een, en haar lichaam lost langzaam op in zijn armen. Hij tilt haar op, draagt haar naar de slaapkamer en legt haar op het bed. Ze zou zo in slaap kunnen vallen. Ze hoort dat hij wegloopt en de keuken binnengaat. Ze opent heel even haar ogen en doet ze dan weer dicht. Nu is er het karakteristieke geluid van het lepeltje tegen het glas. En daarna verschijnt hij weer boven haar. Hij zegt: 'Nu ga je een beetje slapen om uit te rusten. Dat is het belangrijkste: uitrusten.' Hij houdt haar hoofd vast en ze slikt de vloeistof langzaam door. Om het zoeter te laten smaken doet hij er altijd veel suiker in. Ten slotte gaat hij weer naar de keuken. In één beweging draait ze zich op haar zij, slaat het laken terug en steekt twee vingers in haar keel. Haar maag keert om. Ze braakt de vloeistof uit, trekt het laken omhoog en gaat op haar rug liggen. Hij is al terug. Hij strijkt over haar voorhoofd. 'Slaap lekker,' fluistert hij. Hij legt zijn mond op haar droge lippen. Hij bewondert haar mooie gezicht. Hij houdt nu van haar. Dat gezicht is zijn bezit. Hij is al bang voor het moment waarop ze er niet meer zal zijn.

'De politie is gekomen…'

Sophie heeft daar niet aan gedacht. De politie. Haar blik verraadt onmiddellijk haar ongerustheid. Frantz weet hoe bang de echte Sophie voor de politie moet zijn. Hij moet het slim spelen.

'Het was te verwachten,' voegt hij eraan toe. 'De kliniek was verplicht ze te waarschuwen. Ze zijn hierheen gekomen…'

Hij maakt even gebruik van haar paniek, en neemt haar in zijn armen.

'Ik heb alles geregeld, rustig maar. Ik wilde niet dat ze je zochten. Ik wist dat je zou terugkomen.'

In al die maanden is het haar gelukt om nooit met de politie in aanraking te komen. En nu zit ze in de val. Sophie haalt diep adem en probeert na te denken. Frantz zal haar hieruit moeten redden. In hun beider belang. Hij moet het spel slim spelen.

'Je moet papieren tekenen, waarin staat dat je bent teruggekomen… Ik heb tegen hen gezegd dat je in Besançon bent geweest. Bij een vriendin. Het is beter om het snel te doen, dan zijn we ervan af.'

Sophie schudt haar hoofd. Frantz drukt haar nog wat dichter tegen zich aan.

De hal van het politiebureau is behangen met verkleurde posters met vergrote identiteitsbewijzen, adviezen voor voorzorgsmaatregelen en telefoonnummers voor alle soorten noodgevallen. Agent Jondrette kijkt Sophie vriendelijk en kalm aan. Hij zou graag zo'n verzwakte vrouw willen hebben. Dat moet een man het gevoel geven dat hij nuttig is. Zijn blik dwaalt van Sophie naar Frantz. Dan tikt hij op de tafel voor hem. Zijn dikke vingers blijven rusten op een formulier.

'Dus zo ontsnapt een mens uit de kliniek...'

Het is zijn manier om zich diplomatiek te tonen. Hij heeft een vrouw voor zich die een zelfmoordpoging heeft gedaan en hij weet niets anders te zeggen. Instinctief begrijpt Sophie dat ze het idee dat hij heeft over de kracht van een man, moet aanmoedigen. Ze slaat haar ogen neer. Frantz legt zijn arm om haar schouders. Knap paartje.

'En u was in...'

'Bordeaux,' fluistert Sophie.

'Ja, Bordeaux. Dat zei uw man tegen me. Bij familie...'

Sophie verandert van strategie. Ze tilt haar hoofd op en kijkt Jondrette strak aan. Hij is dan wel een simpele agent, maar hij voelt dingen. En wat hij voelt is dat die mevrouw Berg een vrouw van karakter is.

'Bij familie...' zegt hij. 'In dit soort gevallen is dat uitstekend...'

'Er moet iets getekend worden, dacht ik...'

De stem van Frantz brengt een beetje realiteit terug in hun vrij wazige gesprek. Jondrette snuift.

'Ja. Hier...'

Hij geeft het formulier aan Sophie. Ze zoekt een pen. Jondrette geeft haar een balpen waarop de naam van een garage staat. Sophie tekent. Berg.

'Het komt nu allemaal goed,' zegt Jondrette.

Het is moeilijk te zeggen of het een vraag is of een bevestiging.

'Het komt goed,' zegt Frantz.

Prima echtgenoot. Jondrette kijkt naar het jonge stel dat verstrengeld het politiebureau verlaat. Het zal fijn zijn om zo'n vrouw te hebben, maar het brengt ook een hoop problemen met zich mee.

Ze heeft het geduldig geleerd: de ademhaling van een slaapster. Dat vraagt om diepe concentratie en constante toewijding, maar nu lukt het haar heel goed. Als hij twintig minuten later de slaapkamer binnenkomt en haar ziet slapen, is hij vol vertrouwen. Hij streelt haar door haar kleren heen, gaat op haar liggen en drukt zijn hoofd in het kussen. Ze ontspant haar lichaam. Dan doet ze haar ogen open en ziet zijn schouders. Ze voelt hoe hij haar penetreert. Het scheelt weinig of ze glimlacht…

Sophie is net begonnen aan een lange slaap die hem wat respijt geeft. In de euforie van het moment, dolblij met hun weerzien, heeft hij haar een ietwat zware dosis van het slaapmiddel gegeven: ze ligt in de slaapkamer, en slaapt als een roos. Hij blijft een tijdje bij haar, luistert naar haar ademhaling en ziet de kleine zenuwtrekjes op haar gezicht. Dan staat hij op, doet de voordeur van de flat achter zich op slot en gaat naar de kelder.

Hij zet de zaken op een rij en besluit de foto's van het huis van Sophies vader weg te gooien, omdat ze geen enkel nut hebben. Hij bekijkt ze een voor een. Het huis, alle ramen, de auto. En daarna Auverney, die naar buiten komt en de envelop op de maaimachine legt. Auverney, die aan de tuintafel zit te werken, die zijn zakken tuinaarde uitlaadt, die het toegangshek met een afbijtmiddel behandelt. Het is twee uur in de ochtend. Frantz zet de pc aan en begint een paar foto's te downloaden. Hij wil ze op het scherm van zijn computer bekijken alvorens ze te vernietigen. Hij heeft er slechts vier uitgekozen. Op de eerste staat Auverney, rondlopend in de tuin. Frantz heeft deze bewaard omdat je heel goed zijn gezicht kunt zien. Voor een zestigplusser is hij sterk. Vierkant gelaat, krachtige gelaatstrekken, alerte blik. Frantz vergroot het gezicht voor tachtig procent. Intelligent. Voor honderd procent. Sluw. Honderdvijftig procent. Het soort man dat angstaanjagend kan zijn. Aan die karaktertrek, ongetwijfeld erfelijk, is het te danken dat Sophie nog in leven is. De tweede foto toont Auverney aan het werk achter zijn tuintafel. Frantz vergroot een stukje van de foto op het computerscherm. Het beeld blijft wazig. Hij probeert het zo scherp mogelijk te krijgen. Hij meent gereedschap te zien, maar het geheel blijft onscherp. Hij laat de foto in de prullenbak verdwijnen. De derde foto is de vorige dag genomen. Auverney in pak. Hij loopt naar de maaimachine om er de envelop op te leggen, hoogstwaarschijnlijk bestemd voor degene die de machine moet repareren. Het is onmogelijk om te lezen wat er op de envelop staat, dat is trouwens ook niet belangrijk. De laatste foto is genomen helemaal aan het eind van de observatiepost. Auverney heeft de deur van de schuur wijd open laten staan en Frantz bekijkt uitvoerig de binnenkant, waar hij allang door zijn verrekijker naar heeft gekeken: een grote, ronde tafel met een lamp die vrij laag lijkt te hangen, achterin een hifi-installatie in een boekenkast met een indrukwekkend aantal cd's. Frantz laat de foto in de prullenbak verdwijnen. Ineens krijgt hij een idee. Hij diept de foto van de schuur uit de prullenbak op en vergroot wat ervan te zien is in het duister: dozen, zakken tuinaarde, tuingereedschap, gereedschapskist, koffers. Dwars door de stapel dozen loopt een streep, veroorzaakt door de schaduw van de deur. De onderste dozen zijn gedeeltelijk verlicht, de bovenste gaan op in het halfduister. Hij vergroot de foto: honderdtwintig procent, honderdveertig procent. Frantz probeert te lezen wat met een zwarte viltstift op de zijkant van een van de dozen is geschreven. Hij vergroot nog meer. Ten slotte lukt het hem om een paar letters te raden. Op de eerste regel: een A, een V en aan het eind een S. Op de volgende regel een woord dat begint met een D, dan een

C, en dan een U. Daarna een ander woord dat begint met AUV, dat is ongetwijfeld Auverney. Op de laatste regel staat duidelijk: H t/m L. De doos is de onderste van de stapel. Door de bovenste loopt een lichtstreep. De onderste helft is verlicht, de bovenste helft is onzichtbaar. Maar het weinige dat hij kan zien zorgt ervoor dat hij abrupt stopt. Onthutst blijft hij lang naar het scherm kijken en beseft wat het voor hem betekent. De dozen bevatten het archief van dokter Auverney.

In een van de dozen zit het medische dossier van zijn moeder.

De sleutel van de voordeur wordt omgedraaid. Ze is nu alleen. Sophie staat onmiddellijk op, rent naar de kast, gaat op haar tenen staan, pakt haar sleutel en opent de deur. Al haar spieren zijn gespannen. Ze hoort Frantz de trap aflopen. Ze vliegt naar het raam, maar ze ziet hem niet naar buiten komen. Het kan zijn dat hij het flatgebouw via de achterdeur heeft verlaten, maar dat is niet echt waarschijnlijk. Hij heeft geen jas aan, alleen zijn overhemd. Hij moet ergens in het flatgebouw zijn. Ze trekt snel platte schoenen aan. Dan sluit ze zachtjes de deur en loopt naar beneden.

In dit gedeelte van het flatgebouw klinken geen televisiegeluiden meer. Sophie haalt rustiger adem. Op de begane grond blijft ze staan, dan loopt ze naar voren. Er is geen andere oplossing dan deze. Ze doet langzaam de deur open, biddend dat hij niet zal piepen. Het is niet helemaal donker. Onder aan de trap die vóór haar ligt ziet ze tamelijk ver een schijnsel. Ze luistert, maar ze hoort alleen haar bonzende hart en haar kloppende slapen. Ze loopt langzaam de trap af. Beneden voert het licht haar naar rechts. Het zijn kelders. Achterin, aan de linkerkant, staat een deur op een kier. Het is niet nodig om nog verder te gaan, dat zou zelfs gevaarlijk zijn. Frantz bewaart drie sleutels aan de sleutelbos van zijn motor. De laatste dient dus hiervoor. Sophie loopt stilletjes weer naar boven. Wachten op een gunstige gelegenheid.

Aan de smaak te oordelen, die duidelijk bitterder is dan gewoonlijk, moet het een zware dosis zijn. Gelukkig weet Sophie nu hoe ze het aan moet pakken. Vlak bij het bed legt ze een bal van verfrommelde papieren zakdoekjes neer waarin ze kan overgeven, en die ze telkens wanneer ze naar de wc gaat vervangt. Dat lukt niet altijd. De dag ervoor bleef Frantz te lang bij haar. Hij verloor haar geen seconde uit het oog. Ze voelde dat de vloeistof zich kronkelend een weg baande in haar keel. Voordat ze ging hoesten, wat ze nooit deed en wat hem beslist ongerust zou maken, besloot ze het spul door te slikken, terwijl ze een onrustige slaapbeweging veinsde. Een paar minuten later voelde ze dat haar lichaam verdoofd werd, haar spieren werden slap. Het deed haar denken aan de laatste seconden voor een operatie, als de narcotiseur vraagt of je tot vijf wilt tellen.

Die keer was het mislukt. Maar haar techniek is vooruitgegaan, en als aan alle voorwaarden is voldaan, gaat alles goed. Ze kan de vloeistof in haar mond opslaan en haar speeksel doorslikken. Als Frantz zich in de volgende paar minuten verwijdert, gaat ze snel op haar zij liggen, pakt de zakdoekjes en spuwt alles weer uit. Maar als ze het medicijn te lang in haar mond houdt, dringt het door het slijmvlies bij haar binnen en vermengt het zich met haar speeksel. En als ze moet slikken, blijft haar een kleine kans over om misselijkheid op te wekken, maar ze moet het wel in de allereerste seconden doen. Deze keer is alles goed gegaan. Een paar minuten nadat ze heeft gespuugd, doet ze net of ze slaapt. En wanneer Frantz zich over haar heen buigt en haar begint te strelen en tegen haar te praten, beweegt ze haar hoofd van rechts naar links, alsof ze zijn woorden wil ontvluchten. Ze maakt langzame bewegingen. Ineens begint ze zich razendsnel te bewegen. Ze kronkelt alle kanten op, en spartelt als een vis om aan te geven dat er een hoogtepunt in haar nachtmerrie is. Ook Frantz volgt zijn ritueel. Hij buigt zich eerst over haar heen en praat rustig tegen haar. Hij streelt haar een beetje met zijn vingertoppen, haar haren, haar lippen, haar keel, maar dan stopt hij al zijn energie in zijn woorden.

Als Frantz praat, kijkt hij haar aandachtig aan. Wat hij zegt hangt af van de vraag of hij haar van streek wil maken of haar juist wil kalmeren. Er staan altijd doden op zijn programma. Vanavond is dat Véronique Fabre. Sophie kan het zich heel goed herinneren: de bank waar ze met haar ellebogen op kon leunen, het lichaam van dat meisje, in een zee van bloed. Het keukenmes dat Frantz waarschijnlijk in haar hand heeft gelegd.

'Wat is er gebeurd, Sophie?' vraagt Frantz. 'Een woedeaanval? Dat is het, hè, een woedeaanval...'

Sophie probeert zich om te draaien om aan hem te ontsnappen.

'Kun je dat meisje voor je zien? Roep haar terug in je herinnering. Ze draagt vrij sombere kleren. Je ziet alleen maar een ronde, witte kraag... onder aan haar hals. Je ziet haar nu voor je, dat is goed. Ze draagt platte schoenen...'

Frantz praat langzaam, met een lage stem.

'Weet je, ik was ongerust, Sophie. Je was bijna twee uur in haar huis... ik zag je niet naar beneden komen...'

Sophie kreunt een beetje en draait nerveus met haar hoofd. Haar handen bewegen zich met ongecontroleerde bewegingen over het laken.

'... en op straat zie ik dat meisje naar de apotheek rennen. Ze vertelt dat jij je niet goed voelt. Kun je je voorstellen, liefje, hoe ongerust ik was?'

Sophie probeert zich aan zijn stem te onttrekken door zich snel om te draaien. Frantz gaat staan, loopt om het bed, knielt neer en vervolgt, heel dicht bij haar oor:

'Ik gaf haar niet de tijd om zorg aan je te besteden. Zodra ze binnen was, belde ik aan. Toen ze de deur opendeed had ze het zakje van de apotheek nog in haar hand. Achter haar zag ik jou, schatje, mijn lieve Sophie. Je lag op de bank, net zo diep in slaap als vandaag, mijn kleintje… Toen ik je zag maakte ik me geen zorgen meer. Je was heel mooi. Heel erg mooi.'

Frantz strijkt met zijn wijsvinger over Sophies lippen. Onwillekeurig maakt ze een terugtrekkende beweging. Om hem om de tuin te leiden knippert ze verwoed met haar ogen en maakt kleine spastische bewegingen met haar lippen…

'Ik heb precies gedaan wat jíj zou hebben gedaan, mijn Sophie… Ik heb haar eerst in de maag gestompt. Niets ernstigs. Ik liet haar knielen, en toen liep ik naar de tafel en pakte het keukenmes. Vervolgens wachtte ik tot ze weer ging staan. Ze had een verbaasde blik in haar ogen, ook een radeloze, natuurlijk. Je moet begrijpen dat er veel door haar heen ging. Maak je niet zo druk, schat. Ik ben bij je, je weet dat er niets met je kan gebeuren.'

Sophie maakt een nieuwe karpersprong en draait zich om. Ze brengt haar handen naar haar hals, alsof ze haar oren wil bedekken maar ze niet meer weet hoe dat moet. Haar bewegingen lijken ongecontroleerd en vergeefs.

'Ik deed zoals jij. Jij zou dichter bij haar zijn gaan staan, hè? Je zou haar in de ogen hebben gekeken. Herinner je je haar blik? Een zeer expressieve. Jij zou haar geen tijd hebben gegeven. Je zou haar strak hebben aangekeken en je zou ineens het mes in haar buik hebben gestoken, heel hard. Voel maar in je arm, Sophie. Ik zal je laten zien hoe je een mes in de buik van een meisje moet steken.'

Frantz buigt zich over haar heen en pakt haar pols. Ze verzet zich, maar hij houdt haar stevig vast. Op het moment dat hij zijn woorden herhaalt, steekt hij, met veel machtsvertoon, Sophies arm in de lucht.

'Kijk, Sophie, zo steek je het mes erin, met één grote messteek, en je draait het zo, heel diep…'

Sophie begint te schreeuwen.

'Kijk naar het gezicht van Véronique. Kijk eerst hoe ze lijdt, hoeveel pijn je haar doet. Heel haar buik staat in brand. Kijk naar haar wijd opengesperde ogen, haar mond die openstaat van de pijn. Jij blijft het mes diep in haar buik gestopt houden. Je bent meedogenloos, Sophie. Ze begint te brullen. Om haar te laten zwijgen, haal je het mes eruit – het is al bedekt met haar bloed. Kijk hoe zwaar het nu is – en dan steek je het opnieuw in haar buik. Sophie, je moet ophouden!'

Maar terwijl hij dat zegt, blijft hij Sophies arm in de lucht houden. Sophie pakt zijn pols met haar andere hand, maar Frantz is te sterk. Ze gilt en kronkelt, probeert haar knieën op te trekken, maar niets helpt. Ze is als een kind dat tegen een volwassene vecht...

'Kan niets je doen stoppen?' vervolgt Frantz. 'Eén keer, twee keer, en nog een keer, en nog een keer, je houdt niet op je mes in haar buik te steken, en nog eens en nog eens. Straks zul je wakker worden met het mes in je hand en naast je Véronique, in een grote plas bloed. Hoe kun je zoiets doen, Sophie! Hoe kun je nog leven als je tot zulke dingen in staat bent?'

Het is even na twee uur 's nachts. Sinds een paar dagen lukt het Sophie om 's nachts een paar uur te slapen, dankzij een mengeling van vitamine C, cafeïne en glucuronamide. Op dit uur van de nacht slaapt Frantz altijd het diepst. Sophie kijkt naar hem. Frantz heeft een wilskrachtig gezicht. Zelfs als hij slaapt, straalt hij energie en wilskracht uit. Zijn ademhaling, tot nu toe heel langzaam, is nu onregelmatiger. Hij puft in zijn slaap, alsof hij moeilijk kan ademen. Sophie is naakt, ze heeft het een beetje koud. Met de armen over elkaar kijkt ze naar hem, vol haat. Dan loopt ze naar de keuken. Daar is een deur die toegang geeft tot een kleine ruimte, die in het flatgebouw 'het drooghok' wordt genoemd. De ruimte is nog geen twee vierkante meter groot en heeft een klein raampje – zowel 's winters als 's zomers is het er koud. Er worden allerlei spullen in opgeborgen, en ook bevindt zich daar de stortkoker. Sophie doet voorzichtig de la van de stortkoker open en steekt haar hand erin. Ze haalt een plastic tasje tevoorschijn, dat ze snel openmaakt. Ze legt een korte injectiespuit op de tafel en een flesje met vloeistof. Dan legt ze het tasje met de resterende producten in de la van de stortkoker. Uit voorzorg loopt ze naar de slaapkamer. Frantz slaapt nog steeds, hij snurkt een beetje. Sophie doet de koelkast open en pakt het draagkarton met vier bekers drinkyoghurt die Frantz als enige gebruikt. De naald van de injectiespuit laat slechts een piepklein gaatje achter dat door het deksel wordt verborgen. Na in elk flesje een dosis vloeistof te hebben gespoten, schudt Sophie de flesjes, om het spul sneller te mengen, en zet ze dan terug in de koelkast. Een paar minuten later ligt het plastic tasje weer op zijn plaats en kruipt Sophie in bed. Het geringste contact met het lichaam van Frantz vervult haar al met een onbeschrijfelijke afkeer. Ze zou hem graag in zijn slaap doden. Met een keukenmes, bijvoorbeeld.

Volgens hem zou Sophie een uur of tien moeten slapen. Dat zou ruim voldoende zijn als alles goed gaat. Anders zal hij later een tweede poging moeten doen, maar hij is zo opgewonden dat hij daar niet aan wil denken. Het is midden in de nacht. Hij heeft nog geen drie uur nodig om terug te keren naar Neuville-Sainte-Marie.

Het is een nacht die regen aankondigt. Dat zou ideaal zijn. Hij laat de motor aan de rand van het kleine bos staan, zo dichtbij mogelijk. Even later ziet hij twee positieve dingen: het huis van Auverney is in duisternis gehuld en de eerste regendruppels vallen op de grond. Hij legt zijn sporttas naast zijn voeten, trekt snel zijn motorpak uit waaronder hij een dun joggingpak draagt. Hij trekt zijn gymschoenen aan en doet zijn tas weer dicht. Dan loopt hij het heuveltje af dat het bos scheidt van de tuin van Auverney. Hij springt over het hek. Er is geen hond, dat weet hij. Zodra hij de deur van de schuur aanraakt, gaat er een licht aan in een kamer op de bovenverdieping. De kamer van Auverney. Frantz drukt zich plat tegen de deur. Auverney kan hem niet zien, tenzij hij naar beneden komt en de tuin inloopt. Frantz kijkt op zijn horloge. Het is bijna twee uur. Hij heeft de tijd, maar ook heel veel ongeduld. Het soort gemoedstoestand waarin je fouten maakt. Hij haalt diep adem. Het licht dat door het raam naar buiten schijnt doorboort het regengordijn en landt op het gazon. Een gestalte loopt langs het raam en verdwijnt weer. In de nachten waarin hij Auverney heeft geobserveerd leek die geen last te hebben van slapeloosheid, maar je weet maar nooit... Frantz slaat zijn armen over elkaar en kijkt naar de regen in de donkere nacht. Hij bereidt zich erop voor dat hij lang zal moeten wachten.

Toen ze een kind was boeiden onweerachtige nachten als deze haar. Ze zet de ramen wijd open en ademt diep de koele lucht in die haar longen ijskoud maakt. Ze heeft er behoefte aan. Het is haar niet gelukt om het hele medicijn uit te braken, en ze wankelt een beetje. Haar hoofd is zwaar. De uitwerking zou niet lang moeten duren, maar ze zit in de opklimmende fase van het slaapmiddel en deze keer heeft Frantz een te sterke dosis gegeven. Dat hij dat gedaan heeft, betekent dat hij een flinke tijd wegblijft. Hij is tegen elf uur vertrokken. Volgens haar zal hij niet voor drie of vier uur in de morgen terug zijn. Ze twijfelt en daarom gaat ze uit van halfdrie. Ze houdt zich vast aan de meubels om niet om te vallen en doet de deur van de badkamer open. Ze is er nu aan gewend. Ze trekt haar T-shirt uit, stapt in bad, haalt diep adem en draait de koude kraan helemaal open. Ze slaakt een rauwe kreet en dwingt zich door te gaan met ademen. Een paar seconden later is ze ijskoud en wrijft zich krachtig droog met een handdoek die ze meteen in de droger stopt, tegenover het dakraam. Ze zet heel sterke thee voor zichzelf (die geen geurtjes achterlaat, in tegenstelling tot koffie). Terwijl de thee trekt maakt ze spierbewegingen met haar armen en benen. En ze drukt zich een paar keer op om haar bloed sneller te laten stromen. Geleidelijk aan voelt ze zich een beetje energieker. Ze drinkt haar thee op. Daarna wast ze het kopje af en droogt het. Ze kijkt om zich heen om te zien of niets verraadt dat ze in de keuken is geweest. Ze klimt op een stoel, tilt een paneel op van het loze plafond en haalt een kleine, platte sleutel tevoorschijn. Voordat ze naar de kelder gaat, trekt ze latex handschoenen en andere schoenen aan. Ze doet heel langzaam de deur dicht en loopt de trap af.

Het regent nog steeds. In de verte klinkt het gedempte geluid van vrachtwagens die op de rijksweg passeren. Door in alle stilte op een plekje van een paar vierkante centimeter te blijven staan, is Frantz het koud gaan krijgen. Op het moment dat hij voor het eerst niest, gaat het licht in de kamer uit. Het is kwart voor twee. Frantz geeft zichzelf twintig minuten. Hij gaat weer op zijn post staan wachten en vraagt zich af of hij een dokter zal moeten raadplegen. Dan weerklinkt de eerste donderslag. Het bliksemt. Even wordt het hele landgoed verlicht.

Precies om vijf over twee verlaat Frantz zijn post en loopt rustig langs het huis. Hij betast het raamkozijn dat zich op manshoogte bevindt. Met behulp van zijn zaklamp kan hij duidelijk het vertrek achter het raam zien. Het kozijn is oud, het hout is uitgezet door de winters. Frantz pakt zijn gereedschapstas en legt een hand op het raam. Hij test de weerstand, maar hij heeft amper gedrukt of het raam vliegt open en klapt tegen de muur. Gezien het lawaai van het onweer is er weinig kans dat het geluid op de bovenverdieping aan de andere kant van het huis te horen is. Hij doet zijn gereedschapstas weer dicht, legt hem zorgvuldig op de vensterbank en trekt zich op. Dan gaat hij door het raam naar binnen en laat zich aan de andere kant weer op de grond vallen. Het is een cementen vloer. Hij trekt zijn schoenen uit om geen sporen achter te laten. Even later loopt hij, met de zaklantaarn in zijn hand, naar de archiefdozen van dokter Auverney. Hij heeft niet meer dan vijf minuten nodig om de doos eruit te pikken met de letters A tot en met G. Hij verliest zijn kalmte door de opwinding. Hij dwingt zich om een paar keer diep adem te halen terwijl zijn armen slap langs zijn lichaam hangen.

De dozen wegen allemaal zwaar. Ze zijn dichtgemaakt met plakband. Frantz draait de doos die hem interesseert om. De onderkant is gewoon dichtgeplakt. Je hebt alleen een stanleymes nodig om hem open te maken. Frantz ziet dan een indrukwekkende stapel papieren mappen. Hij haalt er eentje uit, willekeurig. Gravetier. Die naam is met een blauwe viltstift op de map geschreven, in hoofdletters. Hij stopt hem terug in de doos. Terwijl hij diverse mappen tevoorschijn haalt, voelt hij dat hij zijn doel bijna heeft bereikt. Baland, Baruk, Belais, Benard, Berg! Een oranje map, de hoofdletters zijn in hetzelfde handschrift geschreven. Nerveus slaat Frantz de map open. Er zijn slechts drie documenten. Op de eerste staat: 'medisch dossier' opgemaakt voor Sarah Berg. De tweede is een simpel briefje met administratieve gegevens en de burgerlijke staat. Het derde een vel papier met indicaties over medicijnen, met de hand geschreven en meestal onleesbaar. Hij pakt het medische dossier, vouwt het op en stopt het onder zijn motorpak. Dan legt hij de map weer op zijn plaats, draait de doos om en plakt hem dicht met ultrasterke lijm. Even later kruipt hij weer door het raam en laat zich in de tuin vallen. Na nog geen kwartier rijdt hij over de snelweg. Hij moet zichzelf dwingen om zich aan de toegestane snelheid te houden.

Zodra Sophie in de kelder is, wordt ze onmiddellijk bang. Toch weet ze wie Frantz is. Maar wat ze te zien krijgt in die kelder… het is alsof ze haar onderbewustzijn betreedt. De muren zijn helemaal bedekt met foto's. De tranen springen in haar ogen. Ze wordt overmand door wanhoop als haar blik op de vergrote close-up-foto's van Vincent valt, zijn mooie gezicht is zo triest. Daar hangt vier jaar van haar leven. Zij aan de wandel (waar was dat?), grote kleurenfoto's die in Griekenland zijn genomen en haar haar baan bij Percy's hebben gekost. In zulke schandelijke omstandigheden... Dan zij bij de uitgang van een supermarkt, dat is in 2001. En hier is het huis in l'Oise... Sophie verbijt zich. Ze zou willen schreeuwen, ze zou alles willen opblazen: deze kelder, dit flatgebouw, de hele wereld. Ze voelt zich nogmaals verkracht. Op deze foto wordt Sophie vastgehouden door de bewaker van een minisupermarkt. En hier gaat ze een politiebureau binnen. Verscheidene foto 's laten haar in close-up zien, in de tijd waarin ze nog knap was. En op deze foto is ze zo lelijk als de nacht. Het is in l'Oise, ze loopt gearmd met Valérie door de tuin. Ze ziet er al triest uit. En hier is... Hier is Sophie met de kleine Leo aan haar hand. Sophie begint te huilen, ze kan er niets aan doen. Ze kan niet meer denken, ze kan alleen maar huilen. Haar hoofd gaat zachtjes heen en weer bij het zien van de onherstelbare ellende die haar leven is. Ze begint te kreunen en te snikken, haar tranen overstromen de foto's en de kelder en haar leven. Sophie valt op haar knieën, ze kijkt op naar de muren. Dan ziet ze Vincent die boven op haar ligt, naakt. De foto is genomen door het raam van hun flat. Hoe is dat mogelijk? Foto's van haar spullen: portefeuille, tas, strip pillen. En hier is ze weer met Laure Dufresne. Daar nog een keer... Sophie kreunt. Ze drukt haar voorhoofd tegen de grond en blijft huilen. Frantz kan elk moment arriveren, maar dat is niet meer belangrijk. Ze is klaar om te sterven.

Maar Sophie sterft niet. Ten slotte richt ze haar hoofd op. Geleidelijk aan vervangt een verschrikkelijke woede haar wanhoop. Ze gaat staan en droogt haar tranen. Ze is nog steeds woedend. Frantz kan elk moment arriveren, dat is niet meer belangrijk. Ze is klaar om hem te vermoorden.

Sophie is te zien op alle muren, behalve op de rechtermuur, waarop slechts drie foto's hangen. Tien, twintig, dertig keer misschien, dezelfde drie foto's van dezelfde vrouw, Sarah Berg. Het is de eerste keer dat Sophie haar ziet. De gelijkenis met Frantz is verbluffend, de ogen, de mond... Op twee foto's is ze jong, een jaar of dertig. Knap. Heel knap zelfs. De derde foto is waarschijnlijk tegen het eind van haar leven genomen. Ze zit op een bank, voor een grasveld met een treurwilg, een lege blik in haar ogen. Een strak, onbewogen gezicht.

Sophie snuit haar neus. Ze gaat aan de tafel zitten, opent de laptop en zet hem aan. Even later knippert het venster van het wachtwoord. Sophie kijkt hoe laat het is. Ze geeft zichzelf vijfenveertig minuten en begint met de voor de hand liggende woorden: Sophie, Sarah, mama, Jonas, Auverney, Catherine...

Vijfenveertig minuten later moet ze het opgeven.

Ze klapt de laptop voorzichtig dicht en begint de laden te doorzoeken. Ze vindt een heleboel van haar spullen, soms dezelfde als die op de foto's aan de muur staan. Er zijn nog een paar minuten over van de tijd die ze zichzelf heeft toegestaan. Vlak voor haar vertrek doet ze een ruitjesschrift open en begint te lezen:

3 mei 2000

Ik heb haar zojuist voor het eerst gezien. Ze heet Sophie. Ze kwam haar huis uit. Ik heb alleen haar silhouet kunnen zien. Kennelijk is het een vrouw die haast heeft. Ze is in haar auto gestapt en meteen weggereden. Zo hard, dat ik haar met moeite op mijn motor kon volgen.

VERTROUWELIJK

Dr. Catherine Auverney
Arman-Brussières Kliniek
Aan
Dr. Sylvain Lesgle
Directeur van de Arman-Brussières Kliniek
16 november 1999

Medisch rapport

Patiënte: Sarah Berg, geboren Weiss
Adres: (zie administratief dossier)
Geboren: 22 juli 1944 in Parijs (11de)
Beroep: geen
Overleden: 4 juni 1989 in Meudon (92)

Mevrouw Sarah Berg is voor het eerst opgenomen in september 1982 (L. Pasteur Ziekenhuis). Het dossier is niet aan ons doorgegeven. Door verschillende gegevens te vergelijken weten we dat de ziekenhuisopname was voorgeschreven door haar behandelende huisarts. Op aandringen van haar echtgenoot, Jonas Berg, maar met instemming van de patiënte. Ze lijkt er niet langer te zijn gebleven dan nodig was.

Mevrouw Sarah Berg is voor een tweede keer behandeld in 1985 door dr. Roudier (Parkziekenhuis). De patiënte leed aan een chronische depressie, waarvan de eerste verschijnselen zich halverwege de jaren zestig al hadden geopenbaard. De opname, volgend op een barbituratenkuur, duurde van 11 maart tot en met 26 oktober.

Ikzelf heb Sarah Berg in juni 1987 in behandeling genomen, tijdens haar derde ziekenhuisopname (die op 24 februari 1988 eindigde). Later hoorde ik dat de barbituratenkuur die deze ziekenhuisopname rechtvaardigde minstens twee keer had plaatsgevonden tussen 1985 en 1987. De werking van die kuren, voornamelijk behandelingen met medicijnen, werd destijds beschouwd als duurzaam. De staat waarin de patiënte verkeert rechtvaardigt dan een zware behandeling, de enige manier om doeltreffend nieuwe zelfmoordpogingen te bestrijden. Gevolg van deze behandeling: pas eind juli 1987 kan men echt contact krijgen met de patiënte.

Toen we daarin slaagden bleek Sarah Berg, 43 jaar oud, een vrouw te zijn met een levendige en reactieve intelligentie. Ze bleek te beschikken over een rijke, ja zelfs complexe woordenschat, en over een onmiskenbaar vermogen om zich goed uit te drukken. Haar leven is duidelijk getekend door de deportatie van haar ouders en hun verdwijning in het concentratiekamp Dachau, kort na haar geboorte. De eerste depressieve verschijnselen gepaard gaande met geestverwarring, ongetwijfeld in een heel vroeg stadium, lijken een sterk schuldgevoel – veelvoorkomend in die configuraties – te koppelen aan een krachtig uitdoven van haar zelfbeeld. Tijdens onze gesprekken bracht Sarah altijd haar ouders ter sprake. Ze stelde vaak de historische rechtvaardigingskwestie aan de orde (waarom zij?). Die vraag maskeert natuurlijk een aspect dat psychisch van alle tijden is, verbonden met het verlies van de liefde van de ander en het verlies van achting voor zichzelf. Sarah is, dat moet benadrukt worden, een bijzonder aandoenlijk wezen. Soms zelfs ontwapenend in de overstelpende oprechtheid waarmee ze, tot in het extreme, zichzelf voortdurend in twijfel trekt. Vaak aangrijpend, als ze praat over de arrestatie van haar ouders, de weigering om te rouwen – onder meer door haar geheime en intensieve naspeuringen onder overlevenden... Sarah blijkt iemand te zijn met een pijnlijke gevoeligheid, naïef en scherpzinnig tegelijk. De neurotische grondslag van haar jeugd koppelt de schuld van de overlevende aan het gevoel van verontwaardiging, wat het geval is bij veel wezen die onbewust het 'vertrek' van hun ouders interpreteren als het bewijs dat ze geen interessante kinderen waren.

We voegen als algemene factor aan het geheel van deze analyse toe dat genetische factoren, die we natuurlijk niet konden onderzoeken, hebben kunnen bijdragen aan de ziekte van Sarah Berg. Onze aanbevelingen gaan natuurlijk in de richting van een strenge bewaking van het nageslacht van deze patiënte voor wie depressieve symptomen, gemarkeerd door ziekelijke fixaties en dwangneurotische uitingen, te vrezen zijn...

Frantz keerde midden in de nacht terug. Sophie werd wakker toen ze de deur hoorde. Ze deed onmiddellijk alsof ze sliep, een

kunst die ze nu heel goed verstond. Uit het geluid van zijn voetstappen in de flat, uit de manier waarop hij de koelkastdeur
dichtdeed, maakte ze op dat hij erg opgewonden was. Hij, die
normaliter zo kalm was… Ze vermoedde dat hij in de deuropening van de slaapkamer stond. Toen liep hij naar het bed, knielde
neer en streelde haar haren. Hij leek in gedachten verdiept. In
plaats van naar bed te gaan, ging hij naar de zitkamer, ondanks
het late uur, en daarna naar de keuken. Ze meende een geluid te
horen, alsof hij een envelop openscheurde. Daarna niets meer.
Hij is niet meer in bed gekropen. Ze vindt hem de volgende morgen, zittend op een keukenstoel, een wezenloze blik in zijn ogen.
Opnieuw lijkt hij heel veel op Sarah's foto, hoewel hij nóg wanho-
piger is. Alsof hij plotseling tien jaar ouder is geworden. Hij richt
zijn blik op Sophie. Het is alsof hij dwars door haar heen kijkt.
'Ben je ziek?' vraagt Sophie.
Ze trekt haar ochtendjas strak om zich heen. Frantz geeft geen
antwoord. Zo blijft het een tijdje. Vreemd genoeg heeft Sophie het
idee dat die stilte, zo nieuw, zo onverwacht, het eerste echte contact tussen hen is sinds hun eerste ontmoeting. Ze kan niet zeggen waarom dat zo is. Het licht van de nieuwe dag stroomt door
het keukenraam naar binnen en beschijnt de voeten van Frantz.
'Ben je buiten geweest?' vraagt Sophie.
Hij kijkt naar zijn bemodderde voeten, alsof ze niet van hem
zijn.
'Ja… Nou, nee…'
Er is beslist iets aan de hand. Sophie loopt naar voren en
dwingt zichzelf zijn nek te strelen. Dat contact vervult haar met
afkeer, maar ze houdt stand. Daarna zet ze theewater op.
'Wil je thee?'
'Nee… Nou, ja…'
Vreemde sfeer. Het lijkt of zij uit het duister komt en hij erin
verdwijnt.

Hij ziet zo wit als een doek. 'Ik voel me een wrak,' zegt hij simpelweg. Sinds twee dagen eet hij heel weinig. Ze raadt hem zuivelproducten aan: hij eet drie bekertjes yoghurt leeg, die ze met zorg klaarmaakt, en hij drinkt thee. En dan blijft hij aan tafel zitten en staart naar het tafelkleed. Hij piekert. Die sombere houding maakt haar bang. Hij is een tijd in gedachten verzonken. Dan begint hij te huilen. Gewoon. Op zijn gezicht staat geen verdriet te lezen. Zijn tranen stromen over zijn wangen en vallen op het tafelkleed.

Onhandig droogt hij zijn tranen. Daarna zegt hij: 'Ik ben ziek.' Zijn stem trilt, en is zwak.

'Griep, misschien...' antwoordt Sophie.

Bespottelijk om tranen aan griep toe te schrijven. Maar het feit dat hij huilt is zo verrassend...

'Ga lekker liggen,' zegt ze. 'Ik zal thee voor je maken.'

Hij bromt iets als 'Ja, dat is goed...' maar ze is er niet zeker van. Wat een vreemde sfeer. Hij staat op, draait zich om, loopt de slaapkamer binnen en gaat met zijn kleren aan op bed liggen. Ze zet thee voor hem. De ideale gelegenheid. Ze controleert of hij nog steeds ligt en dan doet ze de stortkoker open...

Ze glimlacht niet, maar ze voelt een enorme opluchting. De rollen zijn zojuist omgekeerd. Het lot heeft haar geholpen. Dat is wel het minste wat ze kon vragen. Bij de eerste zwakte was ze vastbesloten om de teugels in handen te nemen. Vanaf nu, belooft ze zichzelf, zal ze hem niet meer loslaten. Behalve als zij dood is.

Wanneer ze de slaapkamer binnengaat, kijkt hij haar bevreemd aan, alsof hij iemand herkent die hij niet verwacht, alsof hij iets ernstigs tegen haar gaat zeggen. Maar nee, hij zwijgt. Hij leunt op zijn elleboog.

'Je moet je uitkleden...' zegt ze. Het lijkt of ze druk in de weer is.

Ze schudt de kussens op en trekt de lakens glad. Frantz gaat staan en kleedt zich langzaam uit. Hij lijkt verzwakt. Glimlachend zegt ze: 'Het is net of je al slaapt...' Voordat hij gaat liggen, pakt hij de kom thee van haar aan. 'Dit zal je helpen een beetje te slapen...' Franz begint te drinken. 'Dat weet ik,' zegt hij.

Sarah Weiss trouwt in 1964 met Jonas Berg, geboren in 1933. Dus hij is elf jaar ouder dan zij. Die keus bevestigt het zoeken naar een symbolische verwantschap, om, voor zover mogelijk, de afwezigheid van bloedverwanten te compenseren. Jonas Berg is een zeer actieve, vindingrijke man. Een harde werker en een zeer intuïtieve zakenman. Jonas Berg grijpt de economische kans aan die de naoorlogse bloeiperiode hem biedt. In 1959 richt hij de eerste minisupermarktketen van Frankrijk op. Vijftien jaar later, als het bedrijf franchising toepast, telt het niet minder dan 430 winkels. Dat verzekert de familie Berg ervan dat ze in welstand kunnen blijven leven tijdens de economische crisis van de jaren zeventig. Ja, hun vermogen zal zelfs nog groeien door de aankoop van huurpanden. Jonas Berg zal in 1999 overlijden.

Vanwege zijn betrouwbaarheid en de oprechte gevoelens die hij voor haar koestert blijft Jonas Berg voor zijn echtgenote een onmiskenbaar baken van veiligheid. Het schijnt dat de eerste jaren van het echtpaar gemarkeerd waren door de toename van depressieve verschijnselen van Sarah. Eerst niet erg duidelijk, en later, in de loop der tijd, steeds merkbaarder. De symptomen krijgen geleidelijk aan een echt melancholieke dimensie.

In februari 1973 is Sarah voor het eerst zwanger. Het jonge paar verwelkomt die gebeurtenis vol vreugde. Jonas Berg droomt ongetwijfeld heimelijk van een zoon, en Sarah hoopt op de komst van een meisje. Natuurlijk bestemd om 'het ideale geneesmiddel' te worden, en het lapmiddel om de oorspronkelijke narcistische zwakke plek te beperken. Die hypothese wordt bevestigd door het buitengewone geluk van het paar in de eerste maanden van de

zwangerschap en de vrijwel complete verdwijning van Sarah's
depressieve symptomen.

De tweede beslissende gebeurtenis in het leven van Sarah (na
de verdwijning van haar ouders) vindt plaats in juni 1973, als ze
voortijdig bevalt van een doodgeboren meisje. De weer openge-
reten wond leidt tot schade die niet meer hersteld kan worden
door haar tweede zwangerschap.

Toen ze er zeker van was dat hij sliep is Sophie naar de kelder gegaan. Ze heeft het schrift gepakt dat het dagboek van Frantz be-
vat, en heeft het mee naar boven genomen. Ze steekt een sigaret
op, legt het schrift op de keukentafel en begint te lezen. Vanaf de
eerste woorden is alles er, alles staat op zijn plaats, bijna zoals ze
het zich heeft voorgesteld. Bladzijde na bladzijde neemt haar haat
toe en wordt een bal in haar buik. De woorden in het schrift van
Frantz vormen een afspiegeling van de foto's waarmee hij de
muren van zijn kelder heeft behangen. Na de portretten trekken
nu de namen voorbij: allereerst Vincent en Valérie… Af en toe
kijkt Sophie naar het raam. Ze maakt haar sigaret uit en steekt
een nieuwe op. Als Frantz opstond, zou ze een mes in zijn buik
kunnen steken zonder een spier te vertrekken. Zo groot is haar
haat. Ze zou hem ook in zijn slaap kunnen doodsteken, dat zou
heel makkelijk zijn. Maar juist omdat ze hem zo haat, piekert ze
er niet over. Ze heeft verscheidene oplossingen. Ze heeft nog
geen keus gemaakt.

Sophie heeft een deken uit de kast gehaald. Ze slaapt in de zitkamer op de bank.

Frantz duikt op na een uur of twaalf te hebben geslapen, maar
het is alsof hij nog steeds slaapt. Hij beweegt zich traag, zijn gezicht is ontzettend bleek. Hij kijkt naar de bank waarop Sophie de
deken heeft achtergelaten. Hij zegt niets. Hij kijkt haar aan.

'Heb je honger?' vraagt ze. 'Wil je een dokter laten komen?'

Hij schudt zijn hoofd, maar ze weet niet of dat voor de dokter geldt of voor de honger. Misschien allebei.

'Als het griep is, gaat het wel weer over,' zegt hij met een klankloze stem.

Hij ploft neer in de stoel tegenover haar. Dan legt hij zijn handen voor zich, alsof het voorwerpen zijn.

'Je móét iets nemen,' zegt Sophie.

Frantz maakt een gelaten gebaar en zegt: 'Zoals je wilt…'

Ze gaat staan, loopt naar de keuken en legt een diepvriesmaaltijd in de magnetron. Terwijl ze wacht op het signaal dat de maaltijd klaar is, steekt ze een verse sigaret op. Frantz rookt niet en normaal gesproken heeft hij last van de rook, maar hij is zo zwak, dat hij niet eens lijkt te merken dat ze rookt. Dat ze haar peuken uitmaakt in de kommen die ze bij het ontbijt gebruiken. Hij, die gewoonlijk zo'n pietje-precies is.

Frantz wendt zijn hoofd af. Als de maaltijd warm is, schept ze de helft ervan op een bord. Ze kijkt of Frantz nog steeds op zijn plaats zit en mengt het slaapmiddel en de tomatensaus door elkaar.

Frantz proeft. Hij kijkt haar aan. De stilte geeft haar een ongemakkelijk gevoel.

'Het is lekker,' zegt hij ten slotte.

Hij eet wat van de lasagne, wacht een paar seconden, en eet wat van de saus.

'Is er brood?' vraagt hij.

Ze staat weer op en brengt een plastic zak met gesneden fabrieksbrood naar hem toe. Hij begint een stukje brood in de saus te dopen. Hij eet het brood lusteloos op, automatisch, plichtmatig, tot het eind.

'Wat heb je precies?' vraagt Sophie. 'Heb je ergens pijn?'

Hij wijst met een vaag gebaar naar zijn borstkas. Zijn ogen zijn opgezet.

'Warme thee zal je goeddoen…'

Ze staat op en zet thee voor hem. Als ze terugkomt, merkt ze dat zijn ogen opnieuw vol tranen zijn. Hij neemt een paar slokjes van de thee, maar algauw geeft hij het op. Hij zet de kom neer en komt moeizaam overeind. Hij gaat naar de wc. Daarna kruipt hij weer in bed. Sophie staat in de deuropening toe te kijken.

'Ik ga boodschappen doen…' waagt ze te zeggen.

Nooit laat hij haar naar buiten gaan. Maar deze keer doet Frantz slechts zijn ogen open en kijkt haar strak aan. Daarna lijkt zijn hele lichaam te worden overmeesterd door versuftheid. Als Sophie zich heeft aangekleed, is hij weggezonken in een diepe slaap.

Sarah is vanaf februari 1974 voor de tweede keer zwanger. Ze is zwaar depressief en die zwangerschap resoneert natuurlijk krachtig in symbolisch opzicht. Aangezien de nieuwe conceptie op de kop af een jaar na de vorige heeft plaatsgevonden, is Sarah ten prooi aan angsten van magische aard (dit kind heeft het vorige kind gedood om te kunnen leven). Ook aan angsten die ontstaan zijn door zelfbeschuldiging (ze heeft haar dochter gedood zoals ze haar moeder al heeft gedood). En ten slotte aan uitingen van minderwaardigheid (ze beschouwt zichzelf als een 'zeer slechte moeder', die niet in staat is iemand het leven te schenken).

De zwangerschap, die voor het paar een lijdensweg is, en voor Sarah ook een marteling, gaat gepaard met talloze incidenten waarvan de therapie ongetwijfeld maar een paar aspecten onthult. Sarah probeert, herhaaldelijk en achter de rug van haar man om, een miskraam op te wekken. De dringende fysieke behoefte aan een miskraam is af te meten aan de heftigheid van de methodes waarvan Sarah in die periode gebruikmaakt. Ook heeft ze in die periode twee keer een barbituratenkuur gehad, tekenen van de jonge vrouw dat ze de zwangerschap afwijst. Ze beschouwt het kind dat geboren gaat worden en waarvan ze zeker denkt te weten dat het een jongetje is, steeds meer als een in-

dringer. Een 'vreemdeling' die ze geleidelijk aan openlijk afschil-
dert als boosaardig, gemeen en zelfs duivels. Aan die zwanger-
schap komt wonderbaarlijk genoeg een einde op 13 augustus
1974 door de geboorte van een jongen, Frantz geheten.

Het kind, symbolisch voorwerp van vervanging, schuift al snel
de ouderlijke rouw op de achtergrond, wat Sarah's agressiviteit
ten opzichte van hem versterkt. Ze laat duidelijk en vaak merken
dat ze hem haat. De eerste keer in de vorm van een mausoleum
dat Sarah gedurende de eerste maanden van het leven van haar
zoon opricht ter herinnering aan haar doodgeboren dochtertje.
Het magische en occulte karakter van de 'zwarte missen' waar-
aan ze zich heimelijk overlevert in die periode, wijst op het me-
taforische aspect van haar onbewuste vraag: ze roept, zoals ze
later aan me bekende, haar 'dode dochter in de hemel' op om de
zoon levend in 'het hellevuur' te storten.

Voor het eerst sinds weken gaat Sophie naar beneden om boodschappen te doen. Vóór haar vertrek heeft ze zichzelf in de spiegel bekeken. Ze vond zichzelf heel erg lelijk, maar het is heerlijk
om op straat te lopen. Ze voelt zich vrij. Ze zou ervandoor kunnen gaan. Dat zal ze doen als alles weer in orde is, neemt ze zich
voor. Ze neemt een tas met etenswaren mee naar huis, het is een
paar dagen houdbaar. Maar intuïtief weet ze dat het niet nodig zal
zijn.

Hij slaapt. Sophie zit op een stoel naast het bed. Ze kijkt naar
hem. Ze leest niet, praat niet, beweegt niet. De rollen zijn omgedraaid. Sophie houdt het niet voor mogelijk. Zou het dan zo simpel zijn? Waarom nú? Waarom is Frantz plotseling ingestort? Hij
lijkt gebroken. Hij droomt en is onrustig. Ze kijkt naar hem, als
naar een insect. Hij huilt in zijn slaap. Ze haat hem zo dat ze er
soms niets meer van voelt. Frantz wordt dan een idee. Een begrip.
Ze gaat hem doden. Ze is bezig hem dood te maken.

Juist op het moment waarop ze denkt 'ik ben hem aan het doden' doet Frantz op onverklaarbare wijze zijn ogen open. Hij staart Sophie aan. Hoe kan hij wakker worden na alles wat ze hem heeft gegeven? Ze heeft zich waarschijnlijk vergist… Hij steekt zijn hand uit en pakt haar pols stevig vast. Ze deinst terug op haar stoel. Hij blijft haar zwijgend aankijken en vasthouden. Dan zegt hij: 'Ben je daar?' Ze slikt. 'Ja,' mompelt ze. Frantz doet zijn ogen weer dicht, alsof hij gewoon een vraag heeft gesteld in zijn droom. Hij slaapt niet. Hij huilt. Zijn ogen blijven gesloten, maar zijn tranen stromen over zijn wangen. Sophie wacht nog even geduldig af. Frantz draait zich woest om naar de muur. Zijn schouders schokken door het snikken. Even later gaat hij langzamer ademhalen en begint hij zacht te snurken.

Ze staat op, gaat in de zitkamer aan de tafel zitten en slaat het schrift weer open.

De verbijsterende sleutel tot alle raadsels. In het schrift van Frantz staat een uitvoerige beschrijving van zijn kamer tegenover de flat die Sophie met Vincent bewoonde. Elke bladzijde is een verkrachting, elke zin een vernedering, elk woord een wreedheid. Alles wat ze heeft verloren ligt vóór haar, alles wat hij van haar heeft gestolen, haar hele leven, haar liefdes, haar jeugd… Ze staat op en gaat naar de slapende Frantz kijken. Ze steekt een sigaret op. Ze heeft slechts één keer in haar leven iemand gedood, de manager van een fastfoodrestaurant. Ze denkt er zonder angst en spijt aan terug. En dat is dan nog niets. De man die in dit bed slaapt… als ze die gaat vermoorden…

Dan verschijnt in het dagboek van Frantz de forse gestalte van Andrea, de receptioniste. Een paar bladzijden verder valt Vincents moeder van de trap in haar huis, terwijl Sophie diep in slaap is. Op slag dood… Andrea stort door het raam naar beneden. Tot nu toe was Sophie bang voor haar leven. Sophie besefte nog niet dat deze verschrikkingen in de sombere coulissen van haar leven verborgen lagen. Verbijsterd doet ze het schrift weer dicht.

Het is ongetwijfeld aan de koelbloedigheid van Jonas te danken, aan zijn psychische en fysieke weerstand en aan de absoluut positieve plaats die hij in het leven van zijn vrouw inneemt, dat Sarah's haat tegen hun zoon nooit tot een medisch ongeluk leidt. Niettemin wordt het kind door zijn moeder mishandeld, op een discrete manier: knijpen, klappen op het hoofd, verdraaiing van ledematen, brandwonden enzovoort. Maar ze zorgt ervoor dat het nooit zichtbaar wordt. Ze zegt dat ze dan met alle macht tegen zichzelf moet vechten om het kind niet te doden dat nu al haar wrok ten opzichte van het leven personifieert.

De plaats van de vader vormt, zoals we al zeiden, ongetwijfeld de ultieme bescherming waardoor dit kind een potentiële kindermoordenares kan overleven. De blik van de vader leidt tot de ontwikkeling van schizoïde gedrag bij Sarah. Ten koste van enorm veel psychische energie lukt het haar om dubbelspel te spelen: zich voordoen als een liefhebbende en zorgzame moeder voor een kind dat ze heimelijk dood wenst. Die geheime wens openbaart zich in talloze dromen, waarin het kind bijvoorbeeld veroordeeld wordt om zijn grootouders in Dachau terug te vinden en te vervangen. In andere dromen wordt de kleine jongen gecastreerd, ontdaan van zijn ingewanden, ja zelfs gekruisigd. Of hij komt om door verdrinking, verbranding of verbrijzeling, meestal met ondraaglijke pijnen, die een troostende en vooral bevrijdende uitwerking op de moeder hebben.

Het om de tuin leiden van haar omgeving en haar kind zelf eist voortdurend Sarah's aandacht. Je zou kunnen zeggen dat juist die aandacht om haar haat tegen de jongen te verbergen en te onderdrukken haar psychische energie ondermijnt en haar ten slotte in de uitgesproken depressieve fases van de jaren 1980 stort.

Vreemd genoeg is het juist haar eigen zoon die van het sta-
dium van (onwetend) slachtoffer overgaat naar het stadium van
(ongewilde) beul, want zijn bestaan is, op zichzelf en onafhan-
kelijk van haar gedrag, de wérkelijke oorzaak van de dood van
zijn moeder.

Twintig uur later staat Frantz op. Hij heeft dikke ogen. Hij heeft
veel gehuild in zijn slaap. Hij verschijnt in de deuropening van
de slaapkamer, terwijl Sophie voor het raam staat te roken en
naar de hemel kijkt. Frantz heeft een massa slaapmiddelen naar
binnen gekregen. Zijn gedrag wijst op pure wilskracht, maar
Sophie heeft absoluut de regie in handen genomen. In de afgelopen vierentwintig uur heeft ze de moleculaire wedstrijd tussen hen gewonnen. 'Je bent echt heldhaftig,' zegt Sophie koel-
tjes, terwijl Frantz wankelend door de gang loopt, op zoek naar
de wc. Hij huivert, over zijn hele lichaam lopen koude rillingen.
Hem nú doodsteken zou een fluitje van een cent zijn... Ze loopt
naar de wc en ziet hem op de toiletpot zitten. Hij is zo zwak dat
zijn hoofd inslaan, met wat dan ook, heel gemakkelijk zou
zijn... Ze rookt en kijkt hem ernstig aan. Hij slaat zijn ogen naar
haar op.

'Je huilt,' stelt ze vast, terwijl ze een trekje van haar sigaret
neemt.

Hij antwoordt met een scheve glimlach. Terwijl hij zich vasthoudt aan de muren, gaat hij staan. Hij slingert door de zitkamer in de richting van de slaapkamer. Ze komen elkaar weer
tegen bij de slaapkamerdeur. Hij buigt zijn hoofd, alsof hij aarzelt, en zoekt steun bij de deurpost. Hij kijkt naar de vrouw met
haar ijskoude blik. Hij aarzelt. Dan gaat hij zwijgend op het bed
liggen, met wijd gespreide armen. Hij sluit zijn ogen.

Sophie gaat weer naar de keuken en pakt het dagboek van
Frantz, dat ze in de bovenste la heeft opgeborgen. Ze begint
weer te lezen. Ze beleeft nogmaals het ongeluk van Vincent, zijn

dood... Ze weet nu hoe Frantz de kliniek is binnengekomen, hoe hij Vincent na de avondmaaltijd is gaan ophalen en zijn rolstoel met een omtrekkende beweging langs het kantoor van de verpleegkundigen heeft geduwd, hoe hij de nooddeur heeft geopend die naar een grote, monumentale trap leidde. Sophie stelt zich heel even het doodsbange gezicht van Vincent voor. Ze voelt zijn machteloosheid tot in haar botten. En op dat moment besluit ze abrupt dat de rest van het dagboek haar niet meer interesseert. Ze doet het schrift dicht, komt overeind, en zet het raam wijd open: ze leeft.

En ze is er klaar voor.

Frantz slaapt opnieuw zes uur. In totaal meer dan dertig uur zonder drinken of eten, verloren in een comateuze slaap. Sophie begint zelfs te denken dat hij zo, in bed, zal sterven. Door een terugslag. Door een overdosis. Zwakkere mensen zouden al zijn overleden aan die enorme hoeveelheid slaapmiddelen. Hij heeft veel nachtmerries gehad en vaak heeft Sophie hem in zijn slaap horen huilen. Zij heeft op de bank geslapen. Ze heeft ook een fles wijn opengemaakt. Ze is naar beneden gegaan om sigaretten te kopen en een paar boodschappen te doen. Als ze terugkomt, zit Frantz rechtop in bed. Zijn hoofd, dat te zwaar voor hem is, zwaait heen en weer.

'Je bent klaar...' zegt ze.

Hij reageert met een scheve glimlach, maar hij slaagt er niet in zijn ogen open te doen. Ze loopt naar hem toe en geeft hem een duwtje met haar vlakke hand. Het is alsof ze hem een harde duw heeft gegeven. Hij valt bijna om. Hij houdt zich vast aan het bed. Het lukt hem te blijven zitten, hoewel zijn hele lichaam heen en weer blijft bewegen, op zoek naar een evenwicht dat echter wankel is.

'Je bent helemaal klaar...' zegt ze.

Ze legt een hand op zijn borst en duwt hem heel gemakkelijk

achterover. Hij strekt zich uit. Als Sophie de flat verlaat, heeft ze grote, groene vuilniszakken bij zich.

Het is afgelopen. Haar gebaren zijn nu kalm, simpel en vastberaden. Een deel van haar leven nadert zijn einde. Voor een laatste keer kijkt ze naar de foto's. Dan maakt zij ze een voor een los van de muur en stopt ze in een vuilniszak. Daar doet ze bijna een uur over. Soms houdt ze even op en bekijkt een foto heel aandachtig, maar het doet haar niet meer zoveel pijn als de eerste keer. Het is net een gewoon fotoalbum waarin ze enigszins vergeten beelden van haar leven vindt, zonder ze te zoeken. Hier staat Laure Dufresne lachend op. Sophie herinnert zich haar harde, gesloten gezicht toen ze de anonieme brieven die Frantz had geschreven voor zich neerlegde. Je zou de ware toedracht openbaar moeten maken, je zou het moeten goedmaken, je zou je van al die dingen moeten vrijpleiten, maar dat leven ligt ver achter haar. Sophie is moe. Opgelucht en afstandelijk. Hier is Valérie, die Sophie een arm heeft gegeven en iets in haar oor fluistert, met een begerige glimlach. Sophie was het gezicht van Andrea vergeten. Vóór vandaag had dat meisje geen grote rol in haar leven gespeeld. Op deze foto vindt ze haar simpel en oprecht. Sophie aarzelt even bij de foto van het lichaam van Andrea, dat door het raam van haar flat naar beneden valt. Hierna gaat Sophie vrijwel aan één stuk door. In een andere vuilniszak propt ze alle spullen. Het terugzien van die dingen raakt haar meer dan de foto's: horloge, tas, sleutels, notitieboekje, agenda… En als alles is ingepakt, stopt ze de laptop in de laatste vuilniszak. Ze gooit eerst de computer in de grote, groene container en legt er de zak met haar spullen bovenop. Dan keert ze terug naar de kelder, doet de deur op slot en gaat terug naar haar flat, gewapend met de zak met papieren.

Frantz slaapt, maar niet diep. Ze zet de grote, gietijzeren stoofpan op de vloer van het balkon en begint het dagboek te verbranden, na de bladzijden in stukken te hebben gescheurd. Daarna is het de beurt aan de foto's. Soms laait het vuur zo hoog op dat ze achteruitdeinst en geduldig moet wachten tot ze verder kan. Dan rookt ze peinzend een sigaret, terwijl ze de foto's in de vlammen ziet kronkelen.

Ten slotte maakt ze de pan schoon en zet hem weer op zijn plaats. Ze neemt een douche en begint haar reistas klaar te maken. Ze zal niet veel meenemen. Alleen wat ze echt nodig heeft. Alles moet nu achter haar blijven.

Lethargie, voor zich uit staren, gelaatsuitdrukking van verdriet en angst, en soms ontzetting, moeilijk benaderbaar, fatalistische houding ten opzichte van de dood, schuldgevoel, hallucinaties en de vraag om straf zijn een paar klinische symptomen wanneer Sarah in 1989 opnieuw wordt opgenomen.

Door het vertrouwen dat tussen Sarah en mij is opgebouwd tijdens haar vorige opname kan ik gelukkig opnieuw een positief klimaat scheppen en dat benutten voor de uiterst belangrijke doelstelling: het verminderen van de uitingen van afkeer en walging die ze heimelijk ontwikkeld had ten opzichte van haar zoon. Uitingen die des te uitputtender zijn omdat ze er altijd in slaagt de mensen om de tuin te leiden, tot de depressie opnieuw toeslaat. In die tijd onderdrukt ze, ogenschijnlijk een liefhebbende moeder, al meer dan vijftien jaar een diepgewortelde afschuw van haar zoon en het verlangen hem te vermoorden.

Sophie heeft haar tas vlak bij de voordeur neergezet. Zoals na een verblijf in een hotelkamer, maakt ze een rondje door de flat, zet dít recht, ruimt dát op, klopt de kussens van de bank op, haalt een natte spons over het afschuwelijke tafelkleed, ruimt de laatste resten van de afwas op. Dan doet ze de kast open en pakt een doos, die ze op de tafel van de zitkamer zet. Uit haar reistas haalt ze een fles met lichtblauwe capsules. Als de doos open is, haalt ze er de trouwjurk van Sarah uit. Ze loopt naar Frantz, die nog steeds slaapt als een os, en begint hem uit te kleden. Het is een moeilijk karwei. Zo'n zwaar lichaam, het is een beetje als een dode. Ze moet hem een paar keer van de ene zij op de andere rollen. Ten slotte is hij spiernaakt. Ze tilt zijn benen een voor een op en trekt de jurk eroverheen. Dan draait ze hem om en trekt de jurk op tot aan zijn heupen. Daarna wordt het moeilijker. Het bovenlichaam van Frantz is te fors. Ze kan de jurk niet optrekken tot aan zijn schouders.

'Geeft niet,' zegt Sophie met een glimlach. 'Maak je niet druk, Sophie.'

Na bijna twintig minuten is ze tevreden. Ze heeft beide zijnaden moeten lostornen.

'Je ziet,' mompelt ze, 'dat het niet nodig is je druk te maken.'

Ze doet een stap naar achteren om het resultaat te bekijken. Frantz zit met zijn rug tegen de muur op het bed, meer bedekt dan gekleed in de verbleekte trouwjurk. Zijn hoofd hangt opzij, hij is bewusteloos. Zijn borstharen komen boven de ronde halsuitsnijding uit. Het effect is absoluut aangrijpend.

Sophie steekt een laatste sigaret op en leunt tegen de deurpost.

'Je bent zo heel mooi,' zegt ze glimlachend. 'Ik zou bijna een foto van je maken…'

Maar het is tijd om er een punt achter te zetten. Ze gaat een glas en een fles mineraalwater halen. Dan haalt ze de barbituraatpillen tevoorschijn, stopt ze in zijn mond, twee en soms drie tegelijk, en laat hem dan drinken.

'Het zakt wel…'

Frantz hoest en rispt af en toe wat op. Maar uiteindelijk slikt hij alles door. Sophie geeft hem twaalfmaal de dodelijke dosis.

'Het kost tijd, maar het is de moeite waard.'

Na afloop ligt er veel water in het bed, maar alle pillen zijn door het keelgat van Frantz verdwenen. Sophie doet een stap naar achteren. Ze kijkt naar het tafereel. Ze vindt het net een scène uit een film van Fellini.

'Er ontbreekt nog iets...'

Ze gaat een lipstick uit haar reistas halen en komt terug.

'Het is misschien niet helemaal de passende kleur, maar goed...'

Vol toewijding smeert ze lippenstift op zijn lippen. Aan alle kanten, boven, beneden en opzij, gaat ze er ruimschoots overheen. Ze stapt achteruit om te kijken wat het resultaat is: het hoofd van een clown die slaapt in een trouwjurk.

'Het is perfect.'

Frantz mompelt iets. Hij probeert zijn ogen te openen, en dat lukt hem met veel moeite. Hij wil iets zeggen, maar ziet er algauw van af. Hij begint nerveuze gebaren te maken en dan zakt hij ineen.

Zonder een laatste blik op hem te werpen pakt Sophie haar reistas en doet de voordeur open.

Gedurende de therapie praat Sarah hoofdzakelijk over haar zoon: het uiterlijk van de jongen, zijn geest, zijn gedrag, zijn woordkeus, zijn voorliefdes. Dan wordt het nodig om de bezoeken die haar zoon aan de kliniek zal brengen langdurig voor te bereiden. Met de begripvolle hulp van de vader, wiens gezicht erg getekend is door de beproevingen van de laatste jaren.

De komst van haar zoon voert Sarah tot zelfmoord. Op 4 juni 1989. In de voorafgaande dagen heeft ze herhaaldelijk de wens geuit om niet meer met haar zoon te worden geconfronteerd. Ze verklaart dat ze lichamelijk niet in staat is nog langer, al is het maar een seconde, door te gaan met dat verschrikkelijke toneelspel. Alleen door een definitieve scheiding, zegt ze, zal ze misschien kunnen overleven. De ongewilde druk van de kliniek, het schuldgevoel, het aandringen van Jonas Berg, brengen Sarah ertoe het bezoek van haar zoon tóch te accepteren. Maar als de agressiviteit tegen zichzelf in alle hevigheid terugkeert en

Frantz net haar kamer heeft verlaten, trekt Sarah haar trouw-
jurk aan (symbolisch eerbetoon aan haar man, die haar altijd
heeft gesteund) en laat zich uit haar raam op de vijfde verdie-
ping vallen.
   De politieverklaring die op 4 juni 1989 om 14.53 uur door bri-
gadier J. Bellerive van de politie van Meudon is opgesteld, is toe-
gevoegd aan het administratieve dossier van Sarah Berg, onder
nummer JB-GM 1807.

Dr. Catherine Auverney

Sophie merkt dat ze zich al heel lang niet druk heeft gemaakt
over het weer. En nu is het mooi weer. Ze opent de glazen toegangsdeur van het flatgebouw en blijft even op de stoep staan. Ze
hoeft maar vijf treden af te dalen om haar nieuwe leven binnen te
gaan. Het zal haar laatste zijn. Ze zet haar tas tussen haar voeten
en steekt een sigaret op. Maar ze bedenkt zich en dooft hem weer.
Vóór haar strekt zich dertig meter asfalt uit, en een eindje verderop is het parkeerterrein. Ze kijkt naar de lucht, pakt haar tas,
loopt de treden af en verwijdert zich van het flatgebouw. Haar
hart klopt snel. Ze haalt moeilijk adem, zoals na een ongeluk dat
op het nippertje is voorkomen.

   Als ze een meter of tien heeft afgelegd, hoort ze plotseling haar
naam, ver boven haar.

   'Sophie!'

   Ze draait zich om en kijkt omhoog.

   Voor het raam van hun flat op de vijfde verdieping staat Frantz
in zijn trouwjurk. Hij zwaait onzeker heen en weer op zijn benen.
Hij kijkt naar haar en zegt zachter: 'Sophie...'

   Dan stort hij zich naar beneden met een krachtige vastberadenheid, als een duiker. Hij spreidt zijn armen. Zijn lichaam valt
te pletter aan de voeten van Sophie. Het maakt een afgrijselijk,
sinister geluid.

GEMENGD NIEUWS

Een man van 31 jaar, Frantz Berg, heeft zich eergisteren uit het raam van zijn woning op de vijfde etage van flatgebouw Petits-Champs geworpen. Hij was op slag dood.

Hij had de trouwjurk aangetrokken van zijn moeder, die, vreemd genoeg, onder identieke omstandigheden zelfmoord pleegde, in 1989.

De man was chronisch depressief. Hij stortte zich naar beneden voor de ogen van zijn jonge vrouw, toen die vertrok om een weekend bij haar vader door te brengen.

Autopsie heeft aangetoond dat hij slaapmiddelen had ingenomen en een aanzienlijke hoeveelheid barbituraten, waarvan de oorsprong onbekend is.

Zijn vrouw, Marianne Berg, geboren Leblanc, 30 jaar, wordt de erfgename van het fortuin van de familie Berg. Haar man was niemand minder dan de zoon van Jonas Berg, de oprichter van de minisupermarktketen Point Fixe. De jongeman heeft het bedrijf een paar jaar geleden aan een multinational verkocht.

S.T.

groene_muis@msn.fr – U bent verbonden.
grote_manitoe@neuville.fra – U bent verbonden.

'Papa?'

'Mijn groene muisje… Dus je hebt gekozen…'

'Ja, ik moest het heel snel doen, maar ik heb er geen spijt van: ik blijf Marianne Berg. Dan vermijd ik de procedures, de verklaringen, de rechtvaardigingen en de pers. Ik houd het geld. Ik ga een heel nieuw leven beginnen.'

'Goed… de keus is aan jou.'

'Ja…'

'Wanneer zie ik je weer?'

'Ik ben bijna klaar met de formaliteiten. Nog een dag of twee. Zullen we elkaar in Normandië ontmoeten, zoals afgesproken?'

'Ja. Ik reis via Bordeaux, zoals je weet. Dat is het veiligste. Het hebben van een dochter die officieel is verdwenen verplicht mij dingen te doen die niet meer bij mijn leeftijd passen...'

'Je leeftijd, je leeftijd... Je doet net of je oud bent.'

'Probeer me niet te verleiden...'

'Op dat gebied heb ik het belangrijkste achter de rug.'

'Dat is waar...'

'Papa, nog één ding.'

'Ja. En...?'

'Het archief van mama... Was er alleen maar wat je me hebt gegeven?'

'Ja. Maar dat heb ik je toch al gezegd?'

'Ja. En...?'

'En... en... er was niets anders dan dat medische verslag. Er was alleen de patiëntenkaart die ik je heb gegeven... Trouwens, ik wist niet eens dat die kaart er was.'

'Weet je dat zeker?'

'...'

'Papa?'

'Ja, ik weet het zeker. Normaal gesproken had die kaart hier niet moeten zijn. Een paar dagen voor haar laatste ziekenhuisopname is je moeder hier gaan werken. En haar doos met patiëntenkaarten die ze altijd meezeulde liet ze hier achter. Ik had alles aan haar collega's moeten geven, maar dat ben ik vergeten en later heb ik er niet meer aan gedacht. Tot jij erover begon...'

'Maar het archief, het échte, de verslagen van de sessies, waar zijn díe gebleven?'

'...'

'Waar is het échte archief gebleven, papa?'

'Nou... Na de dood van je moeder is alles overgedragen aan haar collega's, denk ik... Ik weet niet hoe dat precies gaat met die dingen.... Hoezo?'

'Omdat ik iets merkwaardigs in de spullen van Frantz heb gevonden. Een rapport van mama...'

'...Waarover?'

'Een rapport over het geval Sarah Berg. Tot in de details. Het is nogal vreemd. Het zijn niet haar aantekeningen, het is een rapport. Gericht aan Sylvain Lesgle. Je vraagt je af waarom. Het is gedateerd eind 1989. Ik weet niet hoe Frantz er de hand op heeft kunnen leggen, maar het moet zwaar voor hem zijn geweest om het te lezen... en nog erger...'

'...'

'Zegt dat je echt niets, papa?'

'Nee, absoluut niets.'

'Vraag je me niet waar het over gaat?'

'Je zei toch dat het over het geval Sarah Berg gaat?'

'Juist ja. In feite is het echt heel vreemd van mama.'

'...?'

'Het rapport gaat zogenaamd over het geval Sarah Berg, maar er staat uiterst merkwaardige pseudo-psychiatrische onzin in. Woorden, uitdrukkingen die duidelijk zijn ontleend aan encyclopedieën en aan populairwetenschappelijke werken. Het biografische deel van de patiënte is, behalve wat er over haar echtgenoot op internet is te vinden, zo simpel dat het geschreven kon zijn door iemand die haar nooit heeft ontmoet: je zou maar twee of drie feiten over haar moeten weten om die psychologische rotzooi te kunnen produceren...'

'Aha.'

'Het is totaal uit de lucht gegrepen, maar als je er niet veel van weet, is het geloofwaardig...'

'...'

'Volgens mij (ik kan me vergissen!) is die biografie van Sarah Berg compleet verzonnen.'

'...'

'Wat denk jij, vadertje?'

'…'

'Zeg je niets?'

'Nou, luister… Weet je… Het taalgebruik van zielenknijpers is nooit mijn ding geweest. Geef mij maar architectuur en de sector openbare werken en gebouwen…'

'En?'

'Nou, groen muisje… Ik heb gedaan wat ik kon…'

'O, papa…!'

'Goed, ik geef het toe: ik heb het zo'n beetje bij benadering proberen te doen.'

'Leg uit!'

'Uit het weinige dat we in dat "medische rapport" ontdekten haalden we het essentiële: Frantz heeft waarschijnlijk lang gedroomd over het wreken van de dood van zijn moeder door de jouwe te doden. En omdat dat niet meer mogelijk was, projecteerde hij al zijn haat op jou.'

'Klaarblijkelijk.'

'Het leek me dat je dat als drijfveer kon gebruiken. Vandaar het idee van dit rapport. Om die jongen een beetje te ondermijnen… Je had hulp nodig.'

'Maar… hoe is Frantz dan aan het rapport gekomen?'

'Jij zei dat hij me heel scherp in de gaten hield. Ik heb dozen neergezet die ogenschijnlijk het archief van je moeder bevatten. Daarna heb ik de deur van de garage voldoende opengelaten… Ik heb een beetje moeite gedaan om een oud archief te fabriceren, en ik heb het rapport dat ik daarvoor had klaargemaakt onder de letter B opgeborgen. Ik geef toe dat de tekst ervan vrij… vaag is.'

'Vaag, ja, maar heel doeltreffend! Het soort rapport dat iedere zoon zou deprimeren, vooral als hij erg aan zijn moeder is gehecht! En dat wist je!'

'Laten we zeggen dat het logisch was.'

'Ik geloof het niet… Heb jíj dat gedaan?'

'Ik weet het, het is heel slecht…'

'Papa…'

'Wat heb je met het rapport gedaan? Aan de politie gegeven?'

'Nee, papa. Ik heb het niet bewaard. Ik ben niet gek!'